人民共和國文化與文學叢書

十 二 編

李 怡 主編

第 **2** 冊

中國新詩選本百年歷程研究（下）

郭 勇 著

花木蘭文化事業有限公司

國家圖書館出版品預行編目資料

中國新詩選本百年歷程研究（下）／郭勇 著 -- 初版 -- 新北
市：花木蘭文化事業有限公司，2024〔民 113〕
目 2+154 面；19×26 公分
（人民共和國文化與文學叢書 十二編；第 2 冊）
ISBN 978-626-344-854-4（精裝）
1.CST：新詩 2.CST：學術研究 3.CST：中國文學史
820.8   113009396

特邀編委（以姓氏筆畫為序）：

吳義勤 孟繁華 張 檸
張志忠 張清華 陳思和
陳曉明 程光煒 劉福春
（臺灣）宋如珊
（日本）岩佐昌暲
（新西蘭）王一燕
（澳大利亞）鄭 怡

ISBN-978-626-344-854-4

9 786263 448544

人民共和國文化與文學叢書
十二編 第 二 冊
ISBN：978-626-344-854-4

中國新詩選本百年歷程研究（下）

作　　者　郭勇
主　　編　李怡
企　　劃　四川大學中國詩歌研究院
總 編 輯　杜潔祥
副總編輯　楊嘉樂
編輯主任　許郁翎
編　　輯　潘玟靜、蔡正宣　美術編輯　陳逸婷
出　　版　花木蘭文化事業有限公司
發 行 人　高小娟
聯絡地址　235 新北市中和區中安街七二號十一三樓
　　　　　電話：02-2923-1455／傳真：02-2923-1452
網　　址　http://www.huamulan.tw 信箱 service@huamulans.com
印　　刷　普羅文化出版廣告事業
初　　版　2024 年 9 月
定　　價　十二編 10 冊（精裝）新台幣 26,000 元

中國新詩選本百年歷程研究（下）

郭勇　著

第三節 「百年中國文學」視閾下的新詩選本

20 世紀 80 年代在中國大陸，與風起雲湧的流派選本相比，具有詩歌史意味的綜合性選本顯得有些沈寂和滯緩，因為在撥亂反正、改革開放起步的時候要完整地重塑中國新詩史顯然是一項艱巨的任務。除了 1979 年北京大學等三校合編的《新詩選》與 1980 年《詩刊》社編選的《詩選》之外，這類選本並不算多，而且這兩部選本也帶有明顯的過渡性痕跡。

80 年代初出現的綜合性選本基本繼承了《新詩選》和《詩選》的路向，呈現出兩個方面的特點：一是現代詩與當代詩分開（也有少量選本具有通選的意義，如 1981 年上海文藝出版社編選的《中國現代抒情短詩 100 首》（1919～1979）、周良沛編的《新詩選讀 111 首》等）；二是較多著眼於短小的抒情詩。前者是因為「當代文學」取得了相對獨立的地位，後者則與詩歌觀念的轉變、詩歌創作與接受情況的變化有關——自由體的抒情詩回歸，特別是對於當代詩歌而言，小詩創作自新時期以來也出現了一次高潮[註57]。體現這些特點的選本有吳開晉編《現代詩歌名篇選讀》（河北人民出版社，1982 年）、張永健編《中國當代短詩萃》（長江文藝出版社，1983 年）、百花文藝出版社編《當代短詩選》（1984 年）、張永健編《中國當代抒情小詩五百首》（長江文藝出版社，1985 年）等。也就是說，選詩的重點從長篇的、民歌體、敘事詩轉向短小的、自由體、抒情詩，同時政治抒情詩也不佔主導地位。

張志民主持編選的《當代短詩選》，時限為 1949～1982 年，他提到選擇「短詩」的考慮：短詩「要求在四十行以內，因為：再短，可選的範圍，就更加縮小；再長，書的篇幅，則難以容納」，這是很現實的考慮，但是他本身也是更傾向於短詩：「編這本書，也是想提倡一下短詩創作。短詩，是不易寫好的，但短詩，在詩歌創作中，卻佔有特殊重要的地位。古往今來，好的長詩，固然為廣大讀者所傳誦，但人們記得更多的，還是優秀的短詩。」[註58]張永健也持大體一致的觀念，他認為長詩固然有小詩所不能及的地方，但小詩「能以奇巧的構思，從一個局部、一個側面來反映時代，歌吟生活，抒發情感，暢言心志」。他從詩歌史的角度指出小詩發展的三個高潮：「五四」前後、抗戰前

〔註57〕申紅梅：《小詩的第三次高潮——新時期小詩論》，西南大學碩士學位論文，2012 年。

〔註58〕張志民：《序》，本社編：《當代短詩選》，百花文藝出版社 1984 年版，第 3～5 頁。

後、新時期,進而分析第三次高潮形成的四點原因:「天安門詩歌運動的影響」、對「『假大空』的反撥」、生活節奏加快、詩歌創作傾向於「哲理性和思辨色彩」,因此,這支「詩陣地上的輕騎兵和輕武器」格外受到詩人青睞和讀者歡迎〔註59〕。對小詩的重視是當時大量短詩選本出現的重要原因。對於作品的選擇,這類選本基本是採取一種兼容並包的原則,但是長詩、民歌體的敘事詩基本沒有出現,如《中國現代抒情短詩100首》對於力揚選的是《給詩人》,李季選的是《黃浦公園》,阮章競選的是《牧羊兒》。《當代短詩選》則給了青年詩人較多的篇幅,選入才樹蓮、張永枚、葉延濱、葉文福、江河、梁小斌、北島、舒婷、顧城、徐敬亞、楊煉、李小雨等人的作品。雁翼提到他曾建議編一部當代抒情詩選,確定幾點原則:「一、以詩的藝術性為重;二、不以人廢詩;三、不論資排輩,只看詩的優劣;四、不選舊體詩和民歌,不選敘事詩,不選長詩。」第四點意見其實就包含了對於當年詩歌觀念的糾正,也就是說,他還是認同自由體的抒情詩,而「政治標準第一這一口號,三十年歷史檢驗的結果證明是不太科學的」。〔註60〕這一時期的詩選,還在為詩歌與政治的關係問題進行辨析,以便使詩歌真正回歸到自身的軌道上來。

但是,這一時期的選本,仍然不能明確提出詩歌藝術標準第一的原則,在選詩時仍然首先強調主題、強調現實意義。這些選本能夠兼顧風格、流派,但是詩歌史的線索在繁雜的編排中顯得晦暗不明,此外現代新詩與當代新詩的關係等問題也沒有得到明確解答。

這種局面在1985年前後得到了扭轉,中國現當代文學的編選與研究進入一個新的時代。就編選而言,趙家璧當年開創的「中國新文學大系」的傳統得到接續,大規模的書系得到出版,如艾青主編《新文學大系(1927～1937)·詩集》、鄒荻帆主編《中國新文藝大系(1976～1982)·詩集》、臧克家主編《中國新文學大系(1937～1949)·詩卷》、阮章競主編《中國解放區文學書系·詩歌編》、公木主編《中國新文藝大系·詩集(1937～1949)》等。此外,文學鑒賞辭典也大量出現,如黃邦君、鄒建軍編《中國新詩大辭典》、吳奔星編《中國新詩鑒賞大辭典》、陳敬容編《中外現代抒情名詩鑒賞辭典》、唐祈主編《中

〔註59〕張永健:《開花的季節來了——寫在〈中國當代抒情小詩五百首〉前面》,張永健編:《中國當代抒情小詩五百首》,長江文藝出版社1985年版,第1～7頁。
〔註60〕雁翼:《接受歷史的檢驗——寫在〈中國當代抒情短詩選〉前面》,雁翼主編:《中國當代抒情短詩選》,貴州人民出版社1984年版,第3～4頁。

國新詩名篇鑒賞辭典》、王彬主編《二十世紀中國新詩鑒賞辭典》、公木編《新詩鑒賞辭典》、胡明揚編《中外名詩賞析大典》、辛笛主編《20世紀新詩辭典》等，這是時代需要文學、文學走向普及的標誌。一個新詩選本的繁盛時代已經到來。

　　與文學文獻整理、編選的熱潮形成對應的是文學研究範式的轉換。1985年，「二十世紀中國文學」的新範式正式得以提出，這個新範式不僅僅是要打破過去依據政治標準而確立的近代文學、現代文學、當代文學的壁壘，更重要的是，它是在「現代意識」與「世界文學」的視閾中來重整中國文學〔註61〕，其影響十分深遠。20世紀中國文學的研究範式，體現出對於中國文學現代性的探求。現代性「就是過渡、短暫、偶然，就是藝術的一半，另一半是永恆和不變」〔註62〕，其特點是「現實生活的短暫的、瞬間的美」〔註63〕。中國現代文學的現代性——不是作為時間的「現代」，而是作為審美特點的「現代性」——成為文學研究回歸文學本位後所要分析的對象。自此以後，七八十年代之交的審美追求進一步演變為審美現代性的追求，「現代性」成為衡量中國現當代文藝作品的重要標準，也成為文學研究與編選的內在尺度之一。以往的現代文學研究，由於受到了過多的政治因素的干擾，以歷史現代性代替審美現代性，如今的研究模式則對此加以逆轉。具有現代主義色彩的作家作品受到青睞，同時多樣化的原則也在各類選本中得到體現。到80年代末，謝冕在「二十世紀中國文學」觀念的啟發下提出「百年中國文學」的命題，帶動一批學者展開研究，取得多方面的成果〔註64〕。1988年，陳思和、干曉明在《上海文論》提出「重寫文學史」，引發了學界的熱烈討論，促成學界對於文學史寫作模式的反思。詩歌研究領域也發出了「重寫詩歌史」的提法，洪子誠用《「重寫詩歌史」？》這樣的標題表示了質疑，強調詩歌史寫作應具備「當代意識」〔註65〕。事實上，謝冕、洪子誠、孫玉石等學者所發表的一系列詩歌史論文，已經看作「重寫詩歌史」的重要成果。2008年《當代文壇》開闢「重寫當代詩

〔註61〕黃子平、陳平原、錢理群：《論「二十世紀中國文學」》，《文學評論》1985年第5期。

〔註62〕〔法〕波德萊爾：《現代生活的畫家》，郭宏安譯，浙江文藝出版社2007年版，第32頁。

〔註63〕同上，第131頁。

〔註64〕孟繁華：《〈百年中國文學總系〉的緣起與實現》，謝冕：《1898：百年憂患》，山東教育出版社1998年版，第9～11頁。

〔註65〕洪子誠：《「重寫詩歌史」？》，《詩探索》1996年第1輯。

歌史」欄目，發表了羅振亞、張清華、敬文東等學者的文章，何言宏也在 2009 年發表了《「重寫詩歌史」！》的論文，對於「重寫」的必要性與已取得的成就進行了肯定〔註 66〕。

在這一新的研究範式影響下，詩歌選本開始注重將 20 世紀中國新詩視為一個整體，重新探討中國新詩的發生、現代新詩與當代新詩的關係、20 世紀中國詩歌史等問題，詩歌研究的新格局逐漸得以開創。這方面的成果，比較早的是 1985 年人民文學出版社開始出版的謝冕、楊匡漢合編的《中國新詩萃》系列選本，首先出版的是 50 年代～80 年代卷。在這部選本中兩位編者明確地將「詩美」作為評判的標尺，實現了歷史性的轉變。值得注意的是，也就是在同一年，春風文藝出版社出版了《朦朧詩選》，新詩潮獲得了勝利，而且謝冕恰恰也是朦朧詩最早、最堅定的支持者。楊匡漢則與劉福春合作編選了《中國現代詩論》（上、下編），由花城出版社於 1985～1986 年出版。由此可見，兩位選家本身就是走在新詩觀念變革前沿的人物，他們能夠將這種理念帶入到選本中，將審美作為新詩編選最重要的標準。

《中國新詩萃》是系列選本，共有三部：最先出的是 50 年代～80 年代卷，1988 年出版了 20 世紀初葉～40 年代卷，2001 年出版了臺港澳卷。三部詩選合為一個整體，從時間和空間上完成了對 20 世紀中國新詩的回顧與篩選。雖然出版的時間間隔較長，但是表現在其中的理念是一以貫之的。兩位編者寫的序言既有對詩歌理論的探索，也有新詩史的梳理。他們強調審美、強調詩藝，但並不是反對詩歌表現政治內容，謝冕認為，詩歌的根本在「詩美」：「相對地遠離社會和政治而富有審美趣味的詩是存在的。緊緊地以現實生活運行的節律為詩的節律而獲得了價值的詩也是存在的。最沒有意義是那些缺乏詩美的對於另一存在的單純依附的詩」〔註 67〕。楊匡漢也強調，要以「歷史的和美學的雙重目光去進行嚴格的藝術選擇」，而評判的「法官」就是「詩美」〔註 68〕，所以於詩而言，「詩的首要條件是美的價值的實現，是成就從情感到靈魂的塑造」，詩歌與生活、時代、心靈、語言等諸多因素緊密相關，要據此鍛造

〔註 66〕 何言宏：《「重寫詩歌史」！——詩歌研究與詩歌批評》，《當代作家評論》2009 年第 2 期。
〔註 67〕 謝冕：《序一：從春天到秋天》，謝冕、楊匡漢主編：《中國新詩萃（50 年代～ 80 年代）》，人民文學出版社 1985 年版，第 4 頁。
〔註 68〕 楊匡漢：《序二：詩美的積澱與選擇》，謝冕、楊匡漢主編：《中國新詩萃（50 年代～80 年代）》，人民文學出版社 1985 年版，第 2 頁。

詩藝〔註69〕。

　　兩位編者沒有在序言中系統地梳理新詩史，而是抓住中國新詩發展的關鍵點和重要問題展開論述。謝冕高度肯定了新詩出現的革命性意義，它不僅是形式、題材、內容的革新，更是與現代社會、現代意識相契合的，其意義已超出文學而具有偉大的文化意義。但是他更關注新詩在面對中國古典詩歌傳統時的焦慮以及傳統思維對新詩發展的影響，從這個意義上講謝冕尤其欣賞20世紀80年代詩歌對「『五四』自由創造精神」的「恢復」，體現出「勇敢和機智結合在一起的自由創造精神的弘揚」〔註70〕。他充分肯定了新詩潮的意義，認為它具有「開放性」，「根本改變了當代詩歌曾經有過的單一的價值觀」，詩歌多元化的景觀、中國新詩與外國詩歌恢復聯繫、重新接續中國古典詩歌傳統等，都意味著「中國新詩已進入全面的自我更新的階段」〔註71〕。中國現代新詩不再被看做是朝著當代新詩規定的方向前進、僅僅作為當代新詩的前身，整個新詩史被視為一個整體，但現代新詩、當代新詩及其各自的發展階段都有自己獨立的品性。楊匡漢則重中歷史的美學的原則，強調三個方面：「一是從時代汲取詩情」，「二是審美地、多方位地展現時代的世態和心態」，三是「新詩要能動地擁抱、參與個體和整體相統一的『人的世界』」〔註72〕。

　　以上述嚴謹、深刻的詩歌理論與史觀為基礎，謝冕與楊匡漢始終將「詩美的現代原則」放在第一位，選詩標準為：「（一）基於人類高尚精神的對於土地和人民命運的關切，豐沛的人生經驗與時代精神的聚合，充分的現實感和歷史深度的交匯；（二）現代意識的引入，現代精神的傳揚，從內容到形式對於詩歌傳統的創造性轉化的有成效的推進；（三）藝術上的器度與探索性，博大而精深，厚重而簡潔，充實而空靈，卓然不群的才情與文采。」〔註73〕

〔註69〕楊匡漢：《序二：時代詩情與精神價值》，謝冕、楊匡漢主編：《中國新詩萃（20世紀初葉～40年代）》，人民文學出版社1988年版，第12頁。

〔註70〕謝冕：《序一：置身於文化衝撞的困惑》，謝冕、楊匡漢主編：《中國新詩萃（20世紀初葉～40年代）》，人民文學出版社1988年版，第8頁。

〔註71〕謝冕，《序一：從春天到秋天》，謝冕、楊匡漢主編：《中國新詩萃（50年代～80年代）》，人民文學出版社1985年版，第6～7頁。

〔註72〕楊匡漢：《序二：時代詩情與精神價值》，謝冕、楊匡漢主編：《中國新詩萃（20世紀初葉～40年代）》，人民文學出版社1988年版，第15頁。

〔註73〕楊匡漢：《序二：難以切割的詩學匯通》，謝冕、楊匡漢主編：《中國新詩萃（臺港澳卷）》，人民文學出版社2001年版，第9頁。

　　從這種「詩人的心」〔註74〕出發，謝冕與楊匡漢建立起了一個全新的選本世界，這是一個「多元平等的詩史景觀」〔註75〕。根據曲竟瑋的統計，前兩卷選錄了189位詩人的455首作品〔註76〕，體例上以年代為序，大體每10年為一個單位。打破了傳統的以詩人出生時間或創作年代為序的編排方式，改為以詩人姓氏字母排序，「大詩人」、「重要詩人」、「普通詩人」的界限模糊起來，改變了以往選本帶有的排座次的意味，也避免了以詩人為中心進行編選所導致的一些問題如名氣、人情、階級、出身等。

　　《中國新詩萃》有這樣幾個特色：一是不以詩人為中心，而是以詩作為中心，楊匡漢表示，為編選50年代～80年代卷，他們「在多年積累的基礎上，重新看了近五百種詩集和開國以來的主要詩歌刊物」，「從『第一手』的勞作中取得選擇權和發言權」〔註77〕。因此，對於50年代的郭沫若，他們選擇了1首《郊原的青草》，因為它「恢復」了《女神》的「時代風采」，這與郭沫若當時的地位無關，也不是因為他建國後的詩作數量遠超《女神》時期〔註78〕。

　　二是注重多元風格的展現，又能突出重點：

	世紀初葉	20年代	30年代	40年代	50年代	60年代	70年代	80年代
詩人數量	19	43	35	43	34	18	29	63
詩作數量	32	82	65	69	47	20	44	96

　　從上表可以看出，每個年代都有其地位，但是一頭一尾的份量格外不同：作為起始的20世紀初葉，實際選詩時限大概為三四年（「五四」時期），卻選入19位詩人的32首詩；80年代到1985年止，只有短短的5年，選入的詩人與詩作數量卻是最多的，足見編者對這兩個階段的重視。這或許是因為世紀初葉是新詩開創期，意義重大，雖然創作的實績較為貧乏，但是選詩也相對寬鬆一些；80年代在謝冕看來正是恢復「五四」傳統、開啟未來無限可能的重要

〔註74〕　胡玲玲：《編選者也要有一顆詩人的心——評謝冕、楊匡漢編選的〈中國新詩萃〉》，《承德民族師專學報》1987年第2期。

〔註75〕　曲竟瑋：《多元化詩史景觀的建構與新詩現代化傳統的接續——論80年代謝冕、楊匡漢主編〈中國新詩萃〉》，《海南師範大學學報》2018年第4期。

〔註76〕　同上。

〔註77〕　楊匡漢：《序二：詩美的積澱與選擇》，謝冕、楊匡漢主編：《中國新詩萃（50年代～80年代）》，人民文學出版社1985年版，第2頁。

〔註78〕　謝冕，《序一：從春天到秋天》，謝冕、楊匡漢主編：《中國新詩萃（50年代～80年代）》，人民文學出版社1985年版，第3頁。

時期，特別是新詩潮的出現意義非凡，因而選錄最多。北島、舒婷、顧城、江河等朦朧詩人的入選，包含著為朦朧詩正名及經典化的用意。此外 20 年代是新詩逐漸確立民族品格與現代品性的時期，因而在數量上僅次於 80 年代，而一體化的 50～60 年代選入詩人詩作的數量就很少，其中 60 年代最少，這也是詩歌受政治干擾最深重的時代。選本對於各種類型、風格、流派的詩歌都有選入，但更偏重講求詩藝者如「新月派」、「象徵派」、「現代派」、「七月派」、「九葉派」、朦朧詩等，這也與 80 年代以來它們受到流派選本的青睞是一致的。

　　對於詩人而言也是如此，每個時代詩人入選的詩作少則 1 首，最多 3 首。當然，那些創作生涯長、成就高的大詩人也依然會凸顯出來，曲竟瑋指出，「艾青在 30、40、50、70、80 年代等五卷中都選 3 首而共選 15 首，戴望舒在 20、30、40 年代等三卷中都選 3 首而共選 9 首」，雖然不一定表明艾青與戴望舒的地位一定高於其他詩人，但像郭沫若在不同時代「共選 9 首詩，僅次於艾青的 15 首，與戴望舒、邵燕祥、蔡其矯持平，可見其中仍然含有極力維持其大詩人地位的意圖」〔註 79〕。

　　三是注重對詩人多元面貌的展現。一般來說，選本在選錄詩作之前就會對詩人有個基本定位，再根據此定位挑選作品，但是這樣一來詩人的面貌往往是單一的。如胡適作為中國新詩的開山人物，不少選本選他的《蝴蝶》《鴿子》《一念》《人力車夫》等作品，其實是固化了胡適提倡新詩語言、文體解放的嘗試者以及人道主義者的形象，但這樣的面貌比較單一。《中國新詩萃》在 20 世紀初葉部分選了胡適的《蝴蝶》《一顆遭劫的星》《一念》，也是著眼於這一點，但是在 20 年代部分選入了他的《湖上》《夢與詩》《四烈士冢上的沒字碑歌》，前兩首是詩藝比較成熟的抒情詩作，後者是激昂的革命戰歌，從而使胡適的形象變得豐富起來。在對郭沫若、艾青等眾多詩人的處理上都是如此。特別值得一提的是，選本中收入了魯迅的作品。20 世紀初葉部分收入了魯迅《火的冰》《他們的花園》2 首新詩，應該是出於歷史意義的考慮，而在 20 年代部分收入他的散文詩，就可能更多地是出於藝術方面的認可了──魯迅的散文詩從一開始就成為了中國現代散文詩的第一座高峰，所以選入了 3 首：《影的告別》《希望》《題辭》。這顯然是對魯迅作為一位散文詩人的成就的高度認可。如此一來，作為詩人的魯迅的豐富面相，就得到了立體的展現。而以往的選本，

〔註 79〕曲竟瑋：《多元化詩史景觀的建構與新詩現代化傳統的接續──論 80 年代謝冕、楊匡漢主編〈中國新詩萃〉》，《海南師範大學學報》2018 年第 4 期。

多注意魯迅小說、雜文的成就，在新詩選本中是很少選魯迅的作品的。不僅如此，把散文詩選入詩歌選本，也意味著對於散文詩這一文體的認可。

與 50～70 年代的選本不同，《中國新詩萃》基本沒有選入政治抒情詩，對於政治意味太濃的左翼詩人、革命詩人的作品選得也不多，即使選入，也多是展現他們的情感世界及他們對自然、社會、人生、生命的思考，如蔣光慈（蔣光赤）選的是他的《我們可愛者一定在那裏》而不是《哀中國》，殷夫選的是《東方的瑪利亞》等，表明革命者也是鮮活的個體。這樣做當然不是否定左翼詩歌傳統，而是站在 80 年代的立場表達對於革命文學的理解。

因此，《中國新詩萃》進一步推動了新詩編選回歸文學本位的潮流。當然，作為具有詩歌史意識的綜合性選本，它還體現了兼顧歷史性與審美性的原則，在 20 世紀初葉部分主要傾向於歷史性，自 20 年代以後側重審美性，在入選詩人的作品中也能見到這種兼顧的特點。這些取向在後來的很多選本中都有體現。1992 年，張永健、張芳彥主編的《中國現代新詩三百首》由長江文藝出版社出版。該選本請到了在當時享有崇高威望的艾青和臧克家為顧問，並以他們論述新詩史的文章作為代序：臧克家的文章是《「五四」以來新詩發展的一個輪廓》，艾青的文章是《中國新詩六十年》。

根據前文所述，臧克家的這篇文章是臧克家應《文藝學習》雜誌的邀請而寫，發表於《文藝學習》1955 年第 2～3 期，此後作為臧克家主編《中國新詩選》的代序，又歷經了 1956 年 8 月初版本、1957 年 3 月第 2 版、1979 年 9 月第 3 版的三次修訂，其面目在不斷發生變化。這個選本選用的文章就是臧克家第三次修訂後的版本。但即使是在「文革」結束後的修訂版中，臧克家也依然是用一種政治化的思維模式來敘述新詩史，「資產階級」、「小資產階級」的字眼比比皆是，對詩人的論斷仍然沒有發生根本性的變化。艾青的《中國新詩六十年》注明寫於 1980 年 8 月，雖然沒有臧克家的文章那麼左傾，但同樣是政治主導，以「五四」運動為新詩誕生的起點，以「反帝反封建」來概括中國新詩，他評價徐志摩「具有執絝公子的氣質，一句話可以概括了他的一生：我不知道風是在哪一個方向吹」，「他的詩以圓熟的技巧表現空虛的內容」；艾青批評李金髮詩歌晦澀難解，認為「象徵派」詩人「大都陷於悲觀厭世之作」，于賡虞「已經頹廢到無以復加了」﹝註80﹞。艾青所認可的，是現實主義的詩歌，

﹝註80﹞ 艾青：《中國新詩六十年》，張永健、張芳彥主編：《中國現代新詩三百首》，長江文藝出版社 1992 年版，第 29～37 頁。

對於不符合這一詩風者予以抨擊，其中的偏激是十分明顯的。

　　如果遵循艾青和臧克家的思路去選詩，這個選本恐怕會變成另一個《中國新詩選》。所幸張永健沒有遵循這樣的原則，他的《跋：開放的民族的現代新詩》，與前兩篇文章一起，構成了這個選本的第三篇新詩史論文。張永健對艾青、臧克家的論述做了巧妙的補充與調整，他強調現代新詩「開闢出了屬於自己的多姿多彩的園地，出現了現實主義、浪漫主義、象徵主義等眾多的創作流派和自由體、新格律詩、十四行詩、散文詩、民歌體等各種各樣的體式以及迥然不同的藝術風格」，因此，不管政治立場如何，不管觀念、風格有何差異，中國現代詩人都「為現代新詩流派的多樣化及其彼此影響、相互競爭、共同推進作出了各自的貢獻」〔註81〕。因此，這個選本既選入那些已被認可的現實主義詩作、左翼詩人與革命詩人的詩作，也選入了大量的「新月派」、「象徵派」、「現代派」以及中國臺灣詩人的作品，被臧克家批評的胡適，選本選入了4首詩，被艾青批評的徐志摩、李金髮、于賡虞，選本也選錄了他們的作品，包括被艾青點名批評的《我不知道風——》《棄婦》等。這確實體現了該書「內容提要」所說的「詩人知名度和作品知名度相統一，時代主旋律和藝術多樣化相統一」〔註82〕的特點，因而也是一部很有價值的選本。

　　進入20世紀90年代以後，審美現代性的追求進一步強化，同時又與「經典」問題結合到了一起：1993年荷蘭學者佛克馬到北京大學講學，他與蟻布思對「經典」的闡釋引起中國學界的熱議。中國自古有「經典」的觀念，但90年代的「經典」熱，更多地與西方資源有關。因此從1990年代開始，隨著20世紀進入尾聲，中國知識界開啟了對於百年／20世紀中國文學的總結歷程，力圖在這一新的學術視野中總結、盤點經典作家作品，百年／20世紀中國詩歌的經典化，正是在上述紛繁複雜的背景下發生的。與80年代不同的是，90年代的選本將晚清詩歌特別是「詩界革命」的成果納入進來，力圖與新詩融為一個整體，重新探討晚清詩歌的意義、晚清詩歌與新詩的關係、百年／20世紀中國詩歌的發展歷程等問題，使得「百年／20世紀」變得更加名副其實。同時那些注重詩藝探求、與政治保持一定距離的詩人詩作，得到了越來越多的關注，進入了「經典」的行列，而以往受到很高評價的左翼詩歌、政治抒情詩

〔註81〕張永健：《跋：開放的民族的現代新詩》，張永健、張芳彥主編：《中國現代新詩三百首》，長江文藝出版社1992年版，第622～624頁。

〔註82〕《內容提要》，張永健、張芳彥主編：《中國現代新詩三百首》，長江文藝出版社1992年版，襯頁。

等受到了冷落。當然，由於這裡面有不少觀點、主張顯得比較新潮甚至被視為偏激，因而爭議也就隨之而起。

1995 年 9 月，九歌出版社推出張默、蕭蕭主編的《新詩三百首》（1917～1995）（上、下冊），這是中國臺灣地區出現的力圖涵蓋海內外 20 世紀漢語新詩的一部通選本，意在「為新詩寫史記」〔註 83〕，引起詩壇矚目。余光中為之作序並譽為「跨海跨代，世紀之選」，謝冕也贊其「為百年中國新詩史值得紀念的創舉」。〔註 84〕《新詩三百首（1917～1995）》選入 224 位詩人的 338 首詩，分為大陸篇・前期（1917～1949）、中國臺灣篇（1923～1995）、海外篇（1949～1995）、大陸篇・近期（1950～1995），蕭蕭在「導言」中依此敘述中國新詩史，展開一幅「新詩的系譜與新詩地圖」〔註 85〕。余光中的序言與蕭蕭的導言回顧了 20 世紀中國新詩史，都把晚清詩歌作為其中的組成部分，注意詩歌史的傳承與流變，而且注重發現青年詩人。該選本所收作品大體上能代表詩人的成就，如胡適《一念》、郭沫若《鳳凰涅槃》《天狗》、康白情《草兒》、徐志摩《再別康橋》、聞一多《死水》、李金髮《棄婦》、冰心《繁星》《春水》、戴望舒《雨巷》《我思想》《我用殘損的手掌》、馮至《蛇》《十四行》（二）、臧克家《老馬》、艾青《雪落在中國的土地上》、卞之琳《斷章》、何其芳《預言》、穆旦《森林之魅》、洛夫《邊界望鄉》、余光中《鄉愁四韻》《白玉苦瓜》、羅門《麥堅利堡》、瘂弦《坤伶》《如歌的行板》、席慕蓉《一棵開花的樹》、紀弦《狼之獨步》、牛漢《華南虎》、昌耀《斯人》、北島《回答》《收穫》、舒婷《致橡樹》《神女峰》、梁小斌《雪白的牆》《中國，我的鑰匙丟了》、顧城《一代人》《遠和近》、海子《日記》等，選詩還是較為精審，而為詩人詩作所寫的鑒評也較為精練到位。不過與中國大陸的選本相比，中國臺灣編的選本除了詩歌史意識，對於文化地理的差異性更為敏感，強調更多，在 224 位詩人中，中國大陸前期詩人 37 人，近期 46 人，中國臺灣詩人 107 人，海外 34 人，中國大陸詩人遠不如中國臺灣詩人選得多，中國大陸的不少重要詩人未能入選，選詩的比例分配也存在一定問題，左翼詩人、革命詩人、政治抒情詩基本都沒有選入。

〔註 83〕 張默：《跋・為新詩寫史記》，張默、蕭蕭編：《新詩三百首》（1917～1995），九歌出版社 1995 年版，第 1341 頁。2017 年版，張默、蕭蕭在此基礎上編選了《新詩三百首百年新編》（1917～2017），九歌出版社 2017 年出版。

〔註 84〕 張默、蕭蕭編：《新詩三百首》（1917～1995），九歌出版社 1995 年版，封底。

〔註 85〕 蕭蕭：《導言・新詩的系譜與新詩地圖》，張默、蕭蕭編：《新詩三百首》（1917～1995），九歌出版社 1995 年版，第 57 頁。

這個選本得到了很高的讚譽〔註86〕，也受到過尖銳的批評〔註87〕。

中國大陸圍繞選本的爭論也是不少。1994 年《二十世紀中國文學大師文庫》出版，分為小說、詩歌、散文、戲劇四種，詩歌卷由張同道、戴定南主編。文庫明確提出「重新審視 20 世紀中國文學」，因為 20 世紀中國文學已經建立了自己的「話語系統和獨立美學品格，形成了新的文學傳統」，但對它的評判是不公的，「最易為人忽略的是從審美標準看文學」〔註88〕。所以這套文庫編選的目的是「從審美標準評析文學」，從「純文學」視角出發以「澄清文學史的真面目，為大師重新定位」〔註89〕，即遴選 20 世紀中國文學大師並為他們排座次。

編者強調，文學大師要靠文本證明自己，「大師級的文本」要具備四個條件：「首先，語言上的獨特創造」；「其次，文體上的卓越建樹」；「再次，表現上的傑出成就」，即表現出「精神含蘊」，它包括四個方面：「人生體驗」、「歷史意識」、「人倫關懷」、「理性洞悉」；「最後，如果可能的話，形而上意味的獨特建構」。這就排除了政治的因素，但即便如此，編者也把胡適、葉聖陶排除在外，胡適是大師，但他和葉聖陶一樣沒有「大師級的文本」。〔註90〕

詩歌卷將 20 世紀中國詩歌分為創生、發展、成熟、掙扎與再生五個階段。創生期（1900～1921）不是從 1917 年或 1919 年開始，而是選擇了 1900 年，可見「20 世紀中國文學」的理念是要將世紀文學作為一個整體加以把握。創生期主要涉及晚清「詩界革命」、胡適、郭沫若，以 1921 年《女神》的出版為下限；發展期是 1922～1937 年，這是新詩進行「本體建設」、「尋求多元發展」的時期，列舉的對象包括「格律詩派」即「新月派」（徐志摩、聞一多為代表）、「象徵派」（李金髮、戴望舒、何其芳、卞之琳為代表）等；成熟期（1938～1948），「形成中國現代詩獨立的審美品格」，有「七月派」（以艾青、田間為代

〔註86〕沈奇：《跨海跨代世紀之選——評臺灣九歌版〈新詩三百首〉》，《中國圖書評論》1998 年第 2 期。

〔註87〕古繼堂就認為，「這部《新詩三百首》中最突出的問題是三不。即：不准、不公、不實。不准表現為：其一收入的作品不准，許多不是詩人的代表作。其二是選家的繩墨不准，輕重失當」。古繼堂：《回答蕭蕭兼談〈新詩三百首〉》，《華文文學》1999 年第 2 期。

〔註88〕《世紀的跨越——重新審視 20 世紀中國文學》，張同道、戴定南主編：《二十世紀中國文學大師文庫·詩歌卷》（上），海南出版社 1994 年版，第 1～2 頁。

〔註89〕《世紀的跨越——重新審視 20 世紀中國文學》，張同道、戴定南主編：《二十世紀中國文學大師文庫·詩歌卷》（上），海南出版社 1994 年版，第 3 頁。

〔註90〕同上，第 4～5 頁。

表）、「西南聯大詩人群」、「上海詩人群」（後二者即「九葉詩派」的主要成員）。這一階段以馮至、穆旦和艾青為典範；掙扎期（1949～1978），中國大陸詩歌只提到食指等地下詩人，重點論述了中國臺灣的現代詩運動，發起者為紀弦，另有余光中、洛夫等；再生期（1979～1994），以朦朧詩為主要成就，列舉北島、舒婷、顧城、楊煉、江河、海子與柏樺等為代表。〔註91〕

這是非常自覺的詩歌史敘述，要在這樣的詩歌史中尋找大師，編者依然是以審美為標準：「詩歌文本的審美價值及其對詩史的影響」〔註92〕，以此選定了 12 位詩歌大師並排序如下：穆旦、北島、馮至、徐志摩、戴望舒、艾青、聞一多、郭沫若、舒婷、紀弦、海子、何其芳〔註93〕。

編選者對每位大師都有一段介紹與概括，實際是解釋他們的大師身份與排序：穆旦「呈現了開創與總結的集合」，「以西方現代詩選為參照」，在現代語彙與意象符號方面有創造性貢獻。〔註94〕因此，穆旦是「帶電的肉體與搏鬥的靈魂」，「是中國現代詩最遙遠的探險者、最傑出的實驗者與最有利的推動者。……穆旦對於現代人類靈與肉的探索抵達了空前的深度與強度」。〔註95〕因此，穆旦不僅是「大師」而且名列第一，編選者對穆旦的評價與排序是空前的。

北島是「獨自航行的島」，他是「20 世紀中國詩史上一個詩歌新時代的象徵。……北島是這場朦朧詩運動最傑出的代表」編選者承認北島詩歌的政治性，但認為這一點恰恰具有積極性：北島「以此結束謊言，還詩以自由。從某種意義上說，北島的詩是新的啟蒙運動的先聲……北島詩的思想光輝提供了他成為偉大詩人的素質，而詩學力量才是他成為一個偉大詩人的保證」，北島由此成為20 世紀中國詩歌承上啟下的人物（著重號為引文原有──引者注）。〔註96〕

馮至部分的標題是「生命的風旗」，「風旗」出自馮至的十四行詩。編選者

〔註91〕《純潔詩歌》，張同道、戴定南主編：《二十世紀中國文學大師文庫·詩歌卷》（上），海南出版社 1994 年版，第 1～2 頁。

〔註92〕同上，第 3 頁。

〔註93〕這是詩歌卷的序言即《純潔詩歌》裏的名單及排序，舒婷在紀弦之前，見該書第 3 頁。但是在詩選部分舒婷卻排在了紀弦之後，出現了不一致的情況。

〔註94〕《純潔詩歌》，張同道、戴定南主編：《二十世紀中國文學大師文庫·詩歌卷》（上），海南出版社 1994 年版，第 1～2 頁。

〔註95〕張同道、戴定南主編：《二十世紀中國文學大師文庫·詩歌卷》（上），海南出版社 1994 年版，第 2～3 頁。

〔註96〕張同道、戴定南主編：《二十世紀中國文學大師文庫·詩歌卷》（上），海南出版社 1994 年版，第 70～71 頁。

稱他為「中國現代詩人中的一位聖人」，認為他能將中國古典儒學與西方存在主義哲學融為一爐，在抒情詩與敘事詩上都有傑出成就，特別是他創作的十四行詩「把中國現代詩升為高峰，獲得了與世界現代詩對話的資格」〔註97〕。

徐志摩的特點是「靈魂的飛」，他是「第一個獲得舊詩勢力承認的白話詩人」，因為他能夠充分借鑒中國古典詩歌資源來建設中國現代詩，體現為「格律意識的覺醒」，他一生能夠「自覺地堅守著藝術自律精神」〔註98〕。

戴望舒：「青色的靈魂漂浮的夢」，編選者認為戴望舒是「一位夢的歌手」，他不是思想家，但是對詩藝做出了傑出的貢獻，這個貢獻不僅體現為「他精緻的詩章」，還表現在他找到的新詩散文化的道路，從而挽救了格律派末流的流弊〔註99〕。

艾青被稱為「歌唱太陽的人」，編選者從20世紀30年代中國詩歌的語境出發，強調艾青詩歌的廣闊與雄渾，堪與穆旦、北島、聞一多比肩，艾青還有「獨立的思考與獨特的詩學」，當然後期的作品也陷入迷途〔註100〕。

聞一多的詩歌是「死水之火」，他最明顯的是民族情結，從而「為20世紀中國現代詩樹立了一個為復興民族文化而孜孜不倦，為詩歌創作而嘔心瀝血、壁立千仞的傑出榜樣」〔註101〕。

郭沫若最主要的成就在於「女神之歌」，他的《女神》「以創世紀的豪情和奔放不羈的才華創作了新詩創生期最傑出的詩章」，但他後期的作品倒退了。〔註102〕

紀弦是「檳榔樹下的摘星少年」，他率先在中國臺灣發起了現代詩運動，接續了中國大陸的詩學傳統，同時他自己的作品展現了這一運動的實績〔註103〕。

舒婷的標誌是「會唱歌的鳶尾花」，出自舒婷的同名作品。編選者認為她可以與北島並列，代表了朦朧詩的成就，讚賞她的獨立思考、「南方風情和女性特徵」以及她在詩藝上的多種嘗試。〔註104〕

〔註97〕同上，第172～173頁。
〔註98〕同上，第230～231頁。
〔註99〕同上，第288～289頁。
〔註100〕同上，第336～337頁。
〔註101〕張同道、戴定南主編：《二十世紀中國文學大師文庫·詩歌卷》（下），海南出版社1994年版，第422～423頁。
〔註102〕同上，第488～489頁。
〔註103〕同上，第544～545頁。
〔註104〕同上，第608～609頁。

海子部分的標題是「介入迷醉」，編選者認為海子「借助通向死亡的迷醉完成了不朽的詩章」，他「象徵了朦朧詩之後中國現代詩的向度，不再執著於政治情結，轉向現代詩學本體建設」。〔註 105〕

何其芳是一位「畫夢人」，編選者認為他的地位「完全是由文本確立的」，而這個文本就是《預言》。何其芳高超的詩藝使得《預言》成為精品。〔註 106〕

從編選者的評述可以發現，這 12 位詩人能夠被評為大師，是因為他們的作品（不論多少）都具備「大師級的文本」四種品質中的一種或幾種。事實上這四種品質大體可分為思想與詩藝兩方面，它們也成為排序的重要依據，穆旦、北島、馮至被推舉為兼具二者的典範，其他詩人則主要是在詩藝上有傑出的貢獻，這或許也是編選者看重「形而上意味的獨特建構」的體現。

這套文庫在當年引起了軒然大波，成為轟動一時的現象。來自各方的爭議很多，主要聚焦於三點：一是評定標準，二是大師名號，三是座次問題。雖然以「審美」作為評定標準，但也受到質疑：一是有沒有純粹的審美標準，二是這樣的標準仍然是主觀的。而「大師」、「經典」這樣的名號，在當時的中國確實是非常敏感的，公開打出這樣旗號的選本還是鳳毛麟角，因而它引發爭議很正常。至於座次，更是一個容易引發爭議的問題，何況它是「20 世紀以文本排定作家座次的首次嘗試」〔註 107〕。

或許這套文庫被認為顯得太新銳甚至偏激，但如今看來，它更應被視為一套個性鮮明的選本，應該得到肯定。以「審美」為標準顯然是合理的，這是回歸文學本位的表現。雖然任何標準在執行中都免不了主觀化的色彩，但仍然還是可以取得相對一致的看法。至於大師、座次這樣的問題，就編選者的評述來看，至少可以自圓其說，這 12 位詩人當然可以進入到大師的行列，至於座次，其實不必要過於糾結，而且排座次的做法也有其合理性。以往的文學史與文學選本雖然會給作家劃出一定的等次，但基本上是不會為每位作家排序。50～70 年代選本是在政治原則指導下為作家定等次，80 年代的一些選本為了扭轉這一取向，按照作家姓氏字母或筆劃排序，雖然擺脫了政治的束縛，但不同作家的成就及在文學史上的地位也變得晦暗不明。在這種情況下，排序的做法可以

〔註 105〕 同上，第 667～668 頁。
〔註 106〕 張同道、戴定南主編：《二十世紀中國文學大師文庫·詩歌卷》（下），海南出版社 1994 年版，第 720～721 頁。
〔註 107〕 《世紀的跨越——重新審視 20 世紀中國文學》，張同道、戴定南主編：《二十世紀中國文學大師文庫·詩歌卷》（上），海南出版社 1994 年版，第 6 頁。

揭示每位作家的成就與地位，為讀者展現出選家心目中的文學史圖景，這種做法是十分大膽的，在富有創新性的同時也有很大的風險。

不僅如此，實際的排序情況也是較為合理的。穆旦排在第一，這並非是編選者孤立的看法，它顯然是與穆旦 80 年代以來聲譽日隆的情況有關。不僅如此，這個選本在標舉審美的時候，實際是選擇了審美現代性而摒棄了其他方面，在追求審美現代性上走向了極致，因而與力圖兼顧歷史性與審美性、體現多元化的選本顯出了差異：這個選本把胡適排除在外就是一個證明，胡適是大師但沒有「大師級的文本」，「詩質的匱乏消解了胡適詩的美學效應，只剩下史的敬意」〔註108〕。不僅如此，像郭沫若、艾青、何其芳這樣的詩人，編選者也只取他們的前期作品，認為這才能代表他們的成就，不必要選入後期的平庸之作；對於北島、舒婷等人的作品，選入的主要是帶有反思意味的作品，如表現異化的舒婷的《流水線》。取其一端，當然也能達到兼顧性選本所達不到的某種深刻。

不過，該選本也存在著一些不足：首先還是排座次的問題。文藝領域排座次確實少見，主要是因為人文精神創造難以完全量化。特別是每位作家、每部作品排在哪一位，終究還是需要拿出可以讓人信服的證據（包括數據），這一點其實很難做到。即使證據充分，排出的座次也不見得就完全恰當，排座次很容易掉入機械、片面的陷坑中。該選本的問題在於論據的實證性不足，也完全沒有提供數據和數據分析，更多地是偏於主觀的議論，而這些議論終究是比較虛的方面。例如，舒婷既然可以與北島比肩，成為朦朧詩的代表，那何以北島能排第 2，舒婷卻排到了第 9 位，中間馮至、徐志摩、戴望舒、艾青、聞一多、郭沫若、紀弦為什麼能排在舒婷的前面？同樣是注重思想與詩藝，馮至為何要排到北島之後？具體到每位詩人的排位，其實有很多地方很難經得起推敲。其次，該選本只取審美現代性而摒棄了歷史現代性，但是對詩人詩作的評析，仍然離不開具體的歷史、時代語境，因此，編選者列舉的發展期的卞之琳、挣扎期的食指、余光中、洛夫、再生期的顧城、楊煉、江河、柏樺等，何以不能列入大師行列？特別是中國臺灣詩人只有紀弦一人入選，余光中、洛夫、瘂弦、羅門這樣的詩人為何落選？也就是說，大師人選名單是不是也有問題？限定大師人選要在 10 人左右，這樣先在的限定，其依據又在哪裏？再次，每位大師所選作品都超過了 20 首，如此一來何以能保證每首詩都是經典文本？最後，

〔註108〕張同道、戴定南主編：《二十世紀中國文學大師文庫·詩歌卷》（下），海南出版社 1994 年版，第 488 頁。

在詩歌卷的序言中，舒婷的排位在紀弦之前，但是到了詩選部分，舒婷卻又排在了紀弦的後面。這樣明顯的前後矛盾也是不應該有的。

引起極大爭議的不僅僅有這套大師文庫，還有謝冕與其他學者聯合主編的選本，那就是《中國百年文學經典文庫》與《百年中國文學經典》。它們引起爭議的原因有相似之處：它們都是對百年／20世紀中國文學的回顧與篩選，立足於百年／20世紀中國文學這一研究範式，標舉審美原則，追求審美現代性，也都是首先由於書名中的「大師」或「經典」之類字眼而受到關注。不同的是，前者引起爭議的焦點在於人選，後者在於作品；前者是因「大師」這樣的字眼太敏感，後者是因「經典」而顯得惹眼。此外，後兩套選本還因為都有同一位主編謝冕，但同一位詩人入選的詩作卻有不同，因而也飽受議論。如今硝煙早已散去，但對這些選本仍有重新審視的必要。

在20世紀80年代以來的編選大潮中，謝冕無疑是格外重要的一位人物，除了《中國新詩萃》，在21世紀之前他還主編或聯合編選了《中國當代青年詩選（1976～1983）》、「20世紀中國文學叢書」（10卷）、《魚化石或懸崖邊的樹》《當代詩歌潮流回顧》《中國當代文學作品精選（1949～1989）》《中國當代文學史料選（1948～1975）》《中國百年文學經典文庫》《百年中國文學經典》（8卷）、《中國女性詩歌文庫》（16卷）、《中國新文學大系（第四輯）詩卷》《中國百年詩歌選》、「百年中國文學總系」叢書、《中國當代文學作品精選‧詩歌卷》《中國新詩三百首》等。

《中國百年文學經典文庫》由謝冕主編，孟繁華擔任副主編，海天出版社1996年10月出版，按體裁分為中篇小說卷、短篇小說卷、散文卷、戲劇卷、詩歌卷。該文庫的「內容簡介」提到這套叢書的出版緣起是為「展示百年中國文學的壯麗圖景」，而且它是「迄今為止國內第一部將20世紀中國文學作為一個整體把握的集百年中國文學經典之作於一體的大型叢書」〔註109〕，強調了它的意義。謝冕在序言《回望百年文學》中，強調中國文學對百年歷程的記載是「審美的而非過程的」，百年中國文學是「飽含憂患而又不斷尋求的文學」，這與他為「百年中國文學總系」所作總序中說到的百年中國文學，「憂患是它永久的主題，悲涼是它基本的情調」〔註110〕，是完全一致的。因此，謝冕也

〔註109〕 《編選說明》，謝冕、孟繁華編：《中國百年文學經典文庫‧詩歌卷》，海天出版社1996年版，襯頁。
〔註110〕 謝冕：《輝煌而悲壯的歷程》，《1898：百年憂患》，山東教育出版社1998年版，第3頁。

是強調審美現代性，但也注意歷史語境對文學的影響。對這百年歷程，如同他在主編《中國新詩萃》時一樣，他是把百年文學視為一個整體，但格外強調「五四」文學革命、八十年代文學復蘇的意義。孟繁華則是在古今中西交融碰撞的大框架中展開對百年中國文學與文化的反思，特別著眼於中國人的心態對中國社會變革的影響，以此挖掘其中的「文化精神」。〔註111〕

《百年中國文學經典》由謝冕、錢理群主編，北京大學出版社1996年12月出版，是一套綜合性選本，按小說、散文、詩歌、戲劇編排。與《中國百年文學經典文庫》一樣，謝冕為《百年中國文學經典》所作的序同樣首先著眼於百年憂患，強調百年文學在「激情」與「苦難」中呈現的「審美與非審美，功利與非功利的矛盾、對立，以及『雜呈』」〔註112〕，而當年與陳平原、黃子平一起提出「二十世紀中國文學」論題的錢理群，是與謝冕聯合主編這套叢書，他將自己的觀念融入其中，強調了「新文學」方方面面「都有異於傳統而顯示出一種『現代性』」，而這種現代性是「文學現代性」也就是審美現代性〔註113〕。

因此，既然都是強調「百年文學」、都要遴選「經典」、都是以審美現代性為根基，兩套選本在篇目上的不同自然就引起了關注與爭議。

其實謝冕早就指出「經典」是一個相對的說法，主要有三點理由：一、「任何精神產品的價值判斷，都不會是單純的和唯一的」；二、選家的「學養、趣味和考察的方式又是千差萬別的」；三、「文學史總有很多有意或無意的『遺漏』」〔註114〕。因此，任何選本都免不了受選家趣味、標準的影響而相互區別，謝冕提出了自己的編選依據：「能通過具體的描寫或感覺，直接或間接地表現出生活的信念、對人和大地的永恆之愛、有鮮明的個人風格、又有精湛豐盈的藝術表現力」，並特別關注「那些保留和傳達了產生它的特定時代風情的精神勞作」〔註115〕。不過，要想對這兩個選本及其差異有更好地把握，還是需要

〔註111〕 孟繁華：《激進的理想與世紀之夢——百年中國文學的文化背景》，謝冕、孟繁華編：《中國百年文學經典文庫·詩歌卷》，海天出版社1996年版，第5頁。

〔註112〕 謝冕：《序》，謝冕、錢理群主編：《百年中國文學經典》（第1卷），北京大學出版社1996年版，第1頁。

〔註113〕 錢理群：《序》，謝冕、錢理群主編：《百年中國文學經典》（第1卷），北京大學出版社1996年版，第5頁。

〔註114〕 謝冕：《序》，謝冕、錢理群主編：《百年中國文學經典》（第1卷），北京大學出版社1996年版，第2頁。

〔註115〕 同上，第2～3頁。

在具體的比較分析中展開。

　　《中國百年文學經典文庫‧詩歌卷》以 1949 年為界分為兩期：1895～1949年、1949～1995 年，在編排上按詩人姓氏拼音排序；《百年中國文學經典》則切分出 8 個階段，分得更細：1895 前後～1917 年、1917～1927 年、1927～1937 年、1937～1949 年、1949～1957 年、1958～1978 年、1979～1989 年、1990～1996 年，詩人按年代先後排序。這裡可以統計出兩套選本各自的收錄情況：

	《中國百年文學經典文庫‧詩歌卷》		《百年中國文學經典》							
	1895～1949	1949～1995	1895 前後～1917	1917～1927	1927～1937	1937～1949	1949～1957	1958～1978	1979～1989	1990～1996
入選人次	67	55	19	5	7	9	20	14	27	19
合計			40				80			
實際人數	111		104							

　　由於兩個選本都有在不同年代收錄同一位詩人的情況，所以在統計人次的基礎上還要進行核減以得出實際收錄詩人的數量。從上表可以看出，兩套選本都是以 1895 年作為百年中國文學的起點，都選入了不少清末民初──通常稱為「近代」──的舊體詩詞，顯示了對作為百年中國文學起始部分的近代文學的重視。將新詩與舊體詩詞合編，此前有《詩刊》社編選的三冊《詩選》收錄了「天安門詩選」的舊體詩，但那已經是當代人所創作的；《二十世紀中國文學大師文庫‧詩歌卷》雖論及晚清文學卻未收錄作家作品，說明編者並不認為晚清詩界有大師存在。直到這兩套選本才真正有所突破，從詩歌史與詩選兩方面將新舊詩融為一體，對晚清與民初詩詞的意義進行了更深的挖掘。前述《中國百年文學經典文庫》敢於宣稱自己是「迄今為止國內第一部將 20 世紀中國文學作為一個整體把握的集百年中國文學經典之作於一體的大型叢書」〔註 116〕，這應該是一個重要原因。

〔註 116〕　《編選說明》，謝冕、孟繁華編：《中國百年文學經典文庫‧詩歌卷》，海天出版社 1996 年版，襯頁。

不過,《中國百年文學經典文庫・詩歌卷》與《百年中國文學經典》還是各有側重,前者在 1949 年以前選入 67 人次,1949 年後選入 55 人次,後者則分別選入 40 人次與 78 人次。前者顯然更重視 1949 年以前的詩歌成果,後者則正好相反。此外,《百年中國文學經典》給予了清末民初文學相當多的篇幅,1895～1917 年是文學革命的前夜,22 年間選收 19 人次,與現代文學 30 年的 21 人次基本持平,這在以往的選本中都是極為罕見的。以往的文學史或選本給予「近代文學」的評價並不高,《百年中國文學經典》則反其道而行,顯示出編者對中國古典文學「最後的輝煌」〔註 117〕的重視。兩個選本都選入了黃遵憲、梁啟超、譚嗣同等「詩界革命」的代表人物,而進入民國以後的蘇曼殊、柳亞子等寫作舊體詩詞的作家也被選入,體現出較強的包容性和歷史眼光。1949 年以後的詩歌,除 1958～1978 年 20 年間的詩人選入最少,意味著這是低谷之外,其他各階段選收的人次都很多,但最值得注意的還是 1990～1996 年,雖然只有 7 年的時間,但是達到了 19 人次,在比例上來講是最高的,體現出編者對當下文學的高度重視與肯定。

《百年中國文學經典》選入近代 19 位詩人,與《中國百年文學經典文庫・詩歌卷》重合的只有 9 人:黃遵憲、梁啟超、康有為、蔣智由、譚嗣同、秋瑾、柳亞子、蘇曼殊、丘逢甲,後者在此基礎上增加了嚴復、于右任,共 11 人,可見兩個選本之間的差異。《百年中國文學經典》在 1917～1949 年選入 21 人次,而在《中國百年文學經典文庫・詩歌卷》中收入的胡適、沈尹默、周無、康白情、劉半農、劉大白、魯迅、周作人、俞平伯、朱自清、冰心、饒孟侃、邵洵美、王獨清、林徽因、方令孺、光未然、高蘭、田漢、唐祈、唐湜、屠岸、張志民、冀汸、杭約赫、胡風、綠原、魯藜、陶行知、辛笛、林庚、曾卓〔註 118〕等,都沒有收入到《百年中國文學經典》的這一時段中,可見其對現代詩人篩選之嚴格,特別是 1917～1927 年只選入 5 人次,或許是編者對初期新詩的實績不滿意。

但是《百年中國文學經典》所收清末民初 19 位詩人,除了兩部選本重合的 9 位,還收入馬君武、章太炎、樊增祥、高旭、陳去病、王國維、王鵬運、鄭文焯、陳三立、鄭孝胥。以「百年中國文學」的宏觀視野,清末民初的詩壇或許應該側重選擇具有雄厚的集大成之力的詩人、富有求新求變意識的詩人,

---

〔註 117〕謝冕:《序》,謝冕、錢理群主編:《百年中國文學經典》(第 1 卷),北京大學出版社 1996 年版,第 2 頁。

〔註 118〕林庚、曾卓是在《百年中國文學經典》(第 6 卷)1958～1978 年這一階段被收入的。

19 人的規模還是太大了一些。即使從審美的角度來要求，《中國百年文學經典文庫・詩歌卷》選入的嚴復、于右任，其實也不必選入。《百年中國文學經典》排除的眾多新詩人，倒是有不少其實應該選入，如沈尹默、饒孟侃、光未然、唐祈、唐湜、綠原、魯藜、辛笛等。即使單就作品論，《中國百年文學經典文庫・詩歌卷》收入的沈尹默《月夜》《三弦》、劉半農《教我如何不想她》、魯迅的散文詩《影的告別》、周作人《小河》等，又何嘗不是經典之作呢？1949 年以後的詩人，兩個選本的重合度很高，不過《百年中國文學經典》所收的顧城、伊沙、杜涯沒有被《中國百年文學經典文庫・詩歌卷》收入，這也是不應該的，特別是顧城不應被遺漏。

　　一個很有意思的現象是，胡適被《中國百年文學經典文庫・詩歌卷》收入，卻在《百年中國文學經典》中落選了。前者收入了胡適的 3 首詩：《一顆星兒》《湖上》《四烈士冢上的沒字碑歌》，其中的《湖上》《四烈士冢上的沒字碑歌》曾被《中國新詩萃》收入。從作品本身看，前兩首詩具有清新自然的抒情風格，確實是佳作，但第 3 首則是流於直露和議論的政治詩，算不上「經典」。可能編者是有意識要使兩個選本顯出差異，體現出互補性；當然也有編選本身會遇到的相對性、多元性等問題，還有可能是考慮到面對不同讀者的需要：《中國百年文學經典文庫・詩歌卷》或許是考慮面向社會上的大眾讀者，因而是更熟悉的格局，比較注重兼顧歷史性與審美性；《百年中國文學經典》所作的細密的劃分以及在晚清、「五四」時期的較大調整，或許是要面向更為專業的讀者，也更強調審美現代性。

　　當然，更有意義的還是選篇分析，這裡不妨從兩個選本都選入的詩人中挑選一部分，把他們的入選篇目放到一起，看看其中所體現的異同及其意味：

	《中國百年文學經典文庫・詩歌卷》	《百年中國文學經典》
黃遵憲	《放歸》《到家》《雁》	《今別離》《山歌》（選二）、《酬曾重伯編修》（選一）
郭沫若	《Venus》《匪徒頌》《立在地球邊上放號》	《鳳凰涅槃》《天狗》《夜步十里松原》
聞一多	《口供》《死水》《心跳》《發現》	《口供》《死水》《發現》
徐志摩	《沙揚娜拉》《殘詩》《翡冷翠的一夜》《再別康橋》《雲遊》	《再別康橋》《我不知道風——》
馮至	《十四行詩》（2、22、23、26）、《韓波砍柴》	《蛇》《吹簫人的故事》《十四行詩》（2、16、18、21）、《韓波砍柴》

臧克家	《生活》《烙印》《老馬》《有的人》	《難民》《有的人》
戴望舒	《雨巷》《我底記憶》	《雨巷》《尋夢者》《樂園鳥》《我的記憶》
何其芳	《預言》《贈人》《花環》《雲》《夜歌》（一）、《回答》	《預言》《古城》《回答》
卞之琳	《斷章》《第一盞燈》《尺八》《距離的組織》	《斷章》《白螺殼》《尺八》
艾青	《大堰河——我的褓姆》《太陽》《雪落在中國的土地上》《我愛這土地》《礁石》《在智利的海岬上》《魚化石》	《大堰河——我的保姆》《雪落在中國的土地上》《手推車》《我愛這土地》《礁石》《在智利的海岬上》《魚化石》《虎斑貝》《互相被發現》
鄭敏	《金黃的稻束》《雷諾阿的〈少女畫像〉》《曉荷》《流血的令箭荷花》《開在五月的白薔薇》《你已經走完秋天的林徑》	《金黃的稻束》《曉荷》《流血的令箭荷花》《開在五月的白薔薇》《你已經走完秋天的林徑》《詩人與死》《組詩十九首選三首）》
穆旦	《在曠野上》《在寒冷的臘月的夜裏》《讚美》《自然底夢》《冬》《停電之後》	《讚美》《詩八首》《在寒冷的臘月的夜裏》《被圍者》《森林之歌》《冬》《停電之後》
李季	《王貴與李香香》《正是杏花二月天》《黑眼睛》	《王貴與李香香》《正是杏花二月天》《黑眼睛》
阮章競	《漳河水》	《漳河水》
袁水拍	《發票貼在印花上》《西雙版納之夜》《西雙版納的空氣》《依娟紅》	《西雙版納之夜》《西雙版納的空氣》《依娟紅》
羅門	《麥堅利堡》	《麥堅利堡》
余光中	《春天，遂想起》《民歌》《鄉愁》《白玉苦瓜》《鄉愁四韻》	《春天，遂想起》《民歌》《鄉愁》《白玉苦瓜》《鄉愁四韻》《堤上行》
食指	《這是四點零八分的北京》《相信未來》	《這是四點零八分的北京》《相信未來》
郭小川	《山中》《深深的山谷》	《山中》《深深的山谷》
梁小斌	《中國，我的鑰匙丟了》《雪白的牆》	《中國，我的鑰匙丟了》《雪白的牆》
北島	《黃昏·丁家灘》《陌生的海灘》《回答》《宣告》《迷途》	《黃昏·丁家灘》《是的，昨天》《陌生的海灘》《回答》《宣告》《迷途》
舒婷	《致橡樹》《四月的黃昏》《神女峰》《惠安女子》	《致橡樹》《四月的黃昏》《惠安女子》《神女峰》
海子	《亞洲銅》《兩座村莊》《春天，十個海子》《黑夜的獻詩》	《亞洲銅》《兩座村莊》《春天，十個海子》《月光》《五月的麥地》

從上表可以看出，兩個選本在選同一位詩人的作品時出現了三種情況：一

是所選詩作全然相異，如黃遵憲、郭沫若；二是全然相同，如李季、阮章競、羅門、食指、郭小川、梁小斌、舒婷；三是部分詩作相同，如聞一多、徐志摩、戴望舒、馮至、臧克家、何其芳、卞之琳、艾青、鄭敏、穆旦、袁水拍、余光中、北島、海子。全然相異只占極少數，同時也分為兩種情況：一是兩個選本分別展現詩人不同時期、不同風格的創作面貌與成就：如黃遵憲是晚清「詩界革命」首屈一指的人物，謝冕稱他為「中國近、現代轉型期的第一詩人」﹝註119﹞。《中國百年文學經典文庫・詩歌卷》選其《放歸》《到家》《雁》，是他放歸後的創作，屬於後期作品，而《百年中國文學經典》所選《今別離》《山歌》（選二）、《酬曾重伯編修》（選一）是前期作品，都能代表詩人的風格，當然《今別離》更能代表「詩界革命」的成就。

另一種全然相異是表面相異而實質相近，即不同的選篇其實在風格、成就上十分接近，如郭沫若《Venus》《匪徒頌》《立在地球邊上放號》與《鳳凰涅槃》《天狗》《夜步十里松原》，都是既有表達破壞、反抗、追求精神的作品如《匪徒頌》《立在地球邊上放號》《鳳凰涅槃》《天狗》，又有寄寓細膩情思與感受的作品如《Venus》《夜步十里松原》。在這一點上兩個選本貌異而實同。

至於部分相同、全然相同的情況，更是把詩人的代表作都收入進去，並且這兩種情況也比全然相異要多得多，因此，從所選詩作的差異來指責這兩個選本是不恰當的。也就是說，即使選本的編者是同一個人，但是也會受到種種因素的影響而使得不同選本可能呈現出差異，但是一般不會產生重大的、根本性的差異。

如果把這兩個選本與謝冕後來編選的《中國百年詩歌選》（山東文藝出版社，1997 年）放到一起，就可以瞭解得更清楚。該選本延續了謝冕「百年中國文學」的一貫思路，在選錄時包容性更強，基本上可以視為兩個選本的綜合：在詩人方面綜合了兩個選本的入選者，如胡適再度入選，選了他的《一顆星兒》《湖上》《四烈士冢上的沒字碑歌》；在作品方面，也基本上是兩個選本的篇目都予以收錄，如郭沫若選收《Venus》《匪徒頌》《立在地球邊上放號》《鳳凰涅槃》《天狗》《我是個偶像崇拜者》《瓶・第十六首》，艾青的作品選入《大堰河——我的褓姆》《蘆笛》《太陽》《雪落在中國的土地上》《手推車》《我愛這土地》《火把》《礁石》《在智利的海岬上》《魚化石》《虎斑貝》《互相被發現》等，都可以視為兩個選本的融合。

﹝註119﹞ 謝冕：《1898：百年憂患》，山東教育出版社 1998 年版，第 53 頁。

　　如果說上述選本體現出對審美現代性的興趣主要是在詩歌的主旨、情感、文體、技巧等方面，還有一些學者則更關注新詩在語言上所具備的現代性，他們甚至為此對「新詩」這一名稱提出質疑，力圖找到更合適的名稱以替代。「新詩」受質疑，是因為這一名稱內涵與指向的含混，其中包含著二元對立、線性進化論的思維觀念。由此奚密（Michelle Yeh）和王光明都主張以「現代漢詩」的概念取代「新詩」〔註120〕。

　　在編選詩歌選本的過程中，「現代漢詩」的理念也得以融入其中，如王光明編選散文詩選本、奚密編譯《中國現代詩選》（*Anthology of Modern Chinese Poetry*）、《二十世紀中國臺灣詩選》等。此外，姜耕玉從20世紀中國文學的角度提出了「20世紀漢語詩歌」的命題，其核心是「漢語詩歌」。姜耕玉同樣將中國新詩的基本問題置於語言之上，力圖「追尋新詩的漢語言藝術的本性」（著重號為原文所有——引者注），從語言的線索中追蹤20世紀中國詩歌演變的得失。在他看來，「新詩」的產生，是自由精神的體現，另一面卻是漢語詩意的流失，二三十年代則從模仿西方轉而努力實現「融化」，五六十年代大陸的政治運動阻斷了這一進程，但在中國臺灣現代詩運動中得以延續，新時期以來的變革「通過思想解放回歸詩的本質意義上的本體」，「現代漢語詩歌超越傳統詩歌的本質特徵」得以形成〔註121〕。

　　以語言為本體、為根基，姜耕玉編選了5卷本的《20世紀漢語詩歌》，按年代劃分為1900～1949、1950～1976、1977～1999，收入404位詩人的2240首詩歌，其中臺港澳49家378首，國外詩人14家108首。入選作品除了新詩，還有古體、近體詩詞29家149首〔註122〕。就詩選而言，胡適的詩歌選有《鴿子》而不取《蝴蝶》，應該是著眼於該詩在文體解放上的意義。選本中既有新詩，也選舊體詩詞，既有短詩，也選長詩，還選入左翼詩人、革命詩人的作品及一些政治抒情詩。既側重自由體詩歌，也選入民歌體作品如《王貴與李香香》《漳河水》《王九訴苦》等。該選本著眼於語言，選詩較為注重兼容並包，

〔註120〕參見奚密：《現代漢詩：1917年以來的理論與實踐》，上海三聯書店2008年版；王光明：《現代漢詩：「新詩」的再體認》，現代漢詩百年演變課題組編：《1997年武夷山現代漢詩研討會論文匯編》，作家出版社1998年版；王光明：《現代漢詩的百年演變》，河北人民出版社2003年版。

〔註121〕姜耕玉：《20世紀漢語詩歌的藝術轉變：迷惘與前景》，姜耕玉選編：《20世紀漢語詩選》（第1卷），上海教育出版社1999年版，第1～20頁。

〔註122〕《凡例》，姜耕玉選編：《20世紀漢語詩選》（第1卷），上海教育出版社1999年版，第28頁。

當然重點還是在側重詩藝與語言探索的現代詩作上。

　　總體來看，新時期以來的新詩編選回歸文學本位、立足審美特性，由此出現的一個總體趨勢就是選家日益青睞那些專注於詩藝、表達個體對時代、現實、生活真切感受的作品，而政治意味較為濃厚的左翼詩人、革命詩人、政治抒情詩則日益邊緣化，在有的選本中甚至完全不見蹤影，這是對 50～70 年代選本取向的一次大反轉。

　　隨著 20 世紀進入最後的階段，對 20 世紀詩歌的總結也進入高潮，除了綜合性選本，還有大量分類的專題性選本，其中綜合性選本大體上可以分為兩種模式：一類是從 20 世紀／百年中國詩歌的視角切入，從晚清開始；另一類則是對 20 世紀中國新詩的總結。前者體現為一種研究範式的更新，後者則更帶有總結新詩史、開啟百年新詩之門的意味。因此，進入 21 世紀之後，20 世紀／百年中國詩歌的範式即為百年中國新詩的範式所取代，但是前者所具有的意義還是值得肯定的：這一範式不僅僅只是在時間上把近代文學、現代文學、當代文學打通，它更是將一個世紀的文學視為一個整體通盤把握，對晚清文學的意義及其與現當代文學的關聯、舊體詩詞（不僅存在於晚清，在整個 20 世紀甚至當今都存在）與新詩的關係進行了有益的探討，深入到文學內在脈絡的延續與變革問題。正如余光中在為《新詩三百首》所作序言中說到的，「蘇曼殊的淒美，比周夢蝶的《孤獨國》又如何呢？而王國維的深思果真會較馮至的《十四行集》遜色嗎？……我實在不能確定這些古典作品的傳後率必然不及新詩，更不能確定這三百首新詩全都可以傳後」〔註 123〕。

　　20 世紀中國新詩的範式，牛漢、謝冕主編的《新詩三百首》三卷本可以作為代表。對 20 世紀中國新詩的梳理與總結並不以這部《新詩三百首》為起點，實際上 20 世紀 80 年代以來的一些選本就已經帶有這種意味，而以「三百首」命名的新詩選本也有許多，早在 1922 年 6 月，上海新華書局出版的《新詩三百首》就首開先河，還有黃邦君編選的《當代青年抒情詩三百首》（1985年）、張永健、王芝主編的《中外名詩三百首》（1990 年）、張永健、張芳彥主編的《中國現代新詩三百首》（1992 年）、呂進主編《新詩三百首》（1996 年）、譚五昌主編的《中國新詩 300 首》（1999 年）等。牛漢、謝冕主編的這部出版於新舊世紀交替的最後階段的選本，可以視為這類選本的收官之作。兩位主編

〔註 123〕余光中：《當繆思清點她的孩子》，張默、蕭蕭編：《新詩三百首》（1917～1995），
　　　　　九歌出版社 1995 年版，第 54 頁。

都在序言中對中國新詩的坎坷歷程表達了深沉的感慨，也對新詩的發展充滿了信心。謝冕提到，「三百篇」之名顯然是取法自《詩經》，其後影響最大者莫過於《唐詩三百首》，如今採用這一模式，「是與人們對中國新文學取得業績的體認，以及對新詩實踐的成就的肯定有緊密的聯繫」。〔註124〕

　　當然，給主編和編委印象最深的還是編選方式的變革：採用集體編選方式，主編並不擁有個人決定權。根據唐曉渡的回憶，這一新的操作模式是由該選本的策劃人丁曉禾提出的。1998 年丁曉禾出於「對詩的熱愛，對新詩當前境遇的不忿和他精明的商業考慮」，拋出了《新詩三百首》的策劃案：「中國新詩誕生百年，竟無一權威選本走入尋常百姓家，不能不說是文學界和出版界的世紀性失誤」，他主張按《唐詩三百首》編選本，讓「百年經典走上大眾的書架，使其成為 20 世紀中國文學最後的『賣點』」〔註125〕。這樣一種大膽的想法讓人耳目一新，當然也具有風險與挑戰性。集體編選的做法也是他提出來的。次年 33 名編委提出備選篇目，其中 9 名常務編委根據得票情況決定最終入選作品，主編也只能投一票，編選宗旨為「好作品主義」、「只認作品不認人」〔註126〕。這種運作，改變了過去以主編 / 編者為主導的編選出版模式，變為以策劃人為主導，融文化傳播、社會效益與商業創意於一體，在新世紀產生了更大的影響，深刻地改變了中國新詩出版、傳播的方式與格局。

　　綜上所述，自 1979 年至 20 世紀結束這一時期的新詩選本，是與當代中國社會轉型、思想文化及文學的變遷緊密地結合在一起的，其中 1979 年與 1985 年又是兩個具有標誌意義的年份：1979 年的新詩編選宣告了一個新時代的開啟，但又處於新舊雜糅的過渡期。80 年代的大量流派詩選是在此基礎上的延伸，特別是 1985 年前後的選本更鮮明地體現了向審美的回歸。隨著「20 世紀 / 百年中國文學」範式的興起，新詩編選也被納入這一總體框架之中，審美現代性的原則得到了進一步的突出，其影響一直持續到 21 世紀。

〔註124〕謝冕：《序二》，牛漢、謝冕主編：《新詩三百首》（1），中國青年出版社 2000 年版，第 13～16 頁。

〔註125〕唐曉渡：《後記》，牛漢、謝冕主編：《新詩三百首》（3），中國青年出版社 2000 年版，第 724 頁。

〔註126〕同上，第 726～727 頁。

第四章　21 世紀新詩選本的多元化景觀

　　進入 21 世紀以來，新詩選本呈現出更為繁榮的態勢，並且隨著新媒體的興起，紙質出版之外，網站、手機、微博、微信公眾號、APP 等構成的電子網絡空間更是成為詩歌編選的重要平臺。詩歌選本也不再限於單一的紙本印刷物，而是融紙本、音頻、視頻、圖像等於一體的立體文化產品。詩歌編選形式更為多樣，除了傳統的讀詩選詩，還與朗誦會（詩會）、頒獎、研討會、詩歌節等諸種活動打包，成為一場文化盛宴。凡此種種，都使得新世紀的新詩編選與以往有了很大的不同，具備了自身的特點。

　　與上述態勢相關聯，進入 21 世紀以來的 20 年，由於新詩創作的噴發式增長、詩歌信息的海量豐富，選本的重要性也日漸突出，因而自世紀之交開始，詩歌選本也出現了前所未有的興盛。陳思和就特別提到「現在是選本世界」，選本要充分發揮它的導向作用〔註1〕。大體而言，新詩選本可以分為綜合性選本與分類選本，後者依照分類的標準——性別、民族、篇幅、內容、方式、時間、空間、年齡、風格、觀念、發表平臺等——可以分出各類選本如女性詩選、少數民族詩選、短詩選、長詩選、愛情詩選、敘事詩選、抒情詩選、年度詩選及雙年、十年、五十年、百年、××年代詩選等、現代詩選、當代詩選、地域詩選、校園詩選、青年詩選、代際詩選（60 後、70 後、80 後等）、流派詩選、探索詩選、《詩刊》詩選、民刊詩選、網絡詩選等，而分類詩選內部又可以相互交叉而產生更多更細種類的選本，其種類之繁多讓人目不暇接。新詩選本的

〔註 1〕陳思和：《好的選本能將文學引向好的方向》，《中華讀書報》2015 年 3 月 25 日。

數量也是呈幾何倍數地增長的。因此，為了能對新世紀以來的選本有一個較好的瞭解與把握，本章主要選取兩種選本類型加以研究：年度詩選與綜合性選本，前者是新世紀以來最為活躍的一種分類詩選，對詩壇動態的把握也較為及時；後者則歷來是詩歌選本中的一大重鎮，而新詩百年誕辰的到來，使得綜合性選本在 21 世紀的頭 20 年迅速達到高潮，湧現了一大批重量級的選本，對此需要認真加以總結和探討。

第一節　年度詩選的發展歷程

年度詩選的發展歷程大體可以分為四個階段：20 世紀 20～30 年代的創立期、50 年代的發展期、80～90 年代的拓展期、90 年代至 21 世紀以來的興盛期。

中國新詩之有年度詩選，始於 1922 年 8 月上海亞東圖書館出版、北社編的《新詩年選》（一九一九年），本書第一章曾經論及。中國古代沒有這樣的年度詩選，更重要的是，現代的年度詩選所依託的其實是現代的、線性的時間觀念。特別是在 19 世紀末 20 世紀初，這種時間觀念又與進化論結合，在當時產生了極大的影響。即使這種進化觀念後來被捨棄，但年度選本也始終受到青睞，因為其中包含著立足當下而對已逝的過去的銘記，當然也含有對未來的無限期望。

《新詩年選》（一九一九年）是一部編選謹嚴、點評精闢的選本，也得到了眾多研究者的青睞。該書分為《弁言》《北社徵文啟事》、「詩選」、「余載」（含《一九一九年詩壇略紀》《北社的志趣》兩篇文章），體例也較為完備：有選有評、有史有論，在當時也產生了很大的影響，1929 年 4 月發行了第 5 版。該選本把 1919 年以前的詩歌也選入其中，同時它也是個性極為鮮明的選本，是以選本的形式表達北社的旨趣與觀念。只可惜北社同人所許諾的「以後當按年續出」〔註2〕沒有兌現，再無下文。

隨後出現的是小說年選：1923 年 3 月小說研究社出版了魯莊、雲奇編的《小說年鑒》，這是中國現代第一部小說年鑒；1932 年 8 月，王抗夫編的《短篇小說年選》由南強書局出版。1933 年 8 月 10 日，《中國文藝年鑒（第一回）1932 年》由現代書局出版，如書名所宣稱的，這是中國第一部現代意義上的

〔註 2〕北社同人：《弁言》，《新詩年選》（一九一九），亞東圖書館 1922 年版，第 2 頁。

文藝（實際只涉及文學）年鑑。《現代》雜誌刊登的廣告稱：「本書係中國文藝年鑑社編輯，為中國首創唯一之文藝年鑑。」〔註3〕該年鑑署「中國文藝年鑑社編輯」，據考證實為杜衡、施蟄存二人〔註4〕。該書是這樣介紹創刊緣起的：「我國新文學運動發生到現在，已經有了十多年的歷史，每年出版的文藝書報，亦不在少數；文藝的著作者，幾乎每年都有新陳代謝的情勢；文藝界的活動，亦是每年總有一些值得注意的波瀾。但是，關於這些文藝界的風景，從來沒有人給攝一幀清晰的照片，使目迷五色的讀者能夠一目了然。我們決心編印《文藝年鑑》，就是企圖給我國文藝界每年攝一幀清晰的照片。」〔註5〕

為中國文藝每年攝一幀照片，這樣形象的說法，的確道出了文藝年鑑最重要的功能和特點。這本年鑑的內容包括四個方面：一是選錄年度文學傑作；二是介紹年度文藝界動態；三是年度文學作品成果編目；四是年度文藝書報編目。體現在正文中就是三大部分：第一部為「一九三二年文壇鳥瞰」，是對年度文藝的回顧、總結與評論；第二部為「一九三二年創作選」，分短篇小說、詩、散文、劇本；第三部為「作家及出版索引」，屬於資料性質。這樣的體例，有年度文藝綜述、有作家作品選、有資料彙編，涵蓋了主要的文學體裁，「可稱略具規模，已備雛形」〔註6〕，對後來的年度選本產生了很大的影響。

文藝年鑑作為年度選本，自然需要客觀公正，但由於編者的「現代派」傾向明顯，因而該年鑑招致左翼陣營如茅盾、蒲風的猛烈抨擊，魯迅也予以嘲諷〔註7〕。現代書局版的《文藝年鑑》只出了一本，此後上海北新書局出版了楊晉豪所編的《中國文藝年鑑》（有 1934、1935、1936 年鑑三本）。

〔註3〕 轉引自謝其章：《淪為珍本的〈中國文藝年鑑〉》，https://baijiahao.baidu.com/s?id=1626231981727544667&wfr=spider&for=pc2019 年 2 月 23 日。

〔註4〕 相關研究成果可參看：平保興：《〈中國文藝年鑑〉編纂史略》，《年鑑信息與研究》2008 年第 6 期；吳福輝：《全景與雜陳（「第一回」中國文藝年鑑之回顧）》，《漢語言文學研究》2012 年第 1 期；房存、唐晴川：《文藝論爭視域下的 20 世紀 30 年代〈中國文藝年鑑〉解讀》，《哈爾濱師範大學社會科學學報》，2016 第 2 期；謝其章：《淪為珍本的〈中國文藝年版鑒〉》，https://baijiahao.baidu.com/s?id=1626231981727544667&wfr=spider&for=pc2019 年 2 月 23 日。

〔註5〕 《中國文藝年鑑創刊緣起》，中國文藝年鑑社編：《中國文藝年鑑（第一回）1932年》，現代書局 1933 年版，第 1 頁。

〔註6〕 吳福輝：《全景與雜陳（「第一回」中國文藝年鑑之回顧）》，《漢語言文學研究》2012 年第 1 期。

〔註7〕 蒲風主要是批評詩選部分，多見蒲風：《「中國文藝年鑑」詩歌部》，《出版消息》1933 年第 23 期。

　　新中國成立後，50 年代出版過四部詩歌年選：《詩選》（1953.9～1955.12）、1956 年《詩選》、1957 年《詩選》和 1958 年《詩選》。本書第二章曾經論及。這四部年選都是當時出版的年選叢書中的一種：1953～1955 年選本有兒童文學、詩、短篇小說、散文特寫、獨幕劇五種；1956 年選本包括兒童文學、詩、短篇小說、散文小品、特寫、獨幕劇六種；1957 年選本包括兒童文學、詩、短篇小說、散文特寫、獨幕劇、曲藝六種；1958 年選本包括兒童文學、詩、短篇小說、散文特寫、曲藝五種。在當時的環境下，年選叢書對年度文藝成果的展示，不僅是為了留存，更是為了集中推廣和傳播，展現新中國文藝創作的成就。文藝成就與其他各方面的成就結合到一起，新中國生機勃勃的面貌就呈現出來了。總體而言，這四部詩歌年選雖然政治色彩濃厚，但也有可取之處：大力吸收青年詩人，不僅總結年度詩歌成就，也對詩歌的發展作了展望，這也為日後的年度詩選所吸收。1959 年前後為慶祝建國十週年，各地還推出了大量的十年詩選。

　　新時期以來年度詩選再度恢復，除了 1979 年前後的慶祝建國三十週年詩選之外，首先就是中國社科院文學研究所編的《1980 年新詩年編》，江蘇人民出版社 1981 年出版，此後陸續推出了 1981、1983、1985 年的新詩年編；其次是《詩刊》社從 1982 年開始編選出版的詩選，最先是《1979～1980 詩選》，屬於雙年詩選；此後是 1981 到 1989 年的年度詩選；1994 年，人民文學出版社編輯部推出了《1990～1992 三年詩選》。除此以外，呂進、毛翰主編的《中國詩歌年鑒》也值得注意，該年鑒從 1993 卷一直做到 1997 卷。還有安徽文藝出版社編選的年度《全國詩歌報刊集萃》，從 1985 年持續到 1992 年，廣泛採錄各類報刊雜誌上的詩作。這一時期的年度詩選，是在全面回歸文學本位、追求審美的大背景下進行，同時也注重兼容並包。

　　編選者對年度詩選的功能與特點也有更加自覺的認識：「它應是新詩史中的一個橫斷面，盡可能反映出新詩創作在這一年的概貌，有一定的史料性；同時力求成為可資作者借鑒和足堪讀者欣賞的一個較好的讀本」〔註 8〕。要做到這些，年度選本需要確立這樣的編選標準：外部標準是「1.盡可能反應出這一年內我們社會生活的重大方面，如農村新貌、城市改革等等；2.盡可能反映出新詩創作在這一年的實際成就和普遍趨勢，如各種形式、體裁、風格等量的統計；3.盡可能反映出有別於往年的特點，如新人和『新作』」；內

〔註 8〕《詩刊》社：《編者的話》，《詩刊》社編：《一九八一年詩選》，人民文學出版
　　　　社 1983 年版，第 271 頁。

部標準是「好詩」〔註9〕。

　　呂進、毛翰主編的《中國詩歌年鑒》十分厚重，強調選本以客觀、公正、厚重、權威顯示「詩歌編年史的文獻意義」和「引導閱讀匡正時風的現實意義」，該年鑒既選錄海峽兩岸詩歌，又兼選海外華文詩歌，立志做成「一部關於全世界華文詩歌的年鑒」〔註10〕，視野十分廣闊。年鑒的體例包括詩選、詩論和資料信息，同樣是非常完備的規模。不僅如此，從1994年卷開始，《中國詩歌年鑒》收錄的詩歌分為四大板塊：新詩、歌詞、舊體詩詞與散文詩，不限於新詩，體現出更強大的包容性，與「詩歌年鑒」之名相符。

　　但是，八九十年代的年度編選由於文學邊緣化、無法適應市場經濟大潮的衝擊等原因而中斷。20世紀90年代後期，中斷的詩歌年選又一次得到接續並在新世紀之初展現出前所未有的興盛態勢，其中最早出現的是長江文藝出版社1999年1月出版的《1997年中國詩歌精選》，它是該社推出的「中國年度文學作品精選叢書」（為論述方便，以下簡稱「長江年選」）之一，此後各類年選也紛紛出現，形成蔚為大觀的局面。20年過去，至2020年，有六家年選堅持出版達到或即將達到20年，已經形成品牌效應，它們是（1）長江文藝出版社的「長江年選」；（2）《中國新詩年鑒》；（3）遼寧人民出版社的「太陽鳥文學年選」；（4）灕江出版社的「灕江年選」；（5）春風文藝出版社推出的「21世紀中國文學大系」及江蘇鳳凰文藝出版社接續出版的「中國好文學」叢書〔註11〕；（6）花城出版社出版的「花城年選」。

　　本章即以這六家年選為重點展開探討，兼及其他年選。這六家年選以詩歌選本出版的時間先後排序如下：

序號	年選品牌名稱	出版社	合作者	最早出版物	詩歌年選出版時間	歷任編者
1	「中國年度文學作品精選叢書」	長江文藝出版社	中國作協創研部	1995年選（散文、中篇小說、短篇小說），1997年7月出版	1997年中國詩歌精選（1999年1月出版）	張同吾、祈人、韓作榮、霍俊明

〔註9〕《詩刊》社：《編者的話》，《詩刊》社編：《一九八四年詩選》，人民文學出版社1986年版，第483頁。

〔註10〕呂進、毛翰：《序言》，呂進、毛翰主編：《中國詩歌年鑒（1993卷）》，西南師範大學出版社1994年版，第1～7頁。

〔註11〕春風文藝出版社的「21世紀中國文學大系」，自2001年卷到2010年卷，此後這項工作停止。自2012年卷開始，李敬澤任總主編的「中國好文學叢書」由江蘇文藝出版社（江蘇鳳凰文藝出版社）出版。

2	中國新詩年鑒			《1998 中國新詩年鑒》(1999 年 2 月)	《1998 中國新詩年鑒》(1999 年 2 月)	楊克等
3	「太陽鳥」文學年選	遼寧人民出版社	王蒙（主編）	1998 中國最佳（散文、詩歌、隨筆、雜文、小說）(1999 年 7 月出版)	1998 中國最佳詩歌（1999 年 7 月出版）	臧棣、陳樹才、宗仁發
4	灕江年選	灕江出版社	《詩刊》社、《詩探索》	1997 年選（中篇小說、短篇小說）(1998 年 9 月出版)	'99 中國年度最佳詩歌（2000 年 1 月出版）	林莽
5	「21 世紀中國文學大系」、「中國好文學」叢書	春風文藝出版社、江蘇鳳凰文藝出版社	陳思和（主編）、李敬澤（主編）	2001 年大系（10 卷本）(2002 年 1 月出版)	2001 年中國最佳詩歌（2002 年 1 月出版）	張清華等
6	花城年選	花城出版社	中國詩歌研究中心、中國詩歌學會	2001 中國散文年選（2002 年 4 月出版）	2002～2003 中國詩歌年選（2004 年 3 月出版）	王光明、李小雨、大衛、周所同、呂達、徐敬亞、韓慶成

　　由此看來，1999 年是中國新詩年選再度興起的標誌：這一年出現了長江文藝出版社的《1997 年中國詩歌精選》、楊克主編的《1998 中國新詩年鑒》(花城出版社出版)、遼寧人民出版社的《1998 中國最佳詩歌》，此外還有唐曉渡主編的《現代漢詩年鑒‧1998 卷》由中國文聯出版社出版、何小竹主編的《1999 中國詩年選》由陝西師大出版社出版。不僅如此，1999 年對於中國新詩而言也是意義重大：慶祝建國 50 週年的選本大量出現；人民文學出版社發起的「百年百種優秀中國文學圖書」揭曉；《星星》詩刊開闢專欄討論新世紀詩歌教育問題；「盤峰論爭」則成為繼朦朧詩論爭以來中國新詩界爆發的最激烈的論爭，而《1998 中國新詩年鑒》與《歲月的遺照》(程光煒主編，1998 年出版) 兩個選本正是引爆論戰的重要導火索。由此看來，新詩年選在 1999 年的再度崛起，是因為文學始終與歷史、現實密切相關，也始終是人們不可或缺的精神需求。

　　1999 年興起的新詩年選其實帶有某種實驗或者說「試水」性質。六家年

選大多是涵蓋各類體裁的綜合性文學年選，也有只做新詩的《中國新詩年鑑》，它們都在 20 世紀末開始「試水」，其中的輝煌集中出現在新世紀前後：

序號	年選品牌名稱	詩歌卷	總印數	出版時間
1	「中國年度文學作品精選叢書」	2000 中國詩歌精選	10000 冊	2001 年 3 月
2	「中國新詩年鑑」	1998 中國新詩年鑑	20000 冊	1999 年 2 月
3	「太陽鳥」文學年選	2000 中國最佳詩歌	10000 冊	2001 年 2 月
4	灕江年選	'99 中國年度最佳詩歌	30000 冊	2000 年 1 月
5	「21 世紀中國文學大系」	2001 年中國最佳詩歌	6000 冊	2002 年 1 月
6	花城年選	2002～2003 中國詩歌年選	7000 冊	2004 年 3 月

　　以最早面世的「長江年選」為例，無論是編選方還是出版方，對於年選的新運作模式都沒有太多經驗，出版時間太過滯後，最先推出的是 1995 年度選本，涉及四種體裁：中篇小說、短篇小說、報告文學與散文。這套選本遲至 1997 年才出版，1998 年度選本也遲至 1999 年 12 月才出，違背了年選的時效性原則因而遭遇虧損。此後調整了年選的出版時間，2000 年度選本選在了 2001 年 3 月面世，從 2002 年度選本開始在每年 1 月出版，順應了市場形勢，銷售情況明顯好轉。1997 年度選本開始加入詩歌卷，印數 3000 冊，到 2000 年度選本就達到了 8000 冊，重印後總數達到 1 萬冊，創下了前所未有的佳績。2002 年選開始增加《中國散文詩精選》。灕江出版社是在 2000 年 1 月推出《'99 中國年度最佳詩歌》，首印 1 萬冊，此後兩次重印，總數達到 3 萬冊，發行量居於同類詩歌年選之首。「太陽鳥年選」的 98、99 年度選本分別出版於 1999 年 7 月、2000 年 4 月，印數都是 6000 冊，到 2000 年度選本提前到 2001 年 2 月出版，印數增長到 10000 冊。時效性對於年選圖書十分關鍵，出版社把握住這一點，是其在年選市場上成熟的表現。因此，新詩年選可以說是在 21 世紀迎來了自身大發展的契機。

　　新世紀以來的新詩年選更是如雨後春筍，這裡僅列舉數例：1.《人民文學》編選、敦煌文藝出版社出版的《文學精品·詩歌卷》，自 2002 年卷開始，到 2004 年卷；2.羅暉主編的《中國詩歌選》，自 2002 年度選本開始；3.梁平、韓珩主編的《中國年度詩歌精選》，自 2007 年度選本開始；4.北塔所編的中英雙語本《中國詩選》，自 2011 年度選本開始；5.邱華棟主編、百花洲文藝出版社出版的《中國詩歌排行榜》，自 2011 年度選本開始；6.楊志學、唐詩編選、新

華出版社出版的《中國年度優秀詩歌》，自 2011 年卷開始；7.張德明主編《中國年度好詩三百首》，自 2012 年度開始；8.北嶽文藝出版社出版的「北嶽‧中國文學年選」，其中詩歌卷名為《××年詩歌選粹》，自 2013 年度選本開始；9.譚五昌編選的《中國新詩排行榜》，自 2013 年度選本開始；10.中國當代文學研究會詩歌委員會選編、林莽主編、現代出版社出版的《中國年度作品‧詩歌》，自 2015 年度選本開始；11.朱零編選、作家出版社出版的《年度詩人選》，自 2015 年度選本開始，等等〔註12〕。

這裡所提及的還僅僅只是綜合性的年度詩選，如果再細分，還有分類性的年選如網絡詩歌年選、民刊詩歌年選、女性詩歌年選、校園詩歌年選、西部詩歌年選等等，種類異常豐富。其中網絡是最深刻地改變了中國文學創作、閱讀與傳播面貌的新媒體，文化界與學術界對於網絡詩歌與網絡詩選已經展開了一定的研究。在六家年選中，灕江年選是最早推出網絡文學年選的，那就是2000 年 6 月出版的《'99 中國年度最佳網絡文學》，但是沒有收入詩歌。公開出版的網絡原創詩歌選本中，陳村主編的《網絡詩三百——中國網絡原創詩歌精選》（大象出版社 2002 年 1 月）可能是最早的一部，「三百」之名很容易讓人想到「唐詩三百首」，古典意味與經典標誌的「三百」與時尚新潮的「網絡」形成了奇妙的組合，這樣的網絡詩被謝冕稱為「另一片天空」〔註13〕。網絡詩歌年選方面有墓草編《2001 年度中國網絡詩歌》，但是沒有公開出版。符馬活主編的《詩江湖‧2001 網絡詩歌年選》（青海人民出版社 2002 年 5 月）可能是最早公開出版的網絡詩歌年度選本。此後網絡文學選本在中國文學選本中打拼出了一片自己的天地，有陳忠等主編的《中國網絡文學年選》（自 2009 年選開始）、墨寫的憂傷（趙奇偉）主編的《中國網絡文學精品年選》（自 2010年選開始）等，網絡詩歌選本有馬鈴薯兄弟（於奎潮）主編的《中國網絡詩典》（2002 年）、小魚兒（於懷玉）等人編的《中國網絡詩歌年鑑》（第一部為 2007～2009 卷，此後不定期出版）、閻誌主編的《中國詩歌‧網絡詩選》（自 2010年選開始，同年推出的還有民刊詩選，人民文學出版社出版）等。博客詩選、

〔註12〕 何言宏任總主編的《二十一世紀中國文學大系》（2001～2010），18 冊，涵蓋13 種文體，更明顯地採用了「中國新文學大系」的形式，以 10 年為一個單位，總結新詩史的意味更為明顯，與逐年編選的年度選本不同。

〔註13〕 謝冕：《另一片天空——讀〈網絡詩三百——中國網絡原創詩歌精選〉》，陳村主編：《網絡詩三百——中國網絡原創詩歌精選》，大象出版社 2002 年版，第1 頁。

短信詩選、微信詩選等也紛紛登場。此外，2015 年開始，國家新聞出版廣電總局下發通知，開展「年度優秀網絡文學原創作品」推介活動，2018 年廣電總局開始與中國作協聯合發布推介名單。這意味著中國網絡文學也得到了國家層面的重視與支持。這是一個有很大開拓空間的領域。

世紀之交的文學年選，看上去是以往年度選本浪潮的回歸，但裏面其實有不少的差異。一個重要差別體現在前者更講究經濟效益與社會效益的「雙贏」，立足實際、注重市場規律與讀者需求，對於詩歌類選本較為謹慎。20 世紀 90 年代出現的六家年選，有五家是涵蓋多種體裁的，它們從選題醞釀到付諸實施，都經過了一番探討、調研、論證的過程，即使是只做詩歌年選的《中國新詩年鑒》也是如此。五家年選，都是實力較為雄厚的地方出版社與高端的文學機構之間的合作，可謂強強聯手，即便如此，最先面世的長江年選、商業上大獲成功的灕江年選、晚出的花城年選，最先推出的選本中也並不包括詩歌卷。

長江年選的創意是在 1995 年誕生的，在時任長江文藝出版社社長周百義和現任社長陽繼波的回憶中，周百義本身喜愛文學，但發現當時的圖書市場缺乏年度文學選本，這勾起了他早年閱讀文學年度選本的記憶，創意由此產生，當然也可能是受到《中國新文學大系》的啟發。次年他便與中國作協創研部簽訂合同，由創研部副主任雷達負責並按文學體裁進行了分工。最初年選遭遇虧損，但是周百義堅持下來了，理由有四點：1.可以「打造出版社品牌，提高出版社地位，擴大出版社影響」；2.「年年出版，能為研究當代文學的專家提供一套完整的資料，具有存史和文化建設的意義」；3.「因此與中國作家協會建立了密切的聯繫，為以後業務開展奠定基礎」；4.「密切了出版社與作家的關係，為以後的組稿架設了橋樑」〔註14〕。事實證明這一思路是正確的，在摸清了市場需求與讀者心理後，在新世紀到來後，長江年選迎來了自己發展的黃金時期。此後 20 年的時間，長江文藝出版社的年選種類經歷過調整，但是六種年選——中篇小說、短篇小說、報告文學、散文、詩歌、隨筆，始終是由中國作協創研部負責，保證了其質量與穩定性。

就整體創意的產生時間來看，灕江年選其實更早。灕江出版社的優勢本來是在外國文學圖書領域，順應時代變革，出版社轉變戰略方向，開闢新的領域，中國文學年選進入出版人的視野。舒晉瑜提及，灕江出版社在 1992 年就策劃

〔註14〕參見周百義：《一套出版了 25 年的「年選」》，《長江日報》2019 年 3 月 12 日；舒晉瑜：《中國文學年選二十年成長記》，《中華讀書報》2018 年 11 月 24 日。

過年選選題，後來灕江社選擇與《小說選刊》合作，以《'97 中國年度最佳小說》（短篇卷、中篇卷，1998 年出版）打頭陣，該選本首印 6000 冊，文學年選正式推出。首戰告捷，灕江出版社看到了編選機構品牌所具有的號召力，2000年灕江出版社又與《詩刊》社合作，出版《'99 中國年度最佳詩歌》，首印即有1 萬冊，此後多次重印，總印數高達 3 萬冊，在文學年選運作上可以說是最為成功的〔註15〕。2000 年度選本開始，增加《中國年度最佳散文詩》選本。

花城年選的策劃與實施也是穩步推進：首先推出的是《2001 中國散文年選》，選擇與中國散文學會合作，2002 年的《中國中篇小說年選》《中國短篇小說年選》是與中國小說學會合作。2004 年花城出版社開始出版詩歌年選，第一本是由王光明編選的《2002～2003 中國詩歌年選》，合作單位是王光明所在的首都師範大學中國詩歌研究中心，首印 7000 冊，也是非常不錯的成績。花城年選自 2010 年度選本開始增加《中國散文詩年選》。

之所以要小心「試水」，特別是詩歌年選，更是在有保障、「試水」成功的前提下再推出，隱含的是出版方、銷售方對文學圖書市場風險的認知。在成都購書中心的負責人看來，「這些書不會太熱，但銷勢穩定」，「在國內圖書市場上，『年選』是相對穩定的板塊」；四川文藝出版社的責任編輯王夢雪也認為「選本的價值有時不在於市場熱不熱，而在於文學的需要」。讀者「也需要信任度高的出版社先甄選，再做選擇」〔註16〕。在快餐式消費的大眾閱讀時代，年選可以滿足讀者對時效性的要求，但文學作品特別是詩歌，又要求讀者慢下來，在某一個時刻細細品味，因此，文學年選不可能是大熱圖書，但也會保持穩定的態勢，而其中相對來說可能是最為小眾的詩歌年選，又尤其是在這種夾縫中生存，因而這三家出版社採取的是穩紮穩打的策略。

與上述三種年選不同的是，遼寧人民出版社的「太陽鳥」文學年選、春風文藝出版社的「21 世紀中國文學大系」雖然也是多種體裁覆蓋，但一開始就包括了詩歌在內，不過也同樣是在調查研究的基礎上進行的，同樣也是強強聯手：出版社提出選題，方案由魯迅博物館設計，關鍵人物是孫郁，他組建了編委會，落實分卷主編，資深作家、文化學者王蒙掛帥〔註17〕。「21 世紀中國文學大系」則是最明顯地借鑑了「中國新文學大系」的理念，春風文藝出版社邀

〔註15〕舒晉瑜：《中國文學年選二十年成長記》，《中華讀書報》2018 年 11 月 24 日。
〔註16〕黃里：《「年度選本」：一種眼光，多種聲音》，《四川日報》2012 年 7 月 25 日。
〔註17〕舒晉瑜：《中國文學年選二十年成長記》，《中華讀書報》2018 年 11 月 24 日。

請陳思和出任總主編，在時任春風文藝出版社副總編輯的臧永清看來，該社是暢銷書與常銷書並舉，「春風社的本意就是要把《21世紀中國文學大系》做成一部準工具書，換言之是要做成常銷書」，在 2001 年推出這套大系，包含著「要做成新世紀中國文學斷代史的意味」〔註18〕。

　　五家年選之外的《中國新詩年鑒》是不是一時衝動的產物呢？答案也是否定的。從遠處說，主編楊克既是詩人，也編過詩選，有過對於民刊的長期關注與追蹤，直至1998年他與小海編的《他們——〈他們〉十年詩歌選》出版，這一工作告一段落；從近處看，引發這一年鑒的導火線是前一年出版的《歲月的遺照》這部選本，因此1998年楊克意識到「在世紀末，在商業氣息濃鬱的南方，相對遠離意識形態，更能體現民間邊緣立場」，就「有能力且有實力為中國新詩的發展做些有意義的實際工作」。因此，他與朋友「一次次討論各種方案的可行性」，而具備豐富市場經驗與策劃能力的楊茂東在編選新詩年鑒這一選題上起到了關鍵作用。此後多人組成的編委確立了編選的宗旨、標準、體例、分工等，使這一詩歌年選逐漸從理想化為現實〔註19〕。該年鑒首印高達 2萬冊，可謂一炮而紅。

　　新世紀以來的詩歌年選，在運作上呈現出新的特點，灕江詩歌年選一開始就是灕江出版社與《詩刊》社「合作出版」的〔註20〕。「合作」一詞確實意味深長，它意味著以往的編選格局與方式被打破，不再是編選者編書、出版社出書這樣的簡單模式。「合作」意味著出版方、編選方是雙向選擇的關係，他們都要主動為選本而努力，意味著在市場經濟條件下資源的優化配置、攜手合作，致力於圖書品牌的打造。當然，在市場經濟條件下，出版社往往成為運作中的主動方，主動尋找合作夥伴，或者說是希望能夠優先找到優質資源。

　　作為文化產品，文學年選首先要在圖書市場中生存，有了經濟效益才談得上發展、延續、壯大，形成品牌，做到了這一步，反過來又能提升出版社、編選方的地位、信譽與口碑，產生良好的社會效益。這裡面起到決定作用的還是讀者，而讀者在挑選時，往往第一印象是聚焦於出版社或編選方。出版社、編選方的地位、信譽、身份、口碑等，起到了重要作用：

〔註18〕《新世紀推出〈21世紀中國文學大系〉》，《文學報》2002 年 1 月 17 日。

〔註19〕楊克：《〈中國新詩年鑒〉98 工作手記》，楊克主編：《1998 中國新詩年鑒》，花城出版社 1999 年版，第 517～519 頁。

〔註20〕《詩刊》社：《編者的話》，《詩刊》選編：《2000 中國年度最佳詩歌》，灕江出版社 2001 年版，第 1 頁。

年　選	出版社	編選方	詩歌卷編者任職（曾任或現任）
長江年選	長江文藝出版社	中國作協創研部	張同吾（中國作協創研部任研究員、中國詩歌學會、國際華文詩人筆會秘書長）
			祈人（中國詩歌學會常務副秘書長、《中國詩人報》主編）
			韓作榮（《詩刊》編輯、《人民文學》主編、中國作協委員、中國詩歌學會常務副會長、會長）
			霍俊明（文學博士、《詩刊》社主編助理，中國作協詩歌委員會委員）
中國新詩年鑑		楊克	楊克（廣東作協副主席、《作品》總編，廣東外語外貿大學創意寫作中心主任、中國作協詩歌委員會副主任、中國詩歌學會副會長）〔註21〕
太陽鳥年選	遼寧人民出版社	王蒙（文化學者、資深作家）	臧棣（詩人、北京大學教授）
			陳樹才（詩人、中國社科院研究員）
			宗仁發（中國作協委員，吉林作協秘書長、《作家》主編）
灕江年選	灕江出版社	《詩刊》《詩探索》	林莽（中國作協會員、中華文學基金會文學部副主任、《詩刊社》副主任、副編審、中國詩歌協會理事、《詩探索》作品卷主編）
21世紀中國文學大系、中國好文學叢書	春風文藝出版社、江蘇鳳凰文藝出版社	陳思和（復旦大學教授、圖書館長、上海作協副主席、《上海文學》主編）李敬澤（中國作協副主席、《人民文學》副主編、中國現代文學館館長）	張清華（文學博士、北京師範大學教授）
花城年選	花城出版社	中國詩歌研究中心、中國詩歌學會	王光明（首都師大教授、首都師大中國詩歌研究中心研究員）
			李小雨（中國作協會員、《詩刊》副主編、中國詩歌學會副會長兼秘書長）

〔註21〕《中國新詩年鑑》的主編、編者情況比較複雜，這裡列舉楊克一人加以分析。

			大衛（中國作協會員、中國詩歌學會理事） 周所同（《詩刊》編輯、中國作協會員） 呂達（詩人、《中國新詩》編輯）
			徐敬亞（詩人、評論家、海南大學教授） 韓慶成（詩人、編輯、記者、主持人）
文學觀察 書系	敦煌文藝 出版社	《人民文學》	韓作榮主編，編者商震、朱零 商震（《人民文學》副主編、《詩刊》副主編、作家出版社副總編輯）
			朱零（詩人、《人民文學》詩歌欄目主持）
《中國詩 歌選》		羅暉	羅暉（詩人、海風出版社特邀編輯）
《中國年 度詩歌精 選》		《星星》詩刊社、四 川師範大學 文理學院	梁平（四川省作協副主席、成都市文聯主席、曾任《星星》詩刊主編）、韓珩（四川師範大學文理學院董事長）
《中國詩 選》		北塔	北塔（中國現代文學館研究員、世界詩人大會中國辦事處主任等）
中國文學 排行榜書 系	百花洲文 藝出版社		譚五昌（北京師範大學教授）
			邱華棟（《人民文學》雜誌副主編、魯迅文學院常務副院長、中國作協書記處書記）
中國年度 優秀詩歌	新華出版 社		楊志學（文學博士、中國作協會員、曾任解放軍外國語學院教師、《詩刊》主任、中國作家出版集團編審）、唐詩
中國年度 好詩三百 首		張德明	張德明（文學博士、中國作協會員、嶺南師範學院文學與傳媒學院教授、南方詩歌研究中心主任）
北嶽・中 國文學年 選	北嶽文藝 出版社		張光昕（文學博士、首都師大教師）
			王辰龍（文學博士）
中國新詩 排行榜		譚五昌	譚五昌（同上）
《中國年 度作品》	現代出版 社	中國當代文學研究 會詩歌委員會	林莽（同上）
年度詩人 選	作家出版 社	朱零	朱零（同上）

　　新世紀詩歌年選的情況十分複雜，而主編、編者的信息更是龐大多變，這裡僅僅是一個粗略的統計。即便如此，從中仍可以看出，年選的兩種主要運作

方式：一種方式為大部分年選所採用，即出版方+編選方的合作模式，往往由出版社提出選題，選擇相應的編選方來負責編選事宜，從而合力打造年選品牌，長江年選、灕江年選、「太陽鳥」文學年選、「21世紀中國文學大系」、「中國好文學」叢書、「花城年選」、「文學觀察書系」、「中國文學排行榜書系」、中國年度優秀詩歌、「北嶽年選」、年度詩人選等均是如此。出版社當然會首先著眼於經濟效益，文學類圖書雖然很難大賣，但也會擁有較為穩定的收益和回報，特別是隨著出版體制改革，出版社面向市場轉型，紛紛成立出版公司或集團，文學圖書的利益動力仍然存在。特別是地方出版社往往敢於率先試水，而編選方則是資深專家（如王蒙、陳思和、李敬澤、梁平）或高端機構、刊物（《人民文學》《詩刊》《星星》詩刊等），具體編者或是學院派專家，或是資深媒體人，或是詩人、評論家，或是集幾種身份於一體，在這個雙向選擇的過程中實現資源的優化組合。從這個意義上講，地位高、資源豐富的專業機構往往成為出版方的首選，長江文藝出版社與中國作協創研部的合作、灕江出版社與《小說選刊》《詩刊》的合作、花城出版社與中國散文學會、中國小說學會、中國報告文學學會的合作都是非常經典的案例。對於新興的網絡文學，灕江社選擇與北京大學中文系邵燕君的網絡文學論壇團隊合作，影響很大。因此，對於市場和讀者來說，除了出版社的名氣外，編選方、編者的名望、地位、頭銜等同樣具有吸引力。「太陽鳥」年選的成功，除了王蒙出任總主編，還在於孫郁搭建的編委會，除他自己外有張中行、牛漢、謝冕、林非等諸多名家。《人民文學》雜誌社編選的「文學觀察書系」，封面醒目地印有「十位名家舉薦」的字樣，「十位名家」即該書系的十位顧問：牛漢、李國文、陳建功、邵燕祥、季羨林、賈平凹、袁鷹、曹文軒、蔣子龍、謝冕。「北嶽年選」則有「名作欣賞雜誌鼎力推薦」的宣傳語，以《名作欣賞》的態度來彰顯選本的地位。新華出版社推出的2011～2015年度《中國年度優秀詩歌》，號稱「九博士聯合推選」，如此等等。這種運作模式無疑有著強大的集體力量與品牌效應。當然，這種運作模式對於編選者的趣味與發揮會造成一定限制，出版方、編選方與讀者需求等都是制約的因素。

另一種方式較為傳統，是以選家為主導，從而能夠最大限度保障選家的文學理念、編選宗旨與立場。這類選家與前一類一樣，他們基本上也是作家、學者、媒體人或是集幾種身份於一身，也與前一種方式一樣會受到出版社、書商包括編委內部分歧等因素掣肘，但這種運作方式更會因為缺少出版方及其他

方面的資源，在資金、出版、發行、宣傳等方面往往會遭遇不少困難，需要選家付出極大的精力去解決，表現出來最明顯的現象就是推出選本的出版社與出版時間的不穩定。楊克的《中國新詩年鑒》、羅暉的《中國詩歌選》、張德明《中國年度好詩三百首》、北塔的《中國詩選》、譚五昌的《中國新詩排行榜》等都是如此，張德明就提到因為「出版經費和其他方面的原因，使得『年度好詩三百首』的編輯出版計劃一度擱淺」〔註22〕，這其中又以《中國新詩年鑒》最為典型。《中國新詩年鑒》自1998年鑒以來，以其標舉的「民間立場」、大膽的選詩理念、新銳的批評風格而備受矚目，但其中的艱辛也是非比尋常。在《〈中國新詩年鑒〉十年精選》的代序中，楊克強調「編委會依靠個人的綿薄之力，依仗民間資本，獨立支撐起漢語詩歌藝術平臺」〔註23〕。要維持年鑒的運作，要持久地把年鑒做下去，就需要解決多方面的問題，這裡面有楊茂東等人注入的私人資金，有多人分工合作的年鑒三大板塊（詩選、理論、資料），但編委內部的分歧也存在，外部的制約更多。年鑒出版後「廣為贈送」，「這就注定了無論『年鑒』如何在商業發行上努力，都面臨虧損的窘境」，更何況發行機制也是一大阻礙〔註24〕。《中國新詩年鑒》的出版社在不斷地更換，出版時間也不固定，劉春就注意到，「『年鑒』並不像其他選本那樣追求上市的時效性，其出版時間往往比其他出版社的年度選本晚好幾個月」〔註25〕。不僅如此，2004至2005年、2009年至2016年、2018～2019年的年鑒均為雙年選，其間只有2006年鑒、2007年鑒、2008年鑒、2017年鑒是單年出版。《中國新詩年鑒》在1999～2009年的十年間沒有漲價，越編越厚，2002～2003年鑒達到了76.1萬字，但2004～2005年鑒又銳減至19.8萬字，價錢卻沒有變，這對於圖書銷售是極為不利的。

這裡面當然也有楊克等同人的一份堅守。依靠著民間資本的注入，直至2018～2019年鑒即將出版時，楊克仍宣稱「《中國新詩年鑒》20多年來從未用過納稅人一分錢，它必須是一本上架的年鑒。但它同時又是有方向感有藝術品

〔註22〕張德明：《編後記》，張德明主編：《2016中國年度好詩三百首》，暨南大學出版社2017年版，第387頁。

〔註23〕楊克：《中國詩歌現場——以〈中國新詩年鑒〉為例證分析（代序）》，楊克主編：《〈中國新詩年鑒〉十年精選》，中國青年出版社2010年版，第1頁。

〔註24〕同上，第3～5頁。

〔註25〕劉春：《眾聲喧嘩之下的輝煌與寂寞——新世紀詩歌「年選」出版現象》，《文藝報》2011年9月21日。

味的年鑒，從未像其他選本那樣趕在年初出版。因為我們都知道，一本書從定稿到出版，往往歷時數月，年初問世，意味著頭一年後面幾個月的詩都無法入選，經不起歷史的檢驗。這也是年鑒幾乎都是在其他選本之後出版的原因」。〔註26〕事實的確如此，一部選本往往要經過幾道篩選，等到定稿、印刷成冊發往圖書市場，至少需要幾個月的時間。要在每年的元月出書，意味著年底的作品必然來不及收錄。李小雨在接手 2012 花城詩歌年選時，明確表示所選作品時限為 2011 年 10 月至 2012 年 10 月，這是一個迫不得已的補救方法〔註27〕。因此，來自市場、讀者的對年選時效性的需求與年選編選本身需要的時間是有矛盾的，楊克犧牲時效性而堅持對年度詩歌完整閱讀、選錄，是有其對詩歌理想的堅守的。

年度選本的產生，與現代人對時間的感知密切相關。現代人眼中的時間，是奔騰向前、永不止息的線性之流。年度選本誕生在時間的某一節點上，但能堅持多久，卻是所有年選都要面臨的拷問。上面所論主要是影響年選的外部條件，而就年選的內部因素而言，質量、水準、眼光、立場、標準、傾向等，也是年選能否長久生存的重要條件。新世紀的詩歌年選，既有各方面的優勢與條件，也在種種矛盾中掙扎。與新世紀詩歌的多元化一樣，新世紀的詩歌年選也是氣象萬千、多元呈現，不過各種年選貌似千差萬別，但依然存在很多的相通之處，從縱向的時間軸看，各家年度選本關注的問題是比較接近的：

1997～2000 年度選本：世紀末詩歌的多元化格局；

2001 年度選本：新世紀詩歌延續 20 世紀 90 年代以來的態勢；對新世紀新詩作出初步判斷：個人化、口語化、日常化、敘事性的潮流開始形成；70 後開始崛起；網絡開始對詩歌生態產生影響；公開刊物轉型、民間刊物興盛；

2002～2003 年度選本：新詩仍在平穩發展；公開刊物與民刊的壁壘打破，出現合流，網絡平臺進一步興盛；中國港臺詩歌受到關注；對敘事泛濫的警覺；

2004～2007 年度選本：新詩出現回暖、升溫，詩歌界出現狂歡景象；網絡詩歌迅猛發展，對公開刊物與民刊形成衝擊；80 後、女性詩歌、文化地理、底層寫作成為熱門話題，鄭小瓊成為各選本的熱門人選；

〔註26〕楊克：《鮮嫩的目光——工作手記》，http://blog.sina.com.cn/s/blog_48930cd801
02zoxz.html。
〔註27〕李小雨：《前面的話》，李小雨編選：《2012 中國詩歌年選》，花城出版社 2013
年版，第 3 頁。

2008年度選本：地震詩潮與寫作倫理的討論；90後嶄露頭角；

2009年度選本：網絡影響進一步增大，公開刊物、民刊、網絡的界限打破，90後進一步成長；

2010年度選本：新世紀詩歌10年總結；

2011～2014年度選本：新詩在平穩中前進，小詩繁盛；詩歌向抒情回歸；00後受到關注；

2015年度選本：余秀華事件，詩歌事件再度成為公共話題；

2016～2018年度選本：新詩百年回顧與未來展望。

2019～2020年度選本：新世紀詩歌20年總結。

由於各選本在立場、觀念、編者興趣等方面的差異，各選本在同一年關注的話題未必全然相同，除非是特別重大或引起全社會關注與反響的事件如汶川地震、余秀華事件等；即使是同一問題，各選本也未必是在同一年作出反應，而有的選本又可能會在不同的年度反覆探討、長線追蹤，從而也呈現一種多元化的景觀。如對於底層寫作、打工詩歌這類現象，宗仁發表示，他在編選《2001中國最佳詩歌》的時候，就「注意到張守剛等人的打工詩」〔註28〕，到編選《2005中國最佳詩歌》時，他在序言中予以專題闡述，體現出對這一問題的長期關注；《中國新詩年鑑》是在2004～2005年度選本中把鄭曉瓊列為「年度潛力詩人」；王光明是在2006年選的序文《近年詩歌的民生關懷》中進行了專門分析；張清華則在2004年至2008年的選本中就此話題多次展開探討。

從橫向來看，各選本在關注的話題、聚焦的領域等方面有著總體上的相近，而在具體觀點、立場、編選風格等方面則展現出一定的差異，個性較為突出。下面就一些主要的話題、領域進行分析和比較：

第一是對世紀末新詩的梳理。這方面的選本既有在新世紀之前出版的年選，也有進入新世紀之後出現的選本。後者多是在分析新世紀詩歌時出於對比、追溯的需要而談及八九十年代甚至是20世紀初的新詩。這裡著重談談前者，主要是4種年度選本：長江詩歌年選、《中國新詩年鑑》、「太陽鳥」詩歌年選、灕江詩歌年選，它們在梳理20世紀的新詩時有著天然的優勢，可以以見證者、編選者的身份，介入當時的新詩現場。它們的梳理又可分為兩種情況：

（1）從新詩史的角度作一個宏觀的把握。長江詩歌年選是從新時期講起：

〔註28〕宗仁發：《新世紀詩歌的疑與惑》，宗仁發選編：《2005中國最佳詩歌》，遼寧人民出版社2006年版，第10頁。

「我國進入新的歷史時期之後，新詩創作有了長足的發展」，「老詩人們煥發了藝術青春，⋯⋯中年詩人們，在思想上和藝術上日臻成熟，是我國詩壇的中堅力量⋯⋯青年詩人們，是我國詩壇的生力軍」，他們的創作具有「多樣的藝術風格和藝術形式」，但是詩歌理論和詩歌創作「也出現了明顯的偏頗和缺陷」〔註29〕。到2000年則從世紀末回眸，認為「中國新詩發展到二十世紀末，已漸近成熟。在藝術多元並存的大背景下，不同藝術觀念所形成的不同作品異彩紛呈，不同的詩觀各有肆意的張揚與公然的排斥，但作品都有著不可相互替代的價值」，這些「構成了世紀末中國新詩的全貌」〔註30〕。多元化、繼續發展，成為對世紀末中國新詩的基本判斷。但是韓作榮進一步指出了90年代所出現的新質如詩歌成就比80年代更高、表現現實出現新的特點、「敘事性」潮流的形成、「智性寫作」趨於成熟、大批新人的崛起等〔註31〕。

　　與長江詩歌年選、灘江詩歌年選等專門從公開刊物選詩不同，《中國新詩年鑒》樹起了「民間」的旗幟，以此將公開刊物全部打入另冊，《1998中國新詩年鑒》強調「好詩在民間」，對民間傳統從80年代追溯到世紀初再往前推至中國古典詩歌時代，力圖使現代漢語重新獲得唐詩宋詞那樣的光榮。這其中「第三代詩歌」被視為一個關鍵點，它接續了「五四」的傳統，「恢復漢語的尊嚴」，「建立了真正的個人寫作」，「開始了詩歌精神的重建」，這是中國新詩「一條偉大的道路」〔註32〕。

　　臧棣在編選「太陽鳥」詩歌年選時細緻地清理了80年代詩歌與90年代的相通與不同：80年代的朦朧詩促成了20世紀後期中國新詩的自覺，然而90年代主導讀者理解詩歌的審美規定仍然是由「詩歌批評對朦朧詩的解讀與闡釋構成的。但是難點在於，由於朦朧詩產生於特殊的歷史情境，它實際上無法擔當展示當代詩歌的文學程序的主要角色」，這就構成了巨大的矛盾。80年代的「詩歌多元化」與90年代的「詩歌多樣性」並不等同，前者「主要依據的是意識形態的區分和詩歌群落的辨認」，後者「主要依憑的是詩人個人的語

〔註29〕張同吾、祈人：《時代風情的多彩畫卷——〈1997年中國詩歌精選〉》，中國作協創研部編：《1997年中國詩歌精選》，長江文藝出版社1998年版，第441～442頁。

〔註30〕韓作榮：《2000年的中國新詩》，中國作協創研部編：《2000年中國詩歌精選》，長江文藝出版社2001年版，第448頁。

〔註31〕同上，第448～452頁。

〔註32〕于堅：《穿越漢語的詩歌之光》，楊克主編：《1998中國新詩年鑒》，花城出版社1999年版，第1～5頁、第17頁。

言能力、風格跡象和主題深度」，這也正是個人化寫作的潮流，90年代詩人摒棄80年代追求的「現代派詩歌」或「先鋒詩歌」，這又涉及對自主性的追求〔註33〕。

　　灕江詩歌年選由於是在20世紀的最後一年出版，因而一開始就把目光投向了開創年選傳統的《新詩年選》（一九一九年），再講到中國新詩的世紀歷程、「80年代的詩歌高潮」、近年以來的繁盛局面，指出選本與詩歌相輔相成的關聯，對於新詩所取得的成績予以了充分肯定〔註34〕。

　　（2）有些選本在對新詩進行較為宏闊的把握時，也注意對某一年度的狀況進行微觀探察。長江詩歌年選就認為1997年的詩壇豐富多樣，「貼近現實生活表現時代風情的詩作有所增多」〔註35〕，2000年仍然是多樣化的，雖然缺少力作，但已經「進入漢語詩歌的自覺寫作階段」，詩歌進入一個新時代〔註36〕。臧棣對1998年詩歌的印象首先就是「多樣性」，然後是「中國詩人在個體的文學成熟上取得的進展」、「對詩歌的敘事性的普遍認同」、「對現實的普遍關注」、「想像力的自主性」、公開刊物與民刊之間的複雜關係等〔註37〕。

　　長江詩歌年選是著眼於公開刊物而得出上述結論，臧棣的觀察與遴選則是建立在公開刊物與民刊一半對一半的基礎上，于堅與謝有順則堅決地以「民間」為立足點對民刊一邊倒，一方面他們對公開刊物大加撻伐，認為90年代是「詩歌精神大面積失血的時代」〔註38〕；另一方面他們大力表彰民刊和「民間」的獨立精神，強調「好詩在民間」〔註39〕。因此，在他們眼中1999年是具有特殊意義的一年，民間立場與知識分子寫作的爭論使「中國新詩以它自己

〔註33〕臧棣：《篩子到底有多大？——1998年中國詩歌綜評》，臧棣選編：《1998中國最佳詩歌》，遼寧人民出版社1999年版，第2～11頁。

〔註34〕《詩刊》社：《編者的話》，《詩刊》社選編：《'99中國年度最佳詩歌》，灕江出版社2000年版，第1～2頁。

〔註35〕張同吾、祈人：《時代風情的多彩畫卷——〈1997年中國詩歌精選〉》，中國作協創研部編：《1997年中國詩歌精選》，長江文藝出版社1998年版，第443頁。

〔註36〕韓作榮：《2000年的中國新詩》，中國作協創研部編：《2000年中國詩歌精選》，長江文藝出版社2001年版，第448～452頁。

〔註37〕臧棣：《篩子到底有多大？——1998年中國詩歌綜評》，臧棣選編：《1998中國最佳詩歌》，遼寧人民出版社1999年版，第4～11頁。

〔註38〕謝有順：《序》，楊克主編：《1999中國新詩年鑑》，廣州出版社2000年版，第1頁。

〔註39〕于堅：《穿越漢語的詩歌之光》，楊克主編：《1998中國新詩年鑑》，花城出版社1999年版，第9頁。

獨有的革命方式度過了 1999 這最後的一年」〔註40〕，這場論爭為「重建中國詩歌精神」提供了契機，這也是「中國當代詩歌真正重返民間的時代」〔註41〕。

這些選本中的宏闊把握與微觀探析往往是交融在一起，前者可以成為後者的語境、背景，後者對前者構成支撐與依託，並且不同選本會在一些問題上達成共識，如多樣化的詩歌景觀、個人化、日常化、敘事性的寫作潮流等。

第二是對新世紀詩歌的總結、展望。這裡說的展望，不僅是指 20 世紀的選本對新世紀的展望，也包括新世紀每一年度的選本對下一年以至新詩未來的展望。正是在這個意義上，這一時期的年選與 20 世紀 90 年代以前的年選有了很大不同，後者往往更注重選本的文學史意義、總結意義、文獻留存意義，前者則在此之外，還注重選本的介入現場、指引詩歌未來發展的意義。

上述 4 類選本（長江詩歌年選、《中國新詩年鑒》、「太陽鳥」詩歌年選、灕江詩歌年選）在 20 世紀末的總結中都表現出或隱或顯的對於新世紀詩歌的展望，基本上都認為新世紀詩歌會在 90 年代的軌道上前行，畢竟物理意義上的時間不能規定詩歌本身發展的規律。值得注意的是，這裡存在著三種時間：一是自然年度的時間，二是新詩自身發展演進的時間，三是年度選本的時間。對第一種時間而言，新世紀無疑是個重大的節點與轉折，但對新詩而言則未必具有同樣的意義。進入新世紀以後，無論是前述 4 類選本還是後來出現的各類選本，基本上都認同這一總體判斷。這裡首先可以看看學界對新世紀文學的判斷。陳思和早在 1996 年發表的《共識與無名》中就以「無名」來指稱 90 年代的文學和文化狀態：「『無名』不是沒有主題，而是有多種主題並存。」〔註42〕沿著這一思路進入 21 世紀，陳思和認為，「文學創作似乎過於平淡，甚至沒有轟動一時的爭鳴之作」，文學表面上看上去沒那麼熱鬧顯眼，但它正是順著 90 年代的軌跡走下來，「以具體的個別的感性的藝術追求來開闢文學的新境界」〔註43〕。

具體到詩歌領域也是如此。2001 年是新世紀的開局之年，韓作榮發現這

〔註40〕 謝有順：《序》，楊克主編：《1999 中國新詩年鑒》，廣州出版社 2000 年版，第 1～2 頁。

〔註41〕 于堅：《當代詩歌的民間傳統（代序）》，楊克主編：《2000 中國新詩年鑒》，廣州出版社 2001 年版，第 10 頁。

〔註42〕 陳思和：《共名與無名》，《陳思和自選集》，廣西師範大學出版社 1997 年版，第 139 頁。

〔註43〕 陳思和：《總序》，張清華主編：《2001 年中國最佳詩歌》，春風文藝出版社 2002 年版，第 2～6 頁。

一年「新世紀的新詩仍舊平穩地發展，既不可能前無古人地煥然一新，也不可能陳腐固執地抱殘守缺，詩仍舊在多元並存的藝術狀態下生長著」，眾多詩人在默默地從事創作。〔註44〕宗仁發則深感遺憾，因為「這一年的詩歌創作缺少大氣象，詩歌的藝術空間沒有多少明顯的拓展」，當然他「並不企圖在一個自然的年度內看到想像中的詩歌景況」〔註45〕，在他看來「詩歌發展的節拍與年度的結轉之間毫無關係」〔註46〕。他們都注意到了第一種、第二種兩種時間在2001 年並沒有交匯。

對於兩種時間的分離，王光明作了非常深入的思考。在他看來，年度編選的方式自有其合理性，因為它「為人類保存和反思自己的歷史提供了許多方便和可能，也增加了人們對時間的期待與憧憬」，但問題是「第一，時間是否就是刷新歷史的油漆，翻開新的紀年、新的年份是否就是全新的事物？第二，即使時間刷新了我們的許多記憶，但它能否馬上改變詩歌的象徵體系和想像方式？」〔註47〕顯然，相對於物理時間的迅疾而言，詩歌的時間顯得緩慢得多。因此，期待新世紀、新一年到來時就遇到全新的詩歌是不現實的，「因為21 世紀初的詩歌，無論從何種意義上，都是上個世紀90 年代中國詩歌探索的延續：仍然在城市化、世俗化的語境中走向邊緣化；仍然是一種轉型的、反省的、過渡性的寫作，泥沙俱下、魚龍混雜；仍然具有疏離『重大題材』與公共主題的傾向，以個人意識、感受力的解放和趣味的豐富性見長，而不以思想的廣闊、境界的深遠引人注目。這是一個有好詩人、好作品卻缺乏大詩人和偉大作品的年頭」，這是「一個平凡的年頭」，「21 世紀初的中國詩壇沒有20 世紀初的中國詩壇熱鬧」，詩壇變得「風平浪靜」，但這也許是詩歌在自身應有的位置上展現真實自我的機緣〔註48〕。

如果說以上論斷都是從互補性、相輔相成的角度談論90 年代詩歌的多樣

〔註44〕韓作榮：《2001 年的中國新詩》，中國作協創研部編：《2001 年中國詩歌精選》，長江文藝出版社2002 年版，第459～460 頁。

〔註45〕宗仁發：《序站在讀者的立場上》，宗仁發選編：《2001 中國最佳詩歌》，遼寧人民出版社2002 年版，第3 頁。

〔註46〕宗仁發：《從顯現中所看到的──2003 年詩歌瀏覽札記》，宗仁發選編：《2003 中國最佳詩歌》，遼寧人民出版社2004 年版，第1 頁。

〔註47〕王光明：《前言》，王光明編選：《2002～2003 中國詩歌年選》，花城出版社2004 年版，第1 頁。

〔註48〕王光明：《前言》，王光明編選：《2002～2003 中國詩歌年選》，花城出版社2004 年版，第1～2 頁。

性及 21 世紀詩歌對此的繼承，選家的態度大體一致，那麼面對更具體的 99 年盤峰論戰時，選家的態度明顯出現了分化。《中國新詩年鑒》是把這場論爭作為一個界標，但是把它的意義放大到極致，伊沙賦予它「詩學革命」與「思想革命」的雙重榮譽〔註49〕。肯定盤峰論戰的選家也大有人在，不過他們的評價相對客觀冷靜。林莽肯定了盤峰會議的意義，認為 90 年代的中國新詩處於低谷期，「但 1998 年的盤峰詩會卻是一次開啟中國新詩新時代的轉折點」〔註50〕。宗仁發認為這場爭論是新世紀詩歌狀況的起點〔註 51〕。張清華則理性而冷靜地「深入到詩學的內部」加以考察，他選取了兩組運動及論爭進行參照，一組是「五四」新詩運動與朦朧詩論爭，另一組是中國臺灣現代詩運動與知識分子寫作與民間寫作之爭。他從積極的意義上去探討這場論爭，稱其為「一次真正把中國現代詩歌推向前進的機遇，會大大促進現代詩歌的成熟」〔註52〕。

　　不過其他一些選家對於這場論爭是持保留意見。首先，他們認為論爭往往摻雜很多非學理的因素，在韓作榮看來，詩人吵架，緣由複雜，「和詩歌寫作本身關係並不大」〔註53〕。陳樹才則認為許多詩人是「沒有專心於寫，而是致力於爭（說穿了，是想確立自己已經寫下的），那些爭論文章儘管也涉及詩學理論的構想，但構想的背後仍是名分之爭」〔註54〕；其次，在韓作榮看來，理論提出的概念可能本身就是含混的，論爭者的思維方式也可能存在問題，他認為 2000 年中國新詩創作「已進入漢語詩歌的自覺寫作階段」，這就意味著詩人「不為潮流所左右，亦不借助理論來確定自己的寫作方式」，而 90 年代的這場論爭，「似乎兩派也陷入他們自己也反對的二元對立的模式之中」〔註55〕。這

〔註49〕 伊沙：《現場直擊：2000 年中國新詩關鍵詞》，楊克主編：《2000 中國新詩年鑒》，廣州出版社 2001 年版，第 441 頁。

〔註50〕 林莽：《編者的話》，林莽主編：《2018 中國年度詩歌》，灕江出版社 2019 年版，第 1 頁。

〔註51〕 宗仁發：《新世紀詩歌的疑與惑》，宗仁發選編：《2005 中國最佳詩歌》，遼寧人民出版社 2006 年版，第 2 頁。

〔註52〕 張清華：《序》，張清華主編：《2001 年中國最佳詩歌》，春風文藝出版社 2002 年版，第 12～14 頁。

〔註53〕 韓作榮：《2001 年的中國新詩》，中國作協創研部編：《2001 年中國詩歌精選》，長江文藝出版社 2002 年版，第 459 頁。

〔註54〕 樹才：《序寫詩寫詩，關鍵是寫》，陳樹才選編：《1999 中國最佳詩歌》，遼寧人民出版社 2000 年版，第 1 頁。

〔註55〕 韓作榮：《2000 年的中國新詩》，中國作協創研部編：《2000 年中國詩歌精選》，長江文藝出版社 2001 年版，第 452 頁。

場論爭從陣營、刊物來區分不同的立場，在一些選家看來也是有問題的，劃分出兩種陣營並對敵對方大加撻伐，所謂的敵對方恐怕也是製造出來的「假想敵」，因此「思想的獨立性與否只能以思想本身來證明，而不是靠姿態與『站隊』來說明，就像詩人的成就必須以詩作的優秀而不是發表在何種刊物來決定一樣」，「擁有『民間』或『知識分子』身份，並不意味著就是一個詩人」〔註56〕。因此，有選家指出，對這場論爭的意義固然不能否定，但也很難作出很高的評價，它「遠不能達到當年陳仲義所指稱的『詩的嘩變』那樣一種狀況」〔註57〕；再次，理論、批評對創作所起的作用是有限的、值得懷疑的，陳樹才以胡風為例說明理論「什麼也不指向，除了指向它自身」，這和實際的創作是兩碼事〔註58〕。

因此，世紀末的這場論爭，其意義不在於具體的觀點、立場與結論，而在於它打破了詩壇僵化的格局、促成了人們對詩歌現狀的反思，這才是最重要的，張清華也贊同這一點。即使是謝有順也強調「並不需要指出誰是爭論的勝利者，它毫無意義，只要爭論引致了雙方重新思考自己所面臨的問題，目的便已達到」〔註59〕。在這一點上各家的觀點倒是非常一致。

不過，這場論爭引發的更重要的問題是，如何看待理論、批評的意義？前述一些選家認為理論對於創作的無效，而對於批評也有類似的觀點，韓作榮就認為「對詩人有所啟迪的批評也是有的，儘管為數不多」，「而詩人大抵是不會按照某些批評家的引導來寫作，即使是那種入心入骨的批評對詩人來說也是沒有用處的」〔註60〕；霍俊明也否定了批評家對讀者、對時代的引導作用〔註61〕。但是他們又表達了對理論、批評的認可：「或許，增加詩的理論、評論及寫作隨筆的數量，是刊物深入探討詩歌寫作，給人以啟迪，而又保證了作品質量的

〔註56〕 王光明等：《2004 年的詩：印象與評說（代前言）》，王光明編選：《2004 中國詩歌年選》，花城出版社 2005 年版，第 14～15 頁。

〔註57〕 臧棣：《篩子到底有多大？——1998 年中國詩歌綜評》，臧棣選編：《1998 中國最佳詩歌》，遼寧人民出版社 1999 年版，第 10 頁。「詩的嘩變」取自陳仲義《詩的嘩變——第三代詩面面觀》的書名，鷺江出版社 1994 年出版。

〔註58〕 樹才：《寫詩寫詩，關鍵是寫》，陳樹才選編：《1999 中國最佳詩歌》，遼寧人民出版社 2000 年版，第 2 頁。

〔註59〕 謝有順：《序》，楊克主編：《1999 中國新詩年鑒》，廣州出版社 2000 年版，第 3 頁。

〔註60〕 韓作榮：《關於詩歌的幾個問題》，中國作協創研部選編：《2007 年中國詩歌精選》，長江文藝出版社 2008 年版，第 375 頁。

〔註61〕 霍俊明：《十二個片段（編後記）》，中國作協創研部選編：《2015 年中國詩歌精選》，長江文藝出版社 2016 年版，第 374 頁。

有效方式」〔註62〕。這種態度看似矛盾，其實不然，臧棣早在1998年選中就指出當代詩歌「是一種並不缺少閱讀而卻明顯地匱乏闡釋的詩歌，特別是有力的闡釋。而實際上，優秀的詩歌越來越依靠闡釋來實現它的審美目標和它的文化功用」〔註63〕。這就表明，公正、深刻的理論與批評對於文學創作與閱讀仍是有效的、甚至是急需的。

如果說2001年的詩歌狀況是20世紀90年代的自然延伸，那麼面對第一個10年的歷程時，選家又有怎樣的評說呢？首先還是可以看看他們對新世紀10年文學的總體看法，陳思和用「先鋒」與「常態」概括新文學的發展狀態，他認為自90年代開始文學處於「常態」，至2010年仍然如此，但文學此時「真正完成了文學與生活的新關係，那就是在邊緣立場上進行自身的完善和發展」〔註64〕。

這樣一個總體判斷同樣適用於新詩，燎原就是用「常規化」來概括這個詩歌時代〔註65〕，謝冕則作出了「奇蹟沒有發生」〔註66〕的論斷，因為這十年來，新詩除了「涉及大題材的展開的問題，其實並沒有出現任何的新意」〔註67〕。不少選家也是如此看待新世紀10年的新詩。韓作榮在2009年選的後記中是用「被遮蔽的寫作」〔註68〕來概括當時的詩界狀態，這仍然是他在世紀初所提出的說法，詩歌「被遮蔽」，既有外部原因，也有新詩自身的問題，如粗製濫造之作太多、詩界的「宗派化和小圈子化」、過渡求新求變等，新詩仍然是邊緣化的，不過這已經是一種「常態」，有利於詩人致力於實際創作〔註69〕。楊克則注意到「90後」的成長、網絡的興起對公開刊物與民刊造成的衝擊〔註70〕。宗仁發認

〔註62〕 韓作榮：《2003年版的中國詩歌》，中國作協創研部編選：《2003年中國詩歌精選》，長江文藝出版社2004年版，第404頁。

〔註63〕 臧棣：《篩子到底有多大？──1998年中國詩歌綜評》，《1998中國最佳詩歌》，遼寧人民出版社1999年版，第3頁。

〔註64〕 陳思和：《對新世紀十年文學的一點理解》，《萍水文字》，上海文藝出版社2011年版，第2頁。

〔註65〕 燎原：《多元化建造中的縱深景觀：本時代若干詩歌問題的描述與回應》，《詩刊》2014年第1期。

〔註66〕 謝冕：《奇蹟沒有發生》，《中華讀書報》2010年7月14日。

〔註67〕 謝冕：《中國新詩史略》，北京大學出版社2018年版，第432頁。

〔註68〕 韓作榮：《新詩：被遮蔽的寫作》，中國作協創研部選編：《2009年中國詩歌精選》，長江文藝出版社2010年版，第360頁。

〔註69〕 韓作榮：《新詩：被遮蔽的寫作》，中國作協創研部選編：《2009年中國詩歌精選》，長江文藝出版社2010年版，第360～362頁。

〔註70〕 楊克：《十三載，詩歌的凝眸──2009～2010中國新詩年鑑工作手記》，楊克主編：《2009～2010中國新詩年鑑》，重慶大學出版社2011年版，第481頁。

為十年來的詩歌「越來越呈現出多面性、雙重性和矛盾性的特徵」，同時長詩的創作顯示出值得注意的特色〔註71〕。灕江詩歌年選自 2009 年選起改由《詩探索》編選，但是編者仍是林莽。2010 年度選本「編者的話」有著對第一個 10 年的總結，但與往年相比有了不小的變化：以往「編者的話」更像官方發言，對年度詩歌基本上都是肯定，也多是一般性的泛論。但這次的回顧，僅用一小段話肯定這是「一個走出低谷，走向多元，呈現發展的十年」，但更多的篇幅是用較為嚴厲的語氣直擊弊端：詩歌教育的不足、詩歌評獎的功利性、詩歌命名的雜亂、各種詩歌活動的商業化、標籤化、詩歌本身存在的各種弊病等〔註72〕，這樣的總結是有現實意義的。

張清華則把 10 年的閱讀史、編年史內化為自己的「一部詩歌編年史、關於詩歌的記憶史」，在梳理 10 年來詩歌的變化方面打撈出了更多的細節：「網絡新媒體平臺的普及對詩歌的影響可能是最大的」，這種影響不僅是外在的，它還深入到詩歌觀念、風格等內在的層面，形成一個新事物——「網絡美學」；詩歌寫作進入「相對沉潛和豐厚的時期」；「整體性瓦解」，所有的二元對立局面不復存在；「詩歌風格寫作的代際化」更為明顯；「詩歌經驗的某種整體性遷移」，出現了「前現代景象與後工業時代文化的奇怪混合」；「土地經驗可能漸趨消失」，邊緣、地域、民族、現代等等〔註73〕。顯然，張清華在自己的編年史記憶中，感受更深刻的恐怕是新世紀詩歌 10 年來發展的質變與內部差異，他由此還指出了新世紀詩歌與 20 世紀 90 年代詩歌的差異：「所有的對立都被一種更為交雜和糾纏、更為廣闊和多元的局面所代替。」〔註74〕

到 2020 年，對 20 年來的新世紀詩歌又需要有一個回望與總結。《文學報》特邀評論家何言宏主持「文化工作坊」欄目，第一期的題目就是「新世紀詩歌二十年」。張清華做了題為《「新世紀詩歌二十年」的幾個關鍵詞》的主題報告，它來自於 2019 年張清華在江蘇常熟舉辦的「第二屆世界詩歌論壇」上的主題報告。何言宏、羅振亞與傅元峰就此展開討論。張清華把新世紀以來的詩歌稱

〔註71〕宗仁發：《風吹草低見牛羊》，宗仁發主編：《2010 中國最佳詩歌》，遼寧人民出版社 2011 年版，第 1～3 頁。

〔註72〕編者：《編者的話》，林莽主編：《2010 中國年度詩歌》，灕江出版社 2011 年版，第 1 頁。

〔註73〕張清華：《序》，張清華主編：《2010 年詩歌》，春風文藝出版社 2011 年版，第 2～10 頁。

〔註74〕同上，第 8 頁。

為「中國新詩有史以來的『第三次解放』」：第一次是「五四」的「詩體大解放」；第二次是「新時期」的「朦朧詩」時代；第三次解放「不一定從文本的意義上，審美的意義上來過分推崇它，但它一定是一個大眾文化時代，大眾傳媒時代的顯形」〔註75〕。何言宏則在回應中將三次大解放分別概括為「詩體大解放」、「主體大解放」、「詩權大解放」——最後一種是文化的解放。羅振亞讚賞張清華的「整體意識」，傅元峰則強調了「共時」的觀察角度〔註76〕。張清華為這20年的新詩概括出三個方面的特點：1.「極端寫作」的彰顯和先鋒寫作的終結；2.「文學地理的細化」；3.「寫作的碎片化、材料化或者未完成性」〔註77〕。可以看出，張清華對21世紀20年詩歌的總結是建立在長期編選、閱讀與研究新世紀詩歌的基礎上，是他往年觀點的總結與提煉，但是「第三次解放」的說法，則是站在百年新詩的高度所作的新概括，為新世紀詩歌作了定位，值得重視。

這場討論實際是把自然年度時間與詩歌時間交匯到一起，有助於更深入地理解新世紀詩歌的特點與意義。就詩歌時間而言，21世紀初有個最為重大的時間節點——新詩百年。但是年度詩選在對待這一節點時表現出了很複雜的情形：一方面，各家對新詩百年的時間點（即新詩的誕生時間）存有不同看法；另一方面，年度選本意味著任何當下都會迅速消逝，它要做的是對當年度詩歌的梳理，即使是「百年」，對於年度詩選來說也只是一個年度、一個時間點而已，而新詩百年卻是對新詩史的總體性回顧，所以要開掘這個交匯點的意義並不容易。

事實確實如此。張清華是以胡適寫作《蝴蝶》的1916年算起，他在2015年度的詩歌中能發現佳作，但他也感到「從一百年的尺度看，寫得好的詩歌就不能以這樣的一種常態尺度來衡量。我們所能夠著眼的，便應該是那些更具有體積、硬度以及陌生感和實驗性的文本，而這恰恰是一本年選詩集所難以體現的」〔註78〕。霍俊明也同樣把話題放到2015年度的選本來談，只是意見更為犀利：「我們討論新詩從來沒有變得像今天這樣弔詭而艱難」，因為「百年新詩似乎仍沒有建立起具備公信力的『共識機制』和『傳統法度』」〔註79〕。王辰

〔註75〕張清華：《「新世紀詩歌二十年」的幾個關鍵詞》，《文學報》2020年2月27日。
〔註76〕《聚焦「新世紀詩歌二十年」》，《文學報》2020年2月27日。
〔註77〕張清華：《「新世紀詩歌二十年」的幾個關鍵詞》，《文學報》2020年2月27日。
〔註78〕張清華：《序》，張清華編：《這裡是人間的哪裏》，江蘇鳳凰文藝出版社2016年版，第1～2頁。
〔註79〕霍俊明：《十二個片段（編後記）》，中國作協創研部選編：《2015年中國詩歌精選》，長江文藝出版社2016年版，第372～373頁。

龍則是在他主編的 2016 年度北嶽詩歌選本中，由朱自清《中國新文學大系・詩集》導言論及的問題而回顧新詩百年（以 1916 年為起點），希望詩壇可以沉靜下來探尋新詩發展之路〔註80〕。楊志學是以 1917 年為新詩誕生期，談論新詩的「回暖」與「升溫」〔註81〕。

當然，對於詩歌年選而言，百年新詩的時間節點是可以與年度編選結合起來的。如邱華棟主編的《2016 中國詩歌排行榜》，這一年度的排行榜比以往增加了 5 個榜單：50 後、藝術家、翻譯家、批評家、小說家的詩歌。從詩人代際看，自 50 後至 00 後詩人都收入其中，體現了一種歷史的縱深感，而詩人與非專職詩人的選錄，則從共時的層面展開。該選本在編選中體現了向百年新詩致敬的意味。在小說家的詩這一輯中，莫言的《你不懂我，我不怪你》入選〔註82〕。在新詩百年之際選入莫言的作品，意味深長：莫言的諾貝爾文學獎得主身份自然能使選本有分量，而莫言在得獎後也積極嘗試，寫出了一批詩作。這顯然可以理解為一種雙贏。

選入莫言作品的意義也為其他選本所重視，楊克主編的《2017 中國新詩年鑒》專門把第一卷設為「向百年新詩致敬」專輯，而居首的就是莫言，然後是吉狄馬加、池莉、張煒、葉延濱、于堅、王家新等，顯得極為隆重。2017 年度灕江詩歌年選也收入了莫言的作品，是他的組詩《七星曜我》中的 2 首，即《詩是酒後爬樹——獻給特朗斯特羅姆》和《一生戀愛——獻給馬丁・瓦爾澤先生》，還有小說家阿來的詩作《風暴遠去》。灕江詩歌年選意在揭示「詩歌依舊是文學創作者普遍尊重並希望涉獵的文學樣式」〔註83〕。緊接著 2018 年選梳理了中國新詩的百年歷程，但編者林莽巧妙地將灕江詩歌年選的 20 年融入新詩百年：這個選本「所涉及的這二十年，是百年中國新詩發展的一個新階段」。林莽將百年新詩分為多個階段：20 年代是發軔期，30 年代是第一個高潮，40 年代是低谷，但新詩形成了較完備的審美體系；50～60 年代有了新特點；70 年代停滯；80 年代是第二個高潮；90 年代是低谷，但盤峰詩會是開啟

〔註80〕王辰龍：《序》，王辰龍主編：《2016 年詩歌選粹》，北嶽文藝出版社 2017 年版，第 2～3 頁。

〔註81〕楊志學：《當下詩歌回暖與升溫（代序）》，楊志學、唐詩主編：《中國年度優秀詩歌》（2016 卷），新華出版社 2017 年版，第 1 頁。

〔註82〕邱華棟主編：《2016 年中國詩歌排行榜》，百花洲文藝出版社 2016 年版，第 131 頁。

〔註83〕編者：《編者的話》，林莽主編：《2017 年度詩歌》，灕江出版社 2018 年版，第 2 頁。

新詩新時代的轉折點；21 世紀是第三次高潮〔註84〕。因此，在這一系列的操作中，灕江年選實現了選本時間與新詩時間的交匯，極大地提升了選本的意義。林莽的第三次高潮的觀點，與張清華的第三次解放的論斷，也形成了呼應的態勢。只是林莽認為 90 年代的新詩處於低谷，與張清華等人的意見明顯不同。

自然年度時間、新詩時間與選本時間有各自的發展規律，選家立足於詩歌自身，因而最重視第二種時間，而出版方、編選方可能更看重選本時間即選本推出的時機問題。在這方面首先需要提到的是灕江年選。灕江出版社最先推出的 1997 年度選本不包括詩歌，詩歌年選始於 1999 年度選本，而「編者的話」一開始就把這本年選提升到了一個很高的層次：一方面在 20 世紀的最後一年編這個選本，「無疑是很有意義的一件事」〔註85〕，意味著這個選本繼往開來的使命；另一方面，該選本與中國第一部新詩年選對接，承續中國新詩 80 年的傳統，從而實現了選本時間與自然年度時間、新詩時間的交匯。

這種交匯可以凸顯選本誕生的時間節點的意義，正如《21 世紀中國文學大系》的封面廣告語所言：「為世紀文學存檔」，春風文藝出版社為這套大型叢書所選擇的時間起點，最恰當的就是 2001 年度了。北嶽年選始於 2013 年度選本，因為這個年份是世界末日之後「一個浴火重生的元年」〔註86〕，玩笑背後仍然是嚴肅、審慎的選擇。

儘管有著各種的差異，但是落實到對於詩歌創作實績的評價上，各選家的結論倒是相當一致。在六種選本中，長江年選與灕江年選具有較為正式的或者說「官方」立場，始終肯定詩歌創作的穩步提升，但是在 2000 年度長江詩歌年選後記中，韓作榮指出，20 世紀的最後一年「這個年度的作品還缺少具有震撼力的『大詩』，也沒有那種家喻戶曉式的轟動效應」〔註87〕，同年度的灕江詩歌年選也感慨「真正的好作品太少」〔註88〕。這彷彿帶有某種標誌意味，

〔註84〕 林莽：《編者的話》，林莽主編：《2018 年度詩歌》，灕江出版社 2019 年版，第 1 頁。

〔註85〕 《詩刊》社：《編者的話》，《詩刊》社選編：《'99 中國年度最佳詩歌》，灕江出版社 2000 年版，第 1 頁。

〔註86〕 張光昕：《序》，張光昕主編：《2013 年詩歌選粹》，北嶽文藝出版社 2014 年版，第 1 頁。

〔註87〕 韓作榮：《2000 年的中國新詩》，中國作協創研部編：《2000 年中國詩歌精選》，長江文藝出版社 2001 年版，第 448 頁。

〔註88〕 《詩刊》社：《編者的話》，《詩刊》選編：《2000 中國年度最佳詩歌》，灕江出版社 2001 年版，第 2 頁。

此後類似的觀點在很多選本（也包括這兩種選本自身）中都可以見到，不僅是詩歌，選家也感慨大詩人太少：

　　2001 年度長江詩歌年選：詩壇的淘汰也是殘酷的，真正的詩人是寫得越來越好的詩人，而這樣的詩人並不會多。〔註89〕

　　2001 年度太陽鳥詩歌年選：這一年的詩歌創作缺少大氣象，詩歌的藝術空間沒有多少明顯的拓展，詩人們與周遭的一切，甚至包括自我的內心世界都呈現膠著狀態。〔註90〕

　　2002 年度太陽鳥詩歌年選：2002 年的中國詩歌是在相對平穩的狀態中度過的。〔註91〕

　　2003 年度長江詩歌年選：本集中，讓我感到寫得不錯的詩為數不少，讀後讓我心動的也有一些，但讓我眼睛一亮，大為讚賞，印象特別深刻的詩卻為數不多。〔註92〕

　　2002～2003 年花城詩歌年選：這是一個有好詩人、好作品卻缺少大詩人和偉大作品的年頭。……平庸的詩人和作品也大量存在。〔註93〕

　　2004 年花城詩歌年選：榮光啟：「但見詩人不見詩」，好詩偶而有幾首，但不多。張桃洲：現在寫詩的人很多，寫得不錯的人也很多。……但一個致命的問題是，缺乏給人以震撼之感的詩人和詩作的出現。〔註94〕王光明：2004 年的詩，雖然會給人一種只見丘陵卻少見高峰、峻峰、險峰的感覺，但符合第一種要求（指有新意──引者注）的也不算少，只是重視新意的藝術轉化的努力還非常

〔註89〕韓作榮：《2001 年的中國新詩》，中國作家協會創研部編選：《2001 年中國詩歌精選》，長江文藝出版社 2002 年版，第 464 頁。

〔註90〕宗仁發：《站在讀者的立場上》，宗仁發選編：《2001 中國最佳詩歌》，遼寧人民出版社 2002 年版，第 3 頁。

〔註91〕宗仁發：《平靜中的孕育》，宗仁發選編：《2002 中國最佳詩歌》，遼寧人民出版社 2003 年版，第 3 頁。

〔註92〕韓作榮：《2003 年的中國詩歌》，中國作家協會創研部編選：《2003 年中國詩歌精選》，長江文藝出版社 2004 年版，第 404～405 頁。

〔註93〕王光明：《前言》，王光明編選：《2002～2003 中國詩歌年選》，花城出版社 2004 年版，第 1～2 頁。

〔註94〕《2004 年的詩：印象與評說（代前言）》，王光明編選：《2004 中國詩歌年選》，花城出版社 2005 年版，第 10～12 頁。

不夠。〔註95〕

2005 年花城詩歌年選：使人舒服的文本……這樣的詩作是必需的。但從詩歌是人類一種蘊藉在語言之中的想像力的活動的話，我們不免為這些詩作缺乏一種對讀者的心智和想像力的挑戰而遺憾。〔註96〕

2006 中國新詩年鑒：這是個「量」的時代。真正的詩乃是罕見的、稀少的。〔註97〕

21 世紀中國文學大系 2007 年度詩歌卷：2007 年也許是一個安穩平淡的年頭。……總歸這是一個「好詩」多於「痕跡」的年份。〔註98〕

2009 年度長江詩歌年選：任何時代的好詩都不會太多。……每年不下十萬首新詩的產出，絕大多數的詩都是平庸之作。〔註99〕

2009 年度花城詩歌年選：不見詩歌但見人。〔註100〕

2010 年度灕江詩歌年選：在數量極大的分行文字中，難於發現優秀的詩歌作品和優秀的詩人。〔註101〕

2011 年度灕江詩歌年選：以詩歌藝術終極標準來衡量，我們還缺少那種能夠進入典籍，一經閱讀，就會令人銘記於心的優秀作品。〔註102〕

2011 年度長江詩歌年選：絕大多數分行排列的文字都是平庸之作，甚至和詩沒有什麼關係，但任何一個時代真正的好詩都不會

〔註95〕 王光明：《後記》，王光明編選：《2004 中國詩歌年選》，花城出版社 2005 年版，第 418 頁。

〔註96〕 榮光啟：《更深的分野與必要的轉型——2005 年中國詩歌讀評（代序）》，王光明編選：《2005 中國詩歌年選》，花城出版社 2006 年版，第 6 頁。

〔註97〕 楊克：《〈2006 中國新詩年鑒〉工作手記》，楊克主編：《2006 中國新詩年鑒》，花城出版社 2007 年版，第 364 頁。

〔註98〕 張清華：《序》，張清華主編：《2007 年詩歌》，春風文藝出版社 2008 年版，第 1 頁。

〔註99〕 韓作榮：《新詩：被遮蔽的寫作》，中國作協創研部選編：《2009 年中國詩歌精選》，長江文藝出版社 2010 年版，第 360～361 頁。

〔註100〕 榮光啟：《詩壇：一個特殊的中國社會（代序）》，王光明編選：《2009 中國詩歌年選》，花城出版社 2010 年版，第 16 頁。

〔註101〕 編者：《編者的話》，林莽主編：《2010 中國年度詩歌》，灕江出版社 2011 年版，第 1 頁。

〔註102〕 編者：《編者的話》，林莽主編：《2011 中國年度詩歌》，灕江出版社 2012 年版，第 1 頁。

太多，能夠流傳下來並成為經典的作品還有待於時間的汰洗和檢驗。〔註103〕

2014年度花城詩歌年選：撞擊我們心靈的詩歌少了些。〔註104〕

2016年度長江詩歌年選：在我看來當下是有「詩歌」而缺乏「好詩」的時代，是有大量的「分行寫作者」而缺乏「詩人」的時代，是有熱捧、棒喝而缺乏真正意義上的「批評家」的時代。〔註105〕

2017年度太陽鳥詩歌年選：找到一首整體性的言之鑿鑿的具有「發現性」和個人化歷史想像力的詩歌其難度是巨大的。……在我看來當下是有「詩歌」而缺乏「好詩」的時代，是有大量的「分行寫作者」而缺乏「詩人」的時代，是有熱捧、棒喝而缺乏真正意義上的「批評家」的時代。〔註106〕

2018年度灕江詩歌年選：成才的詩人尚寥若晨星，但泥沙俱下是任何一個發展中事物的必然現象。〔註107〕

「中國好文學」2018年選：今天的一個稍微訓練有素的寫作者，……他們在技藝上有足夠的玩意，所缺少的，僅僅是作為大詩人的精神與氣度，還有那些可遇而不可求的人格境地。〔註108〕

以上意見具有兩個方面的特點：一是各選家在對大詩人與大詩作的企盼中表達出對當代新詩的一種期待；二是相關論述幾乎年年出現，也代表著一種焦慮，也說明能夠得到共識的大詩人、大詩作尚未出現。這其中的原因很複雜，編選者們也論及其中的一些原因如時代、社會、詩人自身、詩歌發展規律等。到2020年，張清華在論及新世紀20年的新詩時，仍然認為：「我們這個時代還沒有出現真正的『但丁式的詩人』，那種能夠開創一種文明的大詩人，因為

〔註103〕 韓作榮：《詩畢竟是詩》，中國作協創研部選編：《2011年中國詩歌精選》，長江文藝出版社2012年版，第423頁。

〔註104〕 李小雨：《又是秋葉正紅時——代序》，李小雨編選：《2014中國詩歌年選》，花城出版社2015年版，第1頁。

〔註105〕 霍俊明：《「寫詩的人」與「詩人」（編後記）》，中國作協創研部選編：《2016年中國詩歌精選》，長江文藝出版社2017年版，第294頁。

〔註106〕 霍俊明：《螢火時代的暗影或新鮮的碎片——近年詩歌觀察筆記或反省書》，宗仁發主編：《2017中國最佳詩歌》，遼寧人民出版社2018年版，第1～3頁。

〔註107〕 林莽：《編者的話》，林莽主編：《2018中國年度詩歌》，灕江出版社2019年版，第2頁。

〔註108〕 張清華：《序》，張清華、王士強編：《2018詩歌年選》，江蘇鳳凰文藝出版社2019年版，第2頁。

這樣的條件幾乎已經不存在了。沒有一個詩人能夠創造出一個具有總體性、神性、三位一體的，具有創新『創世』的，重生性的作品。具有這種能力的人，我們這個時代還沒有出現。」〔註109〕

在這種對大詩人與大詩作的企盼中，詩壇的情形卻似乎不太讓各位選家樂觀。從措辭中可以發現，對於詩人，2010年度之前的選本多期待「大詩人」、「給人以震撼之感的詩人」、「在整個世界有重大影響的詩人」，此後則是「詩人」、「成才的詩人」；對於詩歌，先前的期待是「偉大作品」、「震撼之感」，此後則是「好詩」，選家們對詩人和詩作的期待值似乎在逐漸下調。當然他們都注意到還是有很多詩人沉潛下來用心寫作，詩歌回歸自身的位置，好詩在不斷湧現，但相比於越來越喧鬧的媒介與平臺，詩人與詩歌都是「量」勝過「質」，更為大量出現的則是「分行排列的文字」與「分行寫作者」，連「詩」與「詩人」都說不上。當然，另一方面，不同的編選者的觀念還是有一定的差異，對大詩人，韓作榮、林莽、李小雨等都是希望這樣的詩人能積極回應現實，而《中國新詩年鑒》更看重「民間立場」、「原創性、先鋒性和在場感」〔註110〕；對大詩，同樣希望給人以震撼，林莽、韓作榮、李小雨等選家心目中的大詩是反映時代、現實的作品，而楊克與張清華期待的是能夠在詩歌史上留下痕跡、具有極端性、實驗性和革新精神的作品。

面對林林總總的現象，選家們如何對一個時代的詩歌格局與生態作出整體的判斷？這也就是張清華說的，「隨著『新世紀文學』、『新世紀詩歌』概念的日益做實，我們應該怎樣思考和確立這樣一個概念？」他強調首先「要避免以往簡單的『進步論』思維」，避免將「新世紀」理解為「一個新的時間神話」〔註111〕。各選家面對這樣一個時代，給出的結論大致有三種：準黃金時代；螢火時代；詩歌時代。三種觀念的立足點是一致的，那就是新詩回歸到自身的位置從事建設，但具體的結論不同。張清華多次作出「黃金時代」這一判定，當然他並不是說這個時代已經到來，「黃金時代」是未來的目標，是理想，現下所處的是詩歌的「準黃金時代」：「世紀初的狂歡與喧鬧已經漸漸沉落，在最

〔註109〕 張清華：《「新世紀詩歌二十年」的幾個關鍵詞》，《文學報》2020年2月27日。

〔註110〕 楊克：《中國詩歌現場——以〈中國新詩年鑒〉為例證分析（代序）》，楊克主編：《〈中國新詩年鑒〉十年精選》，中國青年出版社2010年版，第3～4頁。

〔註111〕 張清華：《序》，張清華主編：《2010年詩歌》，春風文藝出版社2011年版，第2頁。

近的兩三年中，詩歌寫作漸漸步入了一個相對沉潛和豐厚的時期」，「真正的
『黃金時代』正在來臨」〔註112〕。2013年度選本中他也強調「我一直認為我
們正處於詩歌本身的一個『準黃金時代』」〔註113〕。

韓作榮的觀念與張清華相近，在2008年度選本的「後記」中他就提出「目
前的中國新詩，是詩歌史上最好的時期之一」〔註114〕，3年後他「仍然認為，
目前，是中國新詩所經歷的最好時期之一」〔註115〕。這種觀念與灕江年選所
提出的中國新詩的第三次高潮也是接近的。

與之相反的判斷是「螢火時代」。霍俊明在2016年度長江詩歌年選的後記
與2017年度太陽鳥詩歌年選的序言中都作出了這一判斷：「這是一個『螢火』
的詩歌時代，這些微小的一閃而逝的亮點不足以照亮黑夜。而只有那些真正偉
大的詩歌閃電才足以照徹，但是，這是一個被刻意縮小閃電的時刻。」〔註116〕

霍俊明的這一評判，側重點是在詩壇的浮躁之風，意在警醒與批判；張清
華、韓作榮更為詩壇的沉潛與建設而欣慰，因而意在鼓勵。這是21世紀中國新
詩的兩個側面，它們相反相成，難以分割。何言宏則提出「詩歌時代」〔註117〕
的說法，意在辯證分析這個時代的獨特性。所謂「詩歌時代」，總體上是「常
規化」、「常態化」，而其獨特性在於詩歌體制、詩歌文化、媒介文化等，而就
詩歌自身而言，他從七個方面加以總結：歷史向度、現實精神、日常意識、生
命體驗、女性意識、本土情懷、海外寫作，由此對21世紀以來的詩歌境況作
了積極的評價〔註118〕。

以上這些評判都有其合理性，不同的論者側重點不同，但他們都揭示了一

〔註112〕 同上，第7頁。

〔註113〕 張清華《序》，張清華編：《2013最佳詩歌》，江蘇文藝出版社2014年版，第
7頁。

〔註114〕 韓作榮：《答〈漢詩〉問》，中國作協創研部選編：《2008年中國詩歌精選》，長
江文藝出版社2009年版，第361頁。

〔註115〕 韓作榮：《詩畢竟是詩》，中國作協創研部選編：《2011年中國詩歌精選》，長
江文藝出版社2012年版，第423頁。

〔註116〕 霍俊明：《「寫詩的人」與「詩人」（編後記）》，中國作協創研部選編：《2016
年中國詩歌精選》，長江文藝出版社2017年版，第294頁。另見霍俊明：《螢
火時代的暗影或新鮮的碎片──近年詩歌觀察筆記或反省書》，宗仁發主編：
《2017中國最佳詩歌》，遼寧人民出版社2018年版，第2頁。

〔註117〕 何言宏：《導言：當代中國的詩歌界》，何言宏主編：《二十一世紀中國文學大
系：2001～2010·詩歌卷》，南京師範大學出版社2014年版，第1頁。

〔註118〕 同上，第3～14頁。

個重要的原則：新世紀的詩歌有其獨立的地位與特點，但 20 年的時間太過短暫，它是開放的、未完成的、不定的，充滿了多種可能，它是通往一個更明晰的詩歌時代的通道或者是其組成部分，它是一個過渡時代，它的成就與不足，都可以從這些方面去理解。

第三，是關於編選問題的探討，關於年度詩選的編選緣起上文已經論及，這裡主要探討編選宗旨、原則、標準、選本功能、特色、選家角色與立場等方面的問題。

任何選本都具有保存文獻並使之經典化的意願與功能，年度詩選的特殊性在於它的對象是一個年度的詩人詩作，但是新世紀以來的年度選本，顯然並不滿足於僅僅成為年度詩歌的橫斷面、成為一個年度記憶。面對永恆奔騰的時間之流，年選還力圖介入當下詩歌現場，指引詩歌未來的發展方向，因此，這些年選實際想把過去、現在和未來三種時間向度融為一體。如此一來就要在一些看似相反的向度中把握好分寸：看重市場效益還是社會效益、強調歷史性還是看重審美性、側重總結過去還是看重介入當下與指引未來、各方兼顧還是突出選家趣味等等，要做好平衡顯然並不容易，更何況這裡面的主體不僅有選家，還有出版方、編選方、讀者等，一個選本的命運，往往都是各方博弈乃至妥協的結果。

長江年選對於編選宗旨與原則、選本的功能與作用一開始就有明確的意識，最早推出的 1995 年度選本（不包括詩歌）所介紹的編輯宗旨與原則大體上可以歸納為三個方面：一是彙集年度最佳作品，展現年度成就，反映年度動態；二是注重多樣化與創新性；三是滿足讀者需求〔註 119〕。選本的作用也是多方面的：既具備歷史性，又強調審美性，還能介入文學現實與指引未來、培養文學新人——換言之就是向文學青年、新人傾斜。這些觀念確實非常全面，並且與其說是在選本中得到了實現，不如說是一種理想、目標，是年選能夠持續編纂的動力，其他眾多選本在這些方面的看法與長江年選是一致的。《中國新詩年鑒》一開始確立的編選主旨就是「民間」立場、選入「好詩」。當然，它也要「『多元化』地適度表現這一年度不同的詩人在寫什麼。但最關鍵的，是必須關注詩歌的新的生長點，……今後的年鑒都應給新湧現的詩人以應有的位置」，有很多本《中國新詩年鑒》的第一卷都是新人專輯，可見它對創新、

〔註 119〕　中國作協創研部：《編選說明》，中國作協創研部編選：《1995 年中國報告文學精選》，長江文藝出版社 1997 年版，第 1～2 頁。

新人的重視。在楊克的眼中,《中國新詩年鑒》是一部「注重民間性、藝術性、兼容性且以新的方式進行市場操作」的選本。〔註120〕因此,《中國新詩年鑒》並沒有因為論爭和標舉「民間立場」就陷入褊狹的境地,新銳之外,它在選詩方面仍然做到了多元、兼容。

太陽鳥年選強調它是「及時發布上年度最有代表性的原創作品。為讀者提供極具保留價值、蘊涵文學精髓的優選本」,以「民間立場、民間態度、民間選本」為編輯宗旨〔註121〕,這裡的「民間」意在強調獨立精神及對多樣化的堅持。灕江年選的原則有三條:「關注青年詩群、全面反映詩壇現狀、優中擇優」,以此「反映出我們現代詩歌的較高水平,並標誌出現在中國詩歌最新的審美趨向」〔註122〕。《21世紀中國文學大系》也強調客觀公正的立場,而就詩歌卷主編張清華來講,他還「試圖從中展示詩界的新動向與新活力,所以年輕詩人的和實驗性強的作品儘量多選,有爭議、能夠顯現出弊病與問題的也盡可能選一些」〔註123〕,並且在顧及個人趣味的同時「儘量按照一個多元的原則來選擇作品」〔註124〕。花城年選也是三個原則:「廣泛閱讀,精中求精;以質取文,不以人取文;題材多樣,風格多樣」〔註125〕。

從以上六種年選的宣言可以見出,它們基本上都以作品的藝術質量為著眼點,強調選本的兼容性以容納詩歌的多樣性,但它們也有一些差異:長江詩歌年選、《中國新詩年鑒》、灕江詩歌年選、《21世紀中國文學大系·詩歌卷》特別重視文學青年與新人、重視創新,但長江詩歌年選、灕江詩歌年選看重的創新是合乎主流要求的,而《中國新詩年鑒》《21世紀中國文學大系·詩歌卷》更青睞實驗性、先鋒性的創新。還有就是《中國新詩年鑒》、太陽鳥詩歌年選、《21世紀中國文學大系·詩歌卷》表現出「民間」立場的傾向,花城年選介乎二者之間,總體也傾向於「民間」,在這一點上它們與長江詩歌年選、灕江詩

〔註120〕楊克:《〈中國新詩年鑒〉98工作手記》,楊克主編:《1998中國新詩年鑒》,花城出版社1999年版,第518~520頁。

〔註121〕陳樹才選編:《2000中國最佳詩歌》,遼寧人民出版社2001年版,襯頁。

〔註122〕《詩刊》社:《編者的話》,《詩刊》社選編:《'99中國年度最佳詩歌》,灕江出版社2000年版,第1頁。

〔註123〕張清華:《序》,張清華主編:《21世紀中國文學大系·2001年中國最佳詩歌》,春風文藝出版社2001年版,第24頁。

〔註124〕張清華:《序》,張清華主編:《2003年詩歌》,春風文藝出版社2004年版,第13頁。

〔註125〕《編者的話》,王光明編選:《2002~2003中國詩歌年選》,花城出版社2004年版,第1頁。

歌年選明顯不同。當然這裡的「民間」立場不同於 1999 年論爭時的概念，更應該理解為由此生發的獨立精神的內涵，2002 年以後的《中國新詩年鑒》也是傾向於這種廣義的「民間」立場。

種種異同，其實是與編選者的情況有著密切的關係。六種選本的編選者可以分為三種情況：第一種情況是編選方以單位名義出現但同時秉持主流立場，編選單位中的個人負責具體的編選工作，這樣的選本是一些評論家所說的「官方選本」，長江詩歌年選和灕江詩歌年選等屬於此類；第二種情況是編選者的身份可能兼有詩人、評論家、編輯、出版人等多種身份，但編選時起主要作用的身份是編輯，太陽鳥詩歌年選的臧棣、陳樹才、宗仁發（儘管他強調「站在讀者的立場上」〔註 126〕）和《中國新詩年鑒》的楊克、花城詩歌年選的李小雨、周所同、徐敬亞等屬於這種情況；第三種情況是學者選詩，花城詩歌年選的王光明、《21 世紀中國文學大系・詩歌卷》和「中國好文學」詩選的張清華等屬於這種情況。

就第一種情況看，長江年選是長江文藝出版社與中國作協創研部合作的產物，自 1995 年合作至今，在諸多品種中，中國作協創研部承擔中篇小說、短篇小說、報告文學、散文、詩歌、隨筆六個品種的編選任務。負責具體編選任務的選家先後是張同吾、祈人（1997、1998 年度選本）、韓作榮（2000～2013 年度選本）、霍俊明（2014 年度選本至今），各個選家的傾向、趣味存在一定的差異，但是在「中國作協創研部」這個名義下的編選，使得他們都要顧及客觀、權威、公正、符合主流價值觀等方面的「官方」要求，最明顯的就是「弘揚主旋律提倡多樣化」，「主旋律」的詩歌是「關注歷史走向、貼近時代精神、傳達人民心聲，引發心靈共鳴」，並且是「中國讀者喜聞樂見」的作品〔註 127〕。

這樣一種立場同樣適用於灕江詩歌年選。從 1999 年度選本開始灕江出版社與《詩刊》社合作，選家則是林莽。從 2009 年開始編選方換為「《詩探索》編輯委員會」，但負責編選的仍是林莽。《詩刊》這一中國頂級詩歌刊物的光環是灕江詩歌年選受到讀者重視的重要原因，而它本身的辦刊宗旨以及由此帶來的編選立場，可以說與長江詩歌年選的客觀、權威、公正、「弘揚主旋律提

〔註 126〕宗仁發：《站在讀者的立場上》，宗仁發選編：《2001 中國最佳詩歌》，遼寧人民出版社 2002 年版，第 1 頁。

〔註 127〕張同吾、祈人：《詩如鶯飛草長——〈1998 年中國新詩精選〉編後》，中國作協創研部編：《1998 年中國詩歌精選》，長江文藝出版社 1999 年版，第 408 ～409 頁。

倡多樣化」的取向並沒有什麼不同。林莽在編選時顯然首先要從《詩刊》的立場出發，後來他雖然退休轉到《詩探索》，但是總體取向仍然是不變的。林莽與灕江社合作長達 20 多年，形成了灕江版詩歌年選的一貫風格。

相比之下其他四種選本都傾向於「民間」立場，尤其是《中國新詩年鑑》與張清華選本最為明顯。楊克主編的《1998 中國新詩年鑑》在封面上即打出「藝術上我們秉承：真正的永恆的民間立場」，這一宣言至今未變。在 1998～2000 年度的選本中，「民間立場」問題得到了反覆的闡述與申發。但是「民間」又是一個動態的、活泛的概念，《中國新詩年鑑》的編選者也沒有把它理解得過窄、過死，謝有順就指出過 1999 年的爭論並非是要爭出個勝負，「只要爭論引致了雙方重新思考自己所面臨的問題，目的便已達到」，他相信詩歌話語同樣要「關涉靈魂和身體的雙重性質」，即便堅持日常化、口語化，他也強調「普通意義上的日常生活和口語，與詩性意義上的日常生活和口語，是有很大不同的」〔註 128〕。這些觀念無疑是合理、辯證的，也能得到其他選家的認可。到 2006 年鑑中，楊克對「民間性」的重新闡發：「所謂民間性，也就是個人性、創造性，某種有力量的邊緣性、陌生性」〔註 129〕，不再執著於民刊／官刊、民間立場／知識分子等的論辯，使得「民間」成為一個更為靈活、兼容的概念，向著後來的「大民間」〔註 130〕的觀念邁進。

張清華對 90 年代的盤峰論爭給予了積極的評價，他提到自己「一直力圖遵奉著『民間立場』」〔註 131〕，不過，他說的「民間」與「知識分子」都不是當初論爭時的概念，從內在精神上講，他「讚美『民間』的自由藝術精神，文學的主體和創造權利」，但是反感把「民間」等同於「粗鄙」，再把「粗鄙」轉換為特權〔註 132〕；就外在因素講，民刊的興盛、「官刊」的轉型特別是網絡的興起，導致三大板塊間的界限被衝破，民間／官方的對立也失去意義。因此，

〔註 128〕謝有順：《序》，楊克主編：《1999 中國新詩年鑑》，廣州出版社 2000 年版，第 3～9 頁。

〔註 129〕楊克：《〈2006 中國新詩年鑑〉工作手記》，楊克主編：《2006 中國新詩年鑑》，花城出版社 2007 年版，第 364 頁。

〔註 130〕楊克：《中國詩歌現場——以〈中國新詩年鑑〉為例證分析（代序）》，楊克主編：《〈中國新詩年鑑〉十年精選》，中國青年出版社 2010 年版，第 4 頁。

〔註 131〕張清華：《序》，張清華主編：《2006 年詩歌》，春風文藝出版社 2007 年版，第 4 頁。

〔註 132〕張清華：《序》，張清華主編：《2002 年詩歌》，春風文藝出版社 2003 年版，第 24 頁。

張清華對於這些概念中可能存在的極端傾向是警覺的，也沒有把「民間」加以神化。

如果說「民間立場」是張清華個人的選擇，那麼對於太陽鳥年選來說，「民間立場、民間態度、民間選本」就是每位編者都要遵守的編輯宗旨了。但太陽鳥年選的「民間」傾向與張清華大體一致，這樣一種講求獨立、自由的觀念，在王光明主持的花城詩歌年選中也得到了體現。雖然花城詩歌年選曾先後由王光明、李小雨編選，編選方則分別是他們所在的首都師範大學中國詩歌研究中心、中國詩歌學會，但是選家的個性與自主性仍得到了充分的展現。

編選工作要落到實處，編選方式與標準的確定是極為重要的。編選方式大體分為兩類：一類是以詩作為中心，先選詩，再確定詩人；一類是以詩人為中心，先確定人選，再按人選詩。新詩編選史上這兩種方式都用過，各有其合理性與不足：前者突出了作品的中心地位，講求公平對待，避免關係和人情，可以保證入選作品的質量，不足是選家的閱讀視野畢竟有限，實際會變成依據詩集和刊物來選詩，視野的廣狹、趣味的偏向會對編選造成直接影響，同時也不利於對詩人的完整和長期把握。臧棣曾把這種方式比喻成篩子，「篩子的大小，首先同閱讀量有關」，「但麻煩的是無論這種閱讀的覆蓋面有多大，它都會顯得可疑」〔註 133〕；後者可以實現對詩人的完整和長期把握，也能展現出詩人的特性，但視野的廣狹、趣味的偏向同樣會造成對選家視閾之外的詩人的盲視，同時也不利於發現具有創新意味的作品。

在諸多選本中，依據第一種方式來選詩的主要有長江詩歌年選、太陽鳥詩歌年選、灕江詩歌年選、《人民文學》編選的《文學精品‧詩歌卷》、羅暉主編的《中國詩歌選》、梁平與韓珩主編的《中國年度詩歌精選》、北塔主編的《中國詩選》、楊志學、唐詩主編的《中國年度優秀詩歌》、北嶽詩歌年選、譚五昌主編的《中國新詩排行榜》、中國當代文學研究會詩歌委員會選編的《中國年度作品‧詩歌》等；採用後一種的有邱華棟主編的《中國詩歌排行榜》（2014年度選本開始明顯地表現出以詩人為中心來選詩）、朱零編選的《年度詩人選》等。當然有的選本是詩作、詩人乃至刊物平臺為中心的方式交替或綜合使用，表現出相當大的靈活性，《中國新詩年鑒》、張清華選本等即是如此。

就編選標準而言，同樣是追求「最佳」詩歌、立足於作品的思想與藝術水

〔註133〕臧棣：《篩子到底有多大？——1998 年中國詩歌綜評》，臧棣選編：《1998 中國最佳詩歌》，遼寧人民出版社 1999 年版，第 1～2 頁。

準，各選家的觀念還是呈現出很多的差異。正如宗仁發所總結的，「好詩每首都是不同的」，這種不同意味著每首好詩都不同於別的作品，但還可以表現為每位選家眼中的好詩或許也是不同的，而「有問題的詩卻是容易歸類的」：虛偽之作、病態之作、模式化的製作[註134]。各選家對這類詩作當然都是拒斥的，但對於好詩則有不同的理解。韓作榮在編選2000年度選本時就提出「本年度詩選遵循的是『惟好詩』的準則」，這一準則他一直堅持不變[註135]。「好詩」即為編選標準，但是他心目中的「好詩」又是怎樣的呢？那就是「感性和理性都達到極致，有如熔化的鋼水，卻不失去本身的重量」的作品，具備「對情緒的微妙把握，對事物的深入剖析，對現實的詩性觀照，對意象的敏感捕捉，對人性的深入探究，以及生活實感與豐富的想像力，動人心魄的情思、解構與反諷」等[註136]。

灕江詩歌年選「尤其關注那些體現了中國漢語語言藝術的作品，關注那些體現了當下人們的真切情感與體驗的作品，關注那些有文化底蘊與進入整體文化背景的作品」[註137]，這可以視為它的編選標準，比長江詩歌年選的標準更具有主流與宏大的意味。

《中國新詩年鑒》一開始亮出的標準就是「藝術」：「藝術是詩歌的生命，也是這部年鑒唯一的編選標準」[註138]，謝有順後來作了更詳細的解釋：「選擇的標準依然秉承著我們一貫的詩學信念：對當下存在的敏感，心靈的在場，觀察世界之方式的探索，藝術的原創性和語言的天才。」[註139]

宗仁發在編選太陽鳥詩歌年選時，起初並不打算作為一個詩人、評論家、編輯來選詩，而是「試圖使自己還原成一個普通的詩歌讀者」，站在讀者的立場上來選詩，這樣「讀完一首詩，捫心問一問喜歡或不喜歡，這便是理由，這

〔註134〕宗仁發：《站在讀者的立場上》，宗仁發選編：《2001中國最佳詩歌》，遼寧人民出版社2002年版，第2頁。

〔註135〕韓作榮：《答〈漢詩〉問》，中國作協創研部選編：《2008年中國詩歌精選》，長江文藝出版社2009年版，第360頁。

〔註136〕韓作榮：《2002年的中國新詩》，中國作協創研部編選：《2002年中國詩歌精選》，長江文藝出版社2003年版，第424～425頁。

〔註137〕《編者的話》，《詩刊》選編：《2008中國年度詩歌》，灕江出版社2009年版，第1頁。

〔註138〕楊克：《〈中國新詩年鑒〉98工作手記》，楊克主編：《1998中國新詩年鑒》，花城出版社1999年版，第519頁。

〔註139〕謝有順：《序》，楊克主編：《1999中國新詩年鑒》，廣州出版社2000年版，第5頁。

便是標準」〔註 140〕。但他發現這一點其實很難做到，因為即便成為讀者，每個讀者的喜好也會不同，何況選家也不是普通讀者，而是「詩歌的職業閱讀者」〔註 141〕。作為職業閱讀者，喜好的不同更會影響到詩歌的選擇，之前的陳樹才就更喜歡短詩，而且偏重敘事性、簡潔性與內在精神〔註 142〕。宗仁發則比較側重「樸素自然」、「意境不俗」、「語言精緻」的作品〔註 143〕，但或許還需要加上「既超越社會的藩籬，又超越個人的孤芳自賞」〔註 144〕，才能算作他的編選標準。

王光明對好詩提出了兩個方面的要求，可以視為他的選詩標準：一是有新意；二是「思想情感與表現形式的完好統一」〔註 145〕。李小雨接手花城詩歌年選後提出了她的看法：一是「好詩應該具有直擊人心而使人『眼前一亮』的力量」；二是「個人對生活的獨特的發現」；三是詩歌語言要做到「精練、自然、抒情、跳躍、有內在涵義，有內在節奏感」〔註 146〕。張德明的《中國年度好詩三百首》也是倡導「好詩」並列出公式：「好詩=精巧的結構+優美的語言+真摯的情感+（深刻的思想）」〔註 147〕。他們的觀念是較為一致的。

張清華對問題的複雜性有更敏感的體會，他發現「好詩」、「純粹藝術的詩」、「代表性的詩」是完全不同的概念，並沒有一個公認的編選標準，他「惟一依循的一個標準，就是它們作品中的思想與技藝的含量」〔註 148〕。具體來

〔註 140〕宗仁發：《站在讀者的立場上》，宗仁發選編：《2001 中國最佳詩歌》，遼寧人民出版社 2002 年版，第 1 頁。

〔註 141〕宗仁發：《詩歌的意義在於它具有攖犯的能量》，宗仁發主編：《2013 中國最佳詩歌》，遼寧人民出版社 2014 年版，第 3 頁。

〔註 142〕陳樹才：《後記》，陳樹才選編：《1999 中國最佳詩歌》，遼寧人民出版社 2000 年版，第 229 頁。

〔註 143〕宗仁發：《平靜中的孕育》，宗仁發選編：《2002 中國最佳詩歌》，遼寧人民出版社 2003 年版，第 4 頁。

〔註 144〕宗仁發：《詩歌的意義在於它具有攖犯的能量》，宗仁發主編：《2013 中國最佳詩歌》，遼寧人民出版社 2014 年版，第 3 頁。

〔註 145〕王光明：《後記》，王光明編選：《2004 中國詩歌年選》，花城出版社 2005 年版，第 418 頁。

〔註 146〕李小雨：《前面的話》，李小雨編選：《2012 中國詩歌年選》，花城出版社 2013 年版，第 2 頁。

〔註 147〕張德明：《編後記》，張德明主編：《2016 中國年度好詩三百首》，暨南大學出版社 2017 年版，第 387 頁。

〔註 148〕張清華：《序》，張清華主編：《2003 年詩歌》，春風文藝出版社 2004 年版，第 13 頁。

說就是他傾向於有代表性的詩，但他心目中的這類詩是「極限式寫作」、具有「痕跡意義」的作品〔註149〕。這類詩歌顯然不是一般意義上的「好詩」，它們具有的特點是真誠、介入、實驗、創新甚至是破壞、粗鄙等。張清華對大系的詩歌卷的基本定位就是：「民間性」、「作為詩歌史痕跡的編年選」是首先考慮的、最重要的兩個因素，同時在一定程度上「也會顧及某種意義上的『年度最佳』的標準」。但如果「優秀或最佳詩歌」的標準與「作為歷史痕跡的詩歌」的標準之間有衝突，他會取後者〔註150〕。

由此可以見出，選家的編選標準基本上集中於思想性與藝術性兩方面，具體的要求則有不同。既然選家對於編選標準都有自己的理解與認識，那麼落實到具體的編選工作中是否就可以憑自己之意行事，編選是否會一帆風順呢？答案是否定的。作為「新世紀編年文選」之一種，《2003年詩歌》在序言中一開始就提出，「任何選本都是妥協的產物，本書當然也不可能例外。因為任何選本都不可能是全方位的」〔註151〕。這不僅是眾多選家的共識，也是事實。

首先，年選圖書的時效性要求與選家的閱讀、編選之間就存在矛盾。對於讀者而言，年選圖書在每年年初出版才最具吸引力，但對選家而言，巨大的閱讀量造成了很大壓力，何況詩歌閱讀更講究細品、慢慢體會，此外選家還要費盡心力去挑選、去發現、去評述，還要滿足編選宗旨所說的權威、客觀、公正之類要求，任務其實異常繁重。即使是灕江詩歌年選只挑選公開刊物發表的詩歌，封底宣傳語打出「花最少的錢，用最短的時間，享受中國當代文藝的最新成果」，但詩作數量也是逐年遞增，價格也隨之增長。1999年度灕江選本選了90位詩人的116首詩，全書204頁，定價10元。到2003年度選本出版時，收入207位詩人的283首作品，全書428頁，定價22元，已經翻倍還不止。

在民刊和網絡還沒有全面興起時，選家或許還可以應對，到2003年以後，隨著民刊的興盛和網絡詩歌的繁榮，可以說沒有一個選家能夠閱讀當年的所有詩歌，韓作榮在2009年作出的「每年不下十萬首新詩的產出」〔註152〕的估

〔註149〕同上。另見張清華：《序》，張清華主編：《2007年詩歌》，春風文藝出版社2008年版，第2頁。

〔註150〕張清華：《序》，張清華主編：《2010年詩歌》，春風文藝出版社2011年版，第3頁。

〔註151〕敬文東：《序》，敬文東主編：《2003年詩歌》，山東畫報出版社2004年版，第1頁。

〔註152〕韓作榮：《新詩：被遮蔽的寫作》，中國作協創研部選編：《2009年中國詩歌精選》，長江文藝出版社2010年版，第361頁。

計可能都偏於保守了。在韓作榮看來,「詩歌發表數量的增多給詩選的編選增加了難度」,「一個具有開放性、全局性、權威性,同時具有前瞻性的選本,要做到高質量、沒有過分的偏頗,選取不同寫作方式中有代表性的作品,繼而有代表性地展示中國詩歌 2003 年度的全貌,讓我感到力不從心,雖然我努力了,但仍然難以達到完善的境界」〔註 153〕。王光明也發現「《中國詩歌年選》自 2003 年啟動以來,總跟不上同套年選的出版發行速度」,因為難以解決「詩歌閱讀的慢與社會發展節奏快的矛盾」〔註 154〕。

王光明的說法揭示出對選家而言,除了閱讀量之外,時間方面的壓力也是十分巨大。對於年度選本而言時間是最寶貴的,《詩刊》社選詩,是「用了兩個月的時間進行編輯審讀工作」〔註 155〕,經歷五次篩選而確定。但是圖書的編輯、印刷出版、發行,牽涉到多個部門,需要的時間更長,因此年初出版的選本的選家,沒有足夠時間讀完全年的詩歌。《詩刊》社就是「因出版的要求,後一季度的作品選入很少」〔註 156〕,對於張清華而言這個時間「大約只能截止到 10 月份」〔註 157〕。有的選家為了彌補,會選擇上一年 10 月至該年度 10 月的作品,王光明、李小雨等都是採用了這種方式。

其次是標準的模糊性、主觀性問題。張同吾、祈人在 1998 年就指出過,在一個多元化的時代,詩人、詩評家與讀者都「對『佳作』的標準難有共識」〔註 158〕,臧棣也認為「最佳」是個模糊的概念〔註 159〕,這些後來基本上都成為選家的共識。而且每個選本選入的詩歌基本上都有兩三百首之多,如何能夠保證每首都是「最佳」?這實際上是不可能的。因此,《21 世紀中國文學大系》

〔註153〕 韓作榮:《2003 年版的中國詩歌》,中國作協創研部編選:《2003 年中國詩歌精選》,長江文藝出版社 2004 年版,第 404 頁。

〔註154〕 王光明:《後記》,王光明編選:《2007 年中國詩歌年選》,花城出版社 2008 年版,第 183 頁。

〔註155〕 編者:《編者的話》,林莽主編:《2010 中國年度詩歌》,灘江出版社 2011 年版,第 1 頁。

〔註156〕 林莽:《編者的話》,林莽主編:《2018 中國年度詩歌》,灘江出版社 2019 年版,第 2 頁。

〔註157〕 張清華:《序》,張清華主編:《21 世紀中國文學大系·2001 年中國最佳詩歌》,春風文藝出版社 2002 年版,第 24 頁。

〔註158〕 張同吾、祈人:《時代風情的多彩畫卷——〈1997 年中國詩歌精選〉》,中國作協創研部編:《1997 年中國詩歌精選》,長江文藝出版社 1998 年版,第 444 頁。

〔註159〕 臧棣:《篩子到底有多大?——1998 年中國詩歌綜評》,臧棣選編:《1998 中國最佳詩歌》,遼寧人民出版社 1999 年版,第 2 頁。

從 2002 年選開始去掉「最佳」二字，灕江年選則從 2004 年度選本開始去掉「最佳」。這正如張清華所言，標準只是「個人與公共尺度之間的一種妥協，一種推測」，「抽象意義上的『公正』的編選大約也是不存在的」〔註160〕。不過臧棣從這種模糊性、主觀性也找到了對選家有利的地方，那就是它的寬泛性、靈活性及文學史意味〔註161〕。

再次，編選時要面對各種制約因素，如政治立場、倫理道德、價值觀念、時代心理、讀者的審美期待、年度詩歌的實際狀況等。臧棣就認為讀者對「最佳」的理解主要是「依照以往的文學程序對詩歌的審美規定」，而這種規定其實來自於對 80 年代朦朧詩的理解，但它已不適應當下的詩歌境況〔註162〕。如此一來，選家都會有「不得不放棄」的情況，篩選變為「一個從俗和妥協的過程──不得不屈從於公共審美經驗的專制」，選本變成了「殘缺的編選」〔註163〕。這還是有選家心目中理想作品時的情況，而詩壇的實際是詩人和詩作越來越多，真正的大詩人和好作品卻稀缺，當 21 世紀第一個 10 年過去時，張清華發現選本的「選」的意義削弱了，「『佳作彙集』或『好詩大全』的味道正越來越濃」〔註164〕。

此外，編選工作也會遭遇各方分歧、包括選家自身矛盾的影響。灕江詩歌年選的做法是由編選方挑出 1500～2000 首作品參與初選，經過多次篩選，最後選出 200～300 首作品「提供給出版者終審」〔註165〕，這就涉及到編選方與出版者之間的協商。《中國新詩年鑒》的編委也經常會因為選詩而產生分歧甚至起爭執。即使是同一個選家如張清華，在面對作品時也會因作品或自身心態的複雜而產生矛盾的感覺。當然，多方面的閱讀也可能會糾正或拓展選家原有的趣味、觀念，產生積極的意義。此外，原本各不相干的詩作被整合進同一個選本中時，它們就「都具有某種超越了個體的『整體』與『互文』意

〔註160〕 張清華：《序》，張清華主編：《2003 年詩歌》，春風文藝出版社 2004 年版，第 12～13 頁。

〔註161〕 臧棣：《篩子到底有多大？──1998 年中國詩歌綜評》，臧棣選編：《1998 中國最佳詩歌》，遼寧人民出版社 1999 年版，第 2 頁。

〔註162〕 同上，第 2～3 頁。

〔註163〕 張清華：《序》，張清華主編：《2003 年詩歌》，春風文藝出版社 2004 年版，第 14 頁。

〔註164〕 張清華：《序》，張清華編《中國詩歌年選》，江蘇文藝出版社 2012 年版，第 1 頁。

〔註165〕 《詩探索》編輯部：《編後記》，林莽主編：《2015 中國年度詩歌》，灕江出版社 2016 年版，第 251 頁。

義」〔註166〕，詩人詩作之間出現呼應、對話的效應，單個詩人、單篇作品的意義得到了昇華。

　　還有就是編選體例等造成的制約，這裡所考察的年度詩選也帶有綜合性選本的意味，所選詩人詩作就要做到全面覆蓋。但是篇幅所限，很多詩人只能入選一首，這種平均主義能否反映出年度的創作成績？長詩往往被拒之門外，灕江詩歌年選就表示不收長詩，而是以節選的方式予以彌補。同時，長江詩歌年選、灕江詩歌年選、《中國新詩年鑒》、張清華選本都強調要多選青年詩人與新人的作品，2003 年灕江年選所選青年詩人的作品居然高達 80%，這樣對中老年詩人勢必造成一定的擠壓，而這種擠壓是否一定合理，顯然是值得反思的。雖然年度選本是指向未來，因而更看重能代表新詩發展方向、具有創新與實驗勇氣的青年詩人與新人，但選本更應該根據當年度的實際情況來確定人選與詩作，而非先入為主地保證青年詩人與新人的比重。與之相似的是選本對代際劃分的採用，雖然代際命名難以揭示特定詩群的詩學旨趣、美學風格、內在特點，但也是一種權宜之計。年選的關注點從 70 後到 80 後、90 後乃至00 後，代際更新一直是年度詩選比較關注的熱點，這和推出青年詩人、新人一樣，有合理之處，但也值得反思，其背後所隱含的，未必就不是一種線性進化的觀念。

　　既然年度詩選存在種種的制約，選本所要做的不僅是要達成各方的妥協，也要為避免淪為平庸選本而突出自身的特色。長江年選對自身特色的設定可以從《2002 年中國詩歌精選》封面上的一段話看出：「最具權威性的中國文學年選本，中國作家協會精心選編，一套在手，當代名家力作悉數網羅，一套在手，年度文學風雲盡收眼底。」灕江年選《2002 中國年度最佳詩歌》的封底寫有「花最少的錢，用最短的時間享受中國當代文藝的最新成果。思想性藝術性俱佳，有代表、有影響力」，除了同樣強調是佳作彙集外，還顧及到了讀者在金錢、時間方面的考慮。太陽鳥年選除了強調「權威選家」、佳作之外，還突出了兩個方面：1.它是「讀者眼中有別於官方選本的、極具特色的民間選本」；2.「卷首序言更見功力」〔註167〕，從 1998 年度選本至今，太陽鳥詩歌年選的序言成為見證中國新詩及新詩理論批評發展的重要資料。《中國新詩年鑒》的

〔註166〕 張清華：《序》，張清華主編：《2010 年詩歌》，春風文藝出版社 2011 年版，
　　　　　第 2 頁。
〔註167〕 陳樹才選編：《1999 中國最佳詩歌》，遼寧人民出版社 2000 年版，襯頁。

特色在於「民間立場」、民間編選、推出新人、涵蓋創作與理論批評及其本身不斷地求新求變等方面〔註168〕。花城年選在封面把「權威名家精選，沉澱文學精髓」作為自己的特色予以展示。《21世紀中國文學大系》則宣稱「專家視野，民間立場，權威選本，為世紀文學存檔」（封底），如果「專家視野，權威選本」也是其他選本都宣稱的，那麼「民間立場」也確實是「大系」的一個重要特點，但更引人注目的是最後一點，它突出地展現了「大系」所具有的史料意義。張清華就主張詩歌卷的原則是「記錄詩歌的歷史痕跡」，「而不是最大限度地搜尋『最美的詩篇』——所謂『大系』與『年度最佳』的區別，應該是在這裡」〔註169〕。當然出於實際考慮，張清華把「民間性」、「作為詩歌史痕跡的編年選」作為首要特色，同時也會顧及一定的「年度最佳」標準，這是他對於詩歌卷的「基本定位」〔註170〕。

　　其他的選本也在盡力展現自己的特色，《人民文學》編選的《文學精品・詩歌卷》強調有十位名家（牛漢、李國文、陳建功、邵燕祥、季羨林、賈平凹、袁鷹、曹文軒、蔣子龍、謝冕）舉薦；北塔所編的《中國詩選》是目前唯一一本中英雙語年度詩選；邱華棟主編的《中國詩歌排行榜》，是百花洲文藝出版社推出的「文學排行榜書系」，「文學排行榜」是其特色；楊志學、唐詩編選的《中國年度優秀詩歌》號稱「九博士聯合推選」，其特點有三：一是「包容性、綜合性」；二是「入選作品的多源性、廣博性」；三是「選稿的嚴肅性、嚴格性」〔註171〕。北嶽年選的封面宣稱「《名作欣賞》雜誌鼎力推薦，權威遴選，深度點評，中國最好年選」，「深度點評」確實是其特色，詩歌卷就「有一個標配，即在詩後附上簡評」〔註172〕。朱零則以選定詩人再選詩的方式為《年度詩人

〔註168〕　參看楊克：《中國詩歌現場——以〈中國新詩年鑒〉為例證分析》，劉波：《在獨立堅守中求新求變——寫在〈中國新詩年鑒〉出版十週年之際》，楊克主編：《〈中國新詩年鑒〉十年精選》，中國青年出版社2010年版，第1~15頁。

〔註169〕　張清華：《序》，張清華主編：《2007年詩歌》，春風文藝出版社2008年版，第1頁。

〔註170〕　張清華：《序》，張清華主編：《2010年詩歌》，春風文藝出版社2011年版，第3頁。

〔註171〕　楊志學、唐詩：《中國詩歌：繽紛又一年——〈中國年度優秀詩歌2011卷〉序》，楊志學、唐詩主編：《中國年度優秀詩歌・2011卷》，新華出版社2012年版，第4頁。

〔註172〕　王辰龍：《序》，王辰龍主編：《2017年詩歌選粹》，北嶽文藝出版社2018年版，第4頁。

選》的特色〔註173〕。

值得注意的是，年度選本與其他類型選本相比有一個很大的優勢，就是它們可以與時俱進地對自身進行調整。像長江年選、灘江年選都根據市場情況調整過自己的年選品種，就詩歌年選而言，也會根據需要而加以改變。長江詩歌年選自 2000 年度選本由韓作榮接手，更具包容性，對青年詩人和新人關注更多，也注意到活躍在民刊上的詩人，2001 年選完整收入兩首長詩，也是打破常規的一種表現。長江年選還注意選本時間的重要性，2015 年長江文藝出版社與中國作協創研部舉辦了紀念《中國年度文學作品精選叢書》出版 20 週年座談會，既擴大了年選品牌的影響，又成功地開拓了新的業務：《新世紀作家文叢》啟動。2019 年度選本除了繼續從紙質刊物選詩，也開始從微信等新媒體上搜尋佳作。

《中國新詩年鑒》的求新求變意識更強，陳振波把 1999～2010 年度的《中國新詩年鑒》劃分為三個階段：1.民間化選本階段（1998～2001），楊克主編並負責，編委會成員統稿，立足於「早期的狹義的民間立場」；2.風格化選本階段（2002～2006），實行執行主編負責制，具有「明顯的風格化傾向」；3.多元化選本階段（2007～2010），恢復主編負責制，主要靠網絡平臺編選，「在詩學形態上表現出多元化、全面化等特徵，同時也顯露出比較明顯的商業氣息」〔註174〕。2011 年鑒至今的《中國新詩年鑒》，仍可歸入這個多元化階段。《中國新詩年鑒》從一開始就兼有創作卷與理論卷，還有大事記，著力推出新人的「年度推薦」已被打造為一個品牌欄目，2002～2003 年鑒設有「e 時代：『80 後』詩人詩選」，2004～2005 年鑒策劃「中國詩歌的臉」，設有「年度桂冠詩人」、「年度潛力詩人」、「年度最有創意詩歌形式：短信詩選」，2006 年鑒關注中國臺灣中生代詩人、2008 年鑒推薦中國臺灣新生代詩人、中國大陸 90 後詩人，2009～2010 年鑒推出博客女性詩歌選、90 後詩歌選、青春詩會詩選，2011～2012 年鑒推出少數民族詩人詩歌、微詩體精選、新詩典詩選、網絡詩選與散文詩專欄，2013～2014 年鑒推出粵地詩篇、網絡詩選、文學期刊詩選、民刊詩選，2015～2016 年鑒推薦 90 後詩人（00 後詩人 2 人），2017 年鑒設立「向百年新詩致敬專欄」，如此等等，每本年鑒幾乎都有新的創意，而理論批

〔註173〕 朱零：《後記》，朱零編：《2015 年度詩人選》，作家出版社 2016 年版，第 374 頁。

〔註174〕 陳振波：《「中國新詩年鑒」（1998～2010）的詩學脈絡》，西南大學碩士學位論文，2013 年。

評部分也涵蓋了詩歌界幾乎所有的熱點問題：90 年代論爭、女性詩歌、網絡詩歌、文化地理、底層寫作、代際寫作、新世紀詩歌回顧等。劉波就發現，阿斐是第一個進入《中國新詩年鑒》的 80 後詩人（《2000 中國新詩年鑒》），而他很快就成長為《2004～2005 中國新詩年鑒》的年度執行主編了〔註 175〕。該年鑒選入 6 位 80 後作為「年度潛力詩人」，其中鄭小瓊更是具有廣泛影響力的詩人，這不僅是發現新人，也是以新人來發現新人。因此《中國新詩年鑒》的成就是多方面的，其「民間」立場不再是二元對立模式的，而是指向「詩歌藝術的探索、創新和個性」，在選詩上是開放多元、發現被遮蔽的詩人與新人，在編選體例、制度等問題上也求新求變〔註 176〕。

楊克本人對《中國新詩年鑒》也有強烈的總結與研究意識，2010 年中國青年出版社出版了《〈中國新詩年鑒〉十年精選》，封底有楊克撰寫的一段很長的文字對年鑒進行了推介：首先是肯定了 98 年鑒引發的詩歌論戰及其首倡的「民間立場」，進而提到「迄今已出版 11 年，是中國新詩誕生以來甚至是從《詩經》始連續出版時間最長的詩歌選本。此外，它還是 1949 年以後第一本由個人和民間編選並正式出版的年度文學選本。它是第一本收錄各種民刊詩歌的年度選本，第一本收錄網絡詩歌的選本，第一本收錄中國港臺詩人作品的年度詩歌選本；是被國內詩人、批評界和西方漢學家關注最多的詩歌選本。《中國新詩年鑒》遴選了歷年年度好詩，凸顯了漢語詩歌最活躍最有生命爆發力的部分，可以說沒有一個選本包含了如此多的藝術信息和文化含量，也沒有任何一個選本推出過如此眾多傑出的詩歌新秀」。這種排山倒海的氣勢突出了《中國新詩年鑒》銳意進取的特點。在《2018～2019 中國新詩年鑒》的工作手記中，楊克寫道：「拒絕老去與無視生長，是傲慢無禮的做法，一個體系內新陳遲緩的疲態端倪初現，而最簡單的更新方式，就是讓更年輕的一代人來選稿」，「年度推薦由 95 後桉予初選，入選者絕大多數也是 95 後」〔註 177〕，貫徹了發現新人又以新人來發現新人的做法。

主編 1998 太陽鳥年選的臧棣關注的是選本的文學史意味，而到宗仁發則

〔註 175〕 劉波：《在獨立堅守中求新求變——寫在〈中國新詩年鑒〉出版十週年之際》，楊克主編：《〈中國新詩年鑒〉十年精選》，中國青年出版社 2010 年版，第 10～11 頁。

〔註 176〕 同上，第 11～15 頁。

〔註 177〕 楊克：《鮮嫩的目光——工作手記》，http://blog.sina.com.cn/s/blog_48930cd80102zoxz.html

更關注審美性，但他也會做出靈活調整，2002 年選「為了保留一份年度詩選的史鑒性」，他「破例收選了于堅的組詩《長安行》」〔註 178〕。他和之前的陳樹才都偏重於短詩，但陳樹才是出於對短詩的喜愛，而宗仁發還考慮到「讀者的閱讀興趣」及長詩、組詩的質量問題。但是 2008、2009 和 2010 年選，他改變策略，更重視選入長詩、組詩，從一個新的向度把握新詩的脈絡，在閱讀、編選中他也確實找到了一條脈絡：「長詩的創作在明顯增加。而且由書寫個人心靈史和傳記體的家族史，向表達時代情緒或發掘歷史題材方面逐步拓展、延伸。」〔註 179〕這顯然是只選短詩的選家所難以發現的。

　　灕江年選中負責詩歌卷的是林莽，面對不斷興盛的詩歌態勢，在他的主持下，2001 年《詩刊》開辦了下半月刊，注意吸納青年詩人。灕江詩歌年選原來只從省級以上刊物選詩，2002 年選開始取消了這一門檻，「普遍閱讀全國多種文學期刊」，「同時對近幾年比較活躍的，辦得較好的社團期刊也適當進行了篩選」〔註 180〕，2003 年選則邀請報刊進行推薦。年選選詩的數量最開始是 116 首，到 2005 年選就超過了 300 首，與長江詩歌年選相當，2008 年以後對於民刊、網絡詩歌也予以關注並作出積極的評價，顯示出一種包容、開放的格局。2004 年選在林莽的提議下去掉「最佳」兩個字，「這樣在學術上更客觀、更嚴謹」，這一意見被出版社採納。〔註 181〕。從 2005 年選開始，選本的封面、封底上出現部分詩人詩作的名稱、選段，顯然帶有優中選優、重點推薦的意味，對讀者起到了指導作用。2017 年選收入小說家莫言、阿來的詩作，也是突破常規的表現。與長江年選一樣，灕江年選也注意選本時間的意義，2017 年灕江出版社「年選系列」圖書出版 20 週年研討會在北京大學舉行，次年「灕江年選文學獎」設立，已頒發 2 屆，詩歌卷主編林莽獲特別貢獻獎，余怒《旅客》、代薇《千言萬語一聲不響》、余秀華《甜》、北野《一個人死了，可以用生來償還》獲得年度詩歌獎，獲獎作品更是具有優中選優的特點，對於詩人、詩作的經典化、對於讀者的閱讀都有重要意義。

〔註 178〕 宗仁發：《平靜中的孕育》，宗仁發主編：《2002 中國最佳詩歌》，遼寧人民出版社 2003 年版，第 1 頁。

〔註 179〕 宗仁發：《風吹草低見牛羊》，宗仁發主編：《2010 中國最佳詩歌》，遼寧人民出版社 2011 年版，第 3 頁。

〔註 180〕 《詩刊》社：《編者的話》，《詩刊》社選編：《2002 中國年度最佳詩歌》，灕江出版社 2003 年版，第 1 頁。

〔註 181〕 《灕江社「年選系列」：記錄文學前行的腳步》，《文藝報》2018 年 1 月 26 日。

一般而言，年度詩選的導言〔註182〕是要對一年來的詩人詩作、詩壇態勢等進行綜述和評議，但落實到具體的選本中，各選家有自己的看法與操作，同樣是多樣化的呈現。如導言一般是序言，長江詩歌年選卻是以「後記」的形式來做；導言一般是評論文章，但2008長江詩歌年選的後記是一篇訪談：韓作榮的《答〈漢詩〉問》；1998～2000年《中國新詩年鑑》有序，自2001年鑑取消，但無論有沒有序言，楊克為每本年鑑所寫的「工作手記」也具有導言的性質，只是形式更為靈活，近於隨筆；灕江詩歌年選放在詩選前的「編者的話」到2012年選時取消，此後是不定期出現，2015、2016年選則放到後記的位置，其中2016年選的後記是林莽所寫的一首詩《迎新的梅花》；2004年花城詩歌年選的導言是首都師大讀詩會的發言記錄。

就導言的內容來看，年度綜述是最常見、最重要的一種，六種選本都有程度不同的年度綜述，此外還有專題研討、理論批評闡述、作品舉例細讀等，這種不拘一格的做法，使得導言呈現出相當靈活、多樣的特點。專題研討有長江詩歌年選的《新詩：被遮蔽的寫作》（2009）、《詩畢竟是詩》（2011）、《十二個片段》（2015）；太陽鳥年選的《寫詩寫詩，關鍵是寫》（1999）、《寫詩寫詩，寫的是詩》（2000）、《新世紀的疑與惑》（2005）、《回故鄉之路》（2012）、《月亮作為月亮升起來》（2015）、《螢火時代的暗影或新鮮的碎片》（2017）；花城年選的《近年詩歌的民生關懷》（2006）、《詩壇：一個特殊的中國社會》（2009）等。

理論批評方面有長江詩歌年選的《關於詩歌的幾個問題》（2007）、《詩：主觀的創造》（2010）、《心靈的感應》（2012）、《「寫詩的人」與「詩人」》（2016）；1998～2000《中國新詩年鑑》的序言；太陽鳥詩歌年選的《詩歌的意義在於它具有攖犯的能量》（2013）、《詩歌批評標準：內部的與外部的》（2016）；花城年選的2008年選序、《聆聽世界，命名存在》（2010）等。

作品舉例細讀如太陽鳥詩歌年選的《永恆的開始和持久的回歸》（2009）、《詞彙就是一切──以一首詩〈這裡〉為例》（2014）；花城詩歌年選《讀詩的三個問題》（2007）（所選詩歌並不來自選本）等。

張清華選本的序言涵蓋了年度綜述、專題研討、理論批評闡述、作品舉例細讀等方面，有時候一篇序言同時涉及到這些方面，這在於他靈活的態度與寫

〔註182〕各種年度詩選的「導言」其實有不同的名稱：序（言）、前言、後記、編後記、編者的話等，為方便論述，這裡統一稱「導言」。

作方式。對於年選而言，年度綜述有著重要的意義，它是立足當下對上一年度的總結與對未來發展的思考與判斷。但是選家的態度卻顯得矛盾：固然意識到這一工作的意義，但苦差事是一方面，更重要的是對這種宏大敘事的有效性表示一種擔憂和懷疑。宗仁發就認為「對一個年度的詩歌做出某種整體性的判斷和分析都是相當困難的，同時也是十分危險的，除了詩歌現象本身具有令人頭疼的複雜性之外，還有一個致命的原因就是詩歌發展的節拍與年度的結轉之間毫無關係」〔註183〕。不過他還是堅持做下來了：「儘管在這種狀況下，企圖給詩壇勾勒出一幅清晰圖示，必然是一種以偏概全的冒險，但我仍然試圖有所嘗試。」〔註184〕對張清華而言，他直接稱這類文章為「年度審計報告」〔註185〕並力圖避免，畢竟「年度掃描式的文章大約是沒什麼意義的，因為不可能每年都有一個新的『詩壇態勢』供選家和評論家去概括和預言」〔註186〕。但也有選家認為年度總結可以讓人收穫「『意外』和『新鮮』」，從而警醒詩人〔註187〕。

因此，各選家寫出的「年度總結」仍有很高的價值，以張清華為例，他的「年度審計報告」探討的話題涵蓋眾多方面：1999年論爭的意義、70後、80後、90後的登場與成長、詩歌媒介壁壘的打破、網絡的興起與網絡美學、「乾貨」的呼籲、「中產階級趣味」批判、底層寫作、文化地理、寫作倫理、詩人之死、詩歌經驗的遷移、城市書寫、思想與技藝、公共話題與詩歌、上帝的詩學、新世紀詩歌十年、百年新詩等。特別是他對底層寫作／草根寫作／打工詩歌、網絡美學、文化地理、「工業時代的美學」的分析、對「中產階級趣味」的抨擊、對寫作倫理的提倡，都是非常重要的見解。張清華在年選中對問題的關注有持續性、連接性的特點，所謂持續性是指他對某個問題的關注可能是長期的，並且不斷深化，比如他早在2004年度選本中就選入了鄭小瓊的詩，到2007年度選本仍然在選，2006年度選本是重點介紹鄭小瓊並細讀其作品，而

〔註183〕宗仁發：《從顯現中所看到的——2003年詩歌瀏覽札記》，宗仁發主編：《2003中國最佳詩歌》，遼寧人民出版社2004年版，第1頁。

〔註184〕宗仁發：《風吹草低見牛羊》，宗仁發主編：《2010中國最佳詩歌》，遼寧人民出版社2011年版，第1頁。

〔註185〕張清華：《2002年詩歌·序》，《2002年詩歌》，春風文藝出版社2003年版，第33頁。

〔註186〕張清華：《序》，張清華主編：《2003年詩歌》，春風文藝出版社2004年版，第1頁。

〔註187〕梁平：《2013年詩歌：良好的氣節與風範》，梁平、韓珩主編：《中國2013年度詩歌精選》，四川文藝出版社2014年版，第1頁。

對於底層寫作的探討也是從 2004 年選開始關注，在 2006、2007 年選中予以集中的探討。所謂連接性，是指他的關注點往往能夠相互關聯起來，從而達到相當的深度。如底層寫作、外省、文化地理、地域性、少數民族詩歌等，看起來各自獨立，但是他認為「草根寫作」「從美學意義上，地域性和底層性是它的根本特徵」〔註188〕，打工詩歌為什麼首先興起於南方特別是在廣東十分興盛？張清華認為「是這裡的工業社會的發達帶來的都市化和前現代景觀給寫作和生存者帶來了更加尖銳和豐富的體驗與寫作資源」〔註189〕，這種情況在北京是很難見到的。由此把底層寫作、外省、文化地理連接了起來，而文化地理、地域性與少數民族詩歌也同樣被連接了起來。

張清華選本與《中國新詩年鑒》都是較早關注網絡詩歌的年度選本，後者首先從詩歌理論入手，《2002～2003 中國新詩年鑒》開始搜集網絡觀點，2006 年鑒收入探討「網絡詩學」的文章，2011～2012 年鑒開始集中推出網絡詩歌。張清華也對網絡文學有著長期的關注，2001 年度選本中他就注意從詩歌網站選取作品，2002 年選論及網絡寫作問題，2007 年選他提到網絡文學應該具有自身的美學，包括「簡約性、異類色彩、隱身氣質、『合理的惡意』、狂歡意味、無文體界限」等〔註190〕。在 2010 年選中他對「網絡美學」的特點作了系統的總結：「一是狂歡與娛樂化」，二是「主體的改變」，造成一種「隱身」的美學。當然網絡也有積極的一面，它衝破束縛，「為漢語詩歌的發展開闢了新空間」，也能培養起「公民意識」〔註191〕。在 2012 年選中，他進一步指出，網絡對詩歌最主要的影響就在「主體『身份』的變化」，形成「隱身的美學」，帶來狂歡的氛圍，使網絡詩歌具有「新的戲劇性與喜劇氣質」、「民粹趣味與草根氣息」，出現「更多在倫理上更為極端的作品」〔註192〕。張清華在 2001 年選中選入軒轅軾軻的《盯著》和《是××，總會××的》，就是因為他認為第二首詩是具有網絡風格

〔註188〕張清華：《序》，張清華主編：《2006 年詩歌》，春風文藝出版社 2007 年版，第 10 頁。

〔註189〕張清華：《序》，張清華主編：《2007 年詩歌》，春風文藝出版社 2008 年版，第 8 頁。

〔註190〕張清華：《序》，張清華主編：《2007 年詩歌》，春風文藝出版社 2008 年版，第 16 頁。

〔註191〕張清華：《序》，張清華主編：《2010 年詩歌》，春風文藝出版社 2011 年版，第 6～7 頁。

〔註192〕張清華：《序》，張清華主編：《2012 最佳詩歌》，江蘇文藝出版社 2013 年版，第 2～3 頁。

的作品，嚴肅、戲謔、開放的混雜，構成了這首詩的獨特風格，這也正是網絡寫作中日益呈現的景觀。張清華的探討對於理解網絡詩歌是十分重要的。

此外，張清華選本還有一個突出的特點，就是選詩與序言形成既相互呼應又相互補充的態勢，這是年度選本中少見的。一般而言，年度選本在導言中所評述的都是入選的作品，但張清華看重的「極限式寫作」的詩歌，往往因各種原因而未能選入，但他會在導言中予以評述，這些未選入的詩歌就構成了一個年選的「潛文本」，與入選詩歌之間也形成了一種張力。

花城詩歌年選的編選風格一直比較多元、穩健，從 2008 年選開始，選本的封面上出現部分詩人詩作的名稱，這種做法與灕江詩歌年選相似，可能也是帶有優中選優、重點推薦的意味。2014 年選中還選入了網絡詩歌，相比以往是一次突破性的嘗試。2017 年起由徐敬亞、韓慶成這兩位媒體人編選，改為按行政區域排列，是出於「文本面前理應人人平等」〔註 193〕的考慮。更重要的是，編選發生了巨大的變化，出於媒體人的理念，選本對新媒體特別是網絡給予了前所未有的關注，強調傳統媒體和新媒體並重，「試圖在全媒體視域下，對中國年度詩歌進行抽樣」〔註 194〕。對媒體的全覆蓋，這也是一種革新，形成更為開放、多元、包容的格局。到編選 2019 年度選本時，來自網絡平臺的詩歌更是佔了大部分。

選本的多元化格局，意味著一個多元化時代多種權力的實現。張清華認為，選本意味著總體化，而「總體化既是一種描述策略，同時也構成了一種權力」，年選「某種程度上也是一種總體化的嘗試，也是一種權力的實現形式」〔註 195〕。選本運作的過程也是各方運用權力博弈與妥協的過程，而在編選的過程中，選家的權力也得到一定程度的實現。這一點首先體現在選家對詩歌出處的選擇上。以灕江詩歌年選、長江詩歌年選、太陽鳥詩歌年選、花城詩歌年選、張清華選本五種年選為對象，劉曉翠統計了 2000～2006 年五種年選所選詩歌的來源數據，得出了一些重要結論〔註 196〕：灕江詩歌年選從《詩刊》與

〔註 193〕韓慶成：《編後記》，徐敬亞、韓慶成編選：《2017 中國詩歌年選》，花城出版社 2018 年版，第 323 頁。

〔註 194〕韓慶成：《編後記》，徐敬亞、韓慶成編選：《2017 中國詩歌年選》，花城出版社 2018 年版，第 323 頁。

〔註 195〕張清華：《序》，張清華、王士強編：《2018 詩歌年選》，江蘇鳳凰文藝出版社 2019 年版，第 1 頁。

〔註 196〕劉曉翠：《新時期詩歌年選研究》，首都師範大學碩士學位論文，2008 年。

《人民文學》選詩最多，「每年都在 40%～60%之間浮動」，可見《詩刊》社也希望把灕江詩歌年選打造成跟自身地位相匹配的主流、主導選本。長江詩歌年選與之相近，也主要是從主流刊物選詩，不過比灕江詩歌年選選擇的刊物數量更大、種類更多一些，也選了少量民刊，但比例很小。太陽鳥詩歌年選自 2003年以後民刊詩歌入選比例大幅提高，符合該年選所宣傳的「民間」立場；王光明在編選花城詩歌年選時也十分重視民刊，所選刊物占到了三分之一的比重；張清華選本與以上四種差異最大，「完全摒棄了從全國公開發表的詩歌刊物當中選取對象的方式，而將近三分之二的選本放到民刊以及網絡和詩人自印詩集上」，體現了一種完全獨立的立場〔註197〕。當然，「官方」、「民間」的對立是相對的，它們之間也在不斷交融，這裡是一種相對的區分，對「官方」或「民間」的偏重更多是代表一種態度。

王士強對這五種年選在 2006 年度的來源數據進行抽樣分析，也得出相近的結論：「《詩刊》選本和張清華選本可以說代表了這兩種趨向的兩個『極致』，而另外的三個選本則屬於『中間形態』或者『過渡形態』」〔註198〕。

劉曉翠還分析了五種年選從《詩刊》選詩的數量及比重，進一步探討《詩刊》在年度詩選中的地位與意義〔註199〕：

	《詩刊》社（選自《詩刊》數/總數）	韓作榮選本（選自《詩刊》數/總數）	宗仁發選本（選自《詩刊》數/總數）	王光明選本（選自《詩刊》數/總數）	張清華選本（選自《詩刊》數/總數）
2006 年度	96/232	82/327	30/453	67/320	4/232
2005 年度	165/331	79/318	36/440	66/297	9/222
2004 年度	124/264	67/286	19/384	44/241	9/227
2003 年度	133/284	69/300	30/409	46/207	4/194
2002 年度	76/170	40/299	45/276	——	6/165
2001 年度	66/142	38/319	25/186	——	2/179
2000 年度	59/155	53/309	——	——	——

〔註197〕同上。
〔註198〕王士強：《詩歌刊物的「生態」與當今的詩歌狀況——以五種詩歌年選（2006年）為中心》，《星星》（下半月）2008 年第 4 期。
〔註199〕數據來源於劉曉翠：《新時期詩歌年選研究》，首都師範大學碩士學位論文，2008 年。

　　根據以上統計可以得出這樣一些結論：第一，《詩刊》的地位、影響力及在圖書市場的號召力仍然是顯著的，因而各種選本都會對它有程度不同的選擇，灕江詩歌年選不必說，長江詩歌年選在五種年選中是最接近灕江詩歌年選的立場的，對《詩刊》也極其看重；第二，與灕江詩歌年選形成最大反差的是張清華選本，雖然他也會從《詩刊》選詩，但比例最小；第三，《詩刊》在王光明選本中所佔比重高於宗仁發選本，這和王光明的穩健風格相一致，如果說王光明選本和宗仁發選本是介乎兩大極致之間，那麼王光明選本離灕江詩歌年選、長江詩歌年選更近一些；第四，自 2000～2006 年度，各種選本選詩總數都在遞增，這與詩歌數量不斷增長的形勢保持了一致，但是《詩刊》作品在各選本中的比例仍然大體不變，體現出五種選本的穩定風格。

　　需要補充的是，劉曉翠與王士強都沒有把《中國新詩年鑑》統計在內，但可以肯定的是《中國新詩年鑑》在風格上是與張清華選本最為接近的：雖然它也強調多元化和包容、開放，但它首倡「民間立場」，對公開刊物的抨擊最為猛烈，他們的「民間」風格是十分鮮明突出的。在選錄詩人詩作時《中國新詩年鑑》與張清華選本有不少一致的地方，如它們都較早注意並推舉網絡詩歌、港臺詩歌、底層寫作，重視推出新人，1999、2000、2001 年度《中國新詩年鑑》與張清華主編《2001 年中國最佳詩歌》都重視 70 後詩人的登場，其中 2001 年度的兩部選本都選入了軒轅軾軻的作品《盯著》《是××，總會××的》。張清華還為 70 後詩人劃分出不同類型〔註 200〕，顯示出很強的學理性。2004 年前後，兩部選本又都推出 80 後：《中國新詩年鑑》是在 2000 年鑑、2002～2003 年鑑；張清華是在 2005 年度選本。2009 年，兩部選本又都在 2008 年度選本中集中推出 90 後詩人，藍冰丫頭（羅薇薇）在兩部選本中都得以入選，而《中國新詩年鑑》收入 3 位 90 後詩人，張清華選了 9 位，力度更大。此外，張清華在研究文化地理問題時特別注意到廣東的特殊性，而《中國新詩年鑑》恰恰崛起於廣東，同時《2013～2014 中國新詩年鑑》推出了「粵地詩篇」。

　　在這樣一個格局下，這些選本收入詩歌詩作的情形會是如何，就需要進一步來探尋。劉曉翠統計了 2003～2006 年度五種詩選收錄詩人的情況：

	入選 3 種	入選 4 種	入選 5 種
2003 年選	40 人	23 人	3 人

〔註 200〕 張清華：《序》，張清華主編：《21 世紀中國文學大系·2001 年中國最佳詩歌》，春風文藝出版社 2002 年版，第 20 頁。

2004 年選	41 人	23 人	10 人
2005 年選	41 人	28 人	12 人
2006 年選	57 人	23 人	11 人

這裡還可以把 2002～2003、2004～2005、2006 年度的《中國新詩年鑒》加進去統計，可以發現同時入選 6 種選本的詩人數：2003 年為 1 人（臧棣），2004 年 3 人（臧棣、啞石、翟永明），2005 年 4 人（林莽、王家新、劉川、王小妮），2006 年 2 人（杜涯、于堅）。

由此可見，年度詩選在收錄詩人時有兩個方面的特點：一是能夠為各選本都認可的詩人其實並不少，鄭敏、李瑛、邵燕祥、安琪、大解、韓東、于堅、伊沙、朵漁、林莽、王家新、西川、啞石、劉川、王小妮、杜涯、翟永明、鄭小瓊等，都是經常在六種選本中出現的詩人，可見各選本對詩人的地位與水平有較高程度的共識，這也與選家包容、多元的眼光有關。無論是久已成名的老詩人，還是中青年詩人，無論是知識分子寫作還是民間立場，無論是符合主流風格還是新銳的下半身寫作等，都在很大程度上為這些選本所接受；二是雖然各選本認可的詩人有很高的重合度，但能夠在同一年度為六種選本全部選入的仍然極少，這與每一年度詩人的創作情況有關，也與選家在每一年度的興趣、立場、觀念等因素有關，可見較高程度的共識是就總體而言，具體到每一年度，就變成了韓作榮所說的「有限的共識」〔註201〕。韓作榮此說針對的是不同選本選詩的差異，其實對詩人來說也同樣適用。

例如鄭小瓊通常被視為打工詩人中的一位代表人物，長江詩歌年選是在2006 年選入她的詩作；《中國新詩年鑒》是在 2004～2005 年度選本中把鄭曉瓊列為「年度潛力詩人」，選了她的 3 首詩歌，表現出高度重視。「編委評論」是這樣說的：「年度首推鄭小瓊絕不是她的『打工者』（帶有歧視性）的身份，而是一個詩人與生俱來的藝術天賦，使她將比同齡人有更深刻體驗的生命疼痛，尖銳、嘶啞、粗糲地表達了被壓抑的生命激情，真實地告知了當下的、中國的、底層群體的生存本相。」〔註202〕宗仁發是在編選《2005 中國最佳詩歌》時在序言中予以專題闡述，選入她的詩作，2006 年度選本再度選入；灕江詩歌年選從 2004 年選開始選入鄭小瓊的詩；張清華則在 2004 年至 2008 年的選

〔註201〕韓作榮：《答〈漢詩〉問》，中國作協創研部選編：《2008 年中國詩歌精選》，長江文藝出版社 2009 年版，第 363 頁。
〔註202〕楊克主編：《2004～2005 中國新詩年鑒》，海風出版社 2006 年版，第 9 頁。

本中就底層寫作話題多次展開探討,並在這五個選本中都選入了鄭小瓊的作品;王光明是在 2006 年選的序文《近年詩歌的民生關懷》中進行了專門分析,選入了鄭小瓊的詩。從中可以看出選家對詩人的關注是與他們對詩壇的總體關注相一致的,但具體時間會有差異,因而各選家都關注的詩人,也未必會在同一年被各選本都收錄進去。

退一步說,即使詩人的重合度相對較高,各選本選的詩歌重合度又如何呢?這裡以 2006 年度六種選本都選入的杜涯、于堅為例,各選本選了他們的如下作品:

	杜　涯	于　堅
長江詩歌年選	《無限》	《一條魚也沒有》(外一首)
中國新詩年鑒	《這些天》《椿樹》	《過海關》《讀倫勃蘭晚年的一幅肖像有感》
太陽鳥詩歌年選	《無限》《歲末詩》《河南》	《澳門》《讀康熙信中寫到的黃河》
灕江詩歌年選	《秋天》《為一對老夫婦而作》	《只有大海蒼茫如幕》《詩人郭路生》
《21 世紀中國文學大系‧詩歌卷》	《空曠》《春天寄友人書》(之三)	《那就是大海》《大副》《渤海》
花城詩歌年選	《秋之落》《空曠》	《青瓷花瓶》《美好的一天》《往事二三》(選三)

從上表可以看出,六種選本雖然都在 2006 年選中選入了杜涯、于堅,但是作品相同的卻很少,杜涯的詩只有長江詩歌年選、太陽鳥詩歌年選都選了她的《無限》,《21 世紀中國文學大系‧詩歌卷》和花城詩歌年選都選了她的《空曠》,此外再無重合;于堅的作品更是沒有一首重合。這表明從詩人到詩作,各選家的共識更加有限了,韓作榮將其稱為「共識有限的好詩」〔註203〕。雖然從積極方面講,「編者不同,編選的角度不同,相反可以幫助讀者讀到更多的精品力作」〔註204〕,但既然每部選本都宣稱自己為最佳、權威,然而分歧何以如此巨大?並且每部選本如果每年選入的詩作有 200～300 首,那數量龐大的選本所選出的幾千首詩作難道都是年度最佳?更何況就同一部選本而

〔註203〕韓作榮:《答〈漢詩〉問》,中國作協創研部選編:《2008 年中國詩歌精選》,長江文藝出版社 2009 年版,第 363 頁。
〔註204〕周百義:《一套出版了 25 年的「年選」》,《長江日報》2019 年 3 月 12 日。

言也不可能首首都是最佳、經典，正如《詩刊》所承認的，所謂「最佳詩歌」，「並不意味著每一首詩都會被公認為最佳」，而且必定有遺珠之憾〔註 205〕。因此，選本、選家的共識只是相對的，差異是絕對的，而且在日益多元化的今天，選本的差異性恐怕遠大於共識。

除了詩人角度，還可以從各選本對待同一年度的詩歌事件來考察其共識的有限性。2008 年的汶川大地震是一場大災難，由此產生了地震詩歌這一潮流；同年中國成功舉辦了奧運會，中國人在同一年經歷了大悲大喜。張清華感受到對詩歌而言，「唯有眼淚和痛感才是它永恆的修辭」〔註 206〕，為此他設立「5‧12」地震詩選專輯，認為地震詩潮現象恰恰需要寫作者對寫作倫理進行反思，他稱許朵漁《今夜，寫詩是輕浮的……》是最好的並將其選入，因為「它對包括『寫作』以及白我在內的一切災難承受者之外的人與物、行為與表達的普遍質疑，恰好凸顯了這場寫作的意義」〔註 207〕。他的這一觀點是具有代表性的，朵漁的這首詩也被楊克主編的《2008 中國新詩年鑒》選入，年鑒還在詩歌理論部分設立「地震詩歌：反思與理論專欄」。有意思的是，張清華和楊克還都在同一年度的選本中設立了 90 後詩人專輯，體現出兩種選本的相近性。

宗仁發和王光明也選了這首詩。王光明選的另一首詩《孩子快抓緊媽媽的手》〔註 208〕也是一首感人肺腑的作品，最初是在網上出現，隨後迅速傳播開來，流傳極廣。王光明選入這首網絡詩歌，表現出對於網絡時代詩歌創作和傳播的敏銳把握。

長江詩歌年選與灘江詩歌年選沒有選朵漁的這首詩。前者選的白連春《一位母親跪在地上為死去的女兒梳頭》是地震災難的一幅特寫，令人心碎；後者選的潘洗塵《我在心裏叫你：人民的總理》則是表現國家領導人關心災區、心繫人民。除地震詩歌外，兩部選本也選了不少奧運詩歌，前者選的商澤軍《致顧拜旦》、後者選的耿國彪《北京的早晨》彰顯出國人迎奧運的豪情。這些詩選確實符合這兩種年選的風格。

因此，同樣是面對災難和災難詩歌，選家或是著眼於反思，或是流露真情，

<hr />

〔註 205〕《詩刊》社：《編者的話》，《詩刊》社選編：《2002 中國年度最佳詩歌》，灘江出版社 2003 年版，第 1 頁。
〔註 206〕張清華：《序》，張清華主編：《2008 年詩歌》，春風文藝出版社 2009 年版，第 1 頁。
〔註 207〕同上，第 4 頁。
〔註 208〕《2008 中國詩歌年選》選入的這首詩署「無名氏」，作者實際是蘇善生。

或是表達痛苦，或是傳達堅毅，在選詩上就呈現出多樣化的差異。

2015 年的余秀華事件也可以為考察年選的共識與分歧提供很好的參照。余秀華是在 2015 年初因《詩刊》微信公眾號的推送而爆紅的，對於余秀華的詩和這次事件，評論趨於兩個極端，各界也是眾說紛紜，下面是六種年選收錄余秀華詩作的情況：

長江詩歌年選在 2015 年選中收入余秀華的《一個失眠的人》；

《中國新詩年鑒》是在 2013～2014 年選中首次收入余秀華的作品《我愛你》，2015～2016 年選、2017 年選也選了她的作品；

太陽鳥詩歌年選在 2016 年選中收入余秀華《長在左邊的心》；

灕江詩歌年選是在 2016 年選收入余秀華的《想和你去喝杯咖啡》，2018 年選收錄《別宜昌》，2019 年選收入《我已經沒有珍貴的給你》《一夜都有涼風吹》；

張清華是在 2014 年選中收入余秀華的 7 首詩；2015 年選收入余秀華的詩歌 5 首；

花城詩歌年選在 2015 年選中收入余秀華《你沒有看見我被遮蔽的部分》，2016 年選收的是《因為你在這個世界上》。

張清華和楊克的選本在六種年選中最早選入余秀華的作品，張清華在 2014 年選中收入余秀華的作品是最多的，表明該年度他對余秀華最為欣賞，由此表現出他和楊克一向秉承的「民間」立場與新銳意識。當然張清華還是從詩歌本身發言的，對余秀華事件也有敏銳的洞察力，他認為余秀華的部分作品「確實不錯，可以說是相當專業」〔註 209〕，她的「穿越大半個中國去睡你」，帶有「適度的詼諧與顛覆性」，表現出一種「泛反諷性」〔註 210〕，對此他非常欣賞。

灕江詩歌年選的態度也耐人尋味，其實余秀華本來就是《詩刊》公眾號推出的詩人，但是灕江詩歌年選遲至 2016 年選才收入她的作品，似乎是有意設置一個沉澱期，但直至 2019 年選還在選入她的作品，關注的時間在諸種年選中又是最久的，而選入的作品又是非常合乎主流審美經驗的，由此可見灕江詩歌年選的特點與立場。其他年選則是介乎二者之間。此外，梁平、韓珩主編的

〔註 209〕張清華主編：《沉默的大多數@2014》，江蘇鳳凰文藝出版社 2015 年版，第 2 頁。

〔註 210〕同上，第 5 頁。

《中國現代詩歌精選‧鬱金香卷》則代表了另一種立場，他們對詩歌成為噱頭表達了不滿，認為「火候把握不住，甚至拼接出肌肉男譁眾取寵，這是對余秀華的傷害，也是對詩歌的傷害」〔註211〕，或許是出於這樣的考慮，他們最終沒有選擇余秀華的作品。

因此，作為有著較長歷史、在新世紀又重新走紅的年度詩選，其本身發展的歷史也是中國新詩、新詩觀念、新詩創作與傳播發展的一個縮影，它們有重要的意義，但其中的問題也是存在的：難有共識、編選套路化、詩人詩作的選擇也限於小圈子、主觀性隨意性較強等，這些都是年度詩選在今後需要注意克服的。

第二節　選本中的百年新詩

在 2020 年到來之前，中國新詩迎來了它的百年華誕，這是新詩的一個盛大節日，也是新詩選本所要歡慶的一個盛典。與之相應的是，剛進入 21 世紀時就已經有了對 20 世紀新詩進行總體把握與遴選的綜合性選本，在 2010～2018 年間，關於百年新詩的編選活動達到最高潮，富有詩歌史意味的綜合性選本在此時最為引人注目，它們最能展現出百年新詩的面貌與選家心目中的新詩史。

這裡需要注意以百年新詩為編選對象的選本，其背後的理念或者說研究範式，實際上是再一次發生了轉移：從「20 世紀／百年中國詩歌」向「百年中國新詩」的轉移。20 世紀 90 年代發生的範式轉移是從「20 世紀中國新詩」向「20 世紀／百年中國詩歌」的轉移，前一個「20 世紀」只是個時間概念，是 50～70 年代意識形態主導下的研究範式，以政治為近代詩歌、現代詩歌、當代詩歌的切分點。90 年代以來形成的「20 世紀／百年中國詩歌」範式，是在「20 世紀／百年中國文學」的總框架中生成的，是從「審美現代性」的角度對幾個階段中國詩歌的打通，這一變革具有重大意義。由於晚清以來的舊體詩詞也被納入其中，因而這一範式是「20 世紀／百年中國詩歌」而非「20 世紀中國新詩」，此類選本往往冠以「詩歌選」而非「新詩選」之名，1996 年盛仰紅編的《百年詩歌精品》、1997 年謝冕主編的《中國百年詩歌選》等即是如此。

〔註211〕梁平：《越熱鬧越要清醒──我看 2015 年中國詩歌》，梁平、韓珩主編：《中國現代詩歌精選‧鬱金香卷》，四川人民出版社 2016 年版，第 2 頁。

　　21 世紀初發生的從「20 世紀／百年中國詩歌」向「百年中國新詩」的範式轉移，其中「百年中國詩歌」與「百年中國新詩」，一字之差，但是意義十分重大：首先，「百年中國詩歌」是建立在「百年中國文學」的基礎之上，「百年中國新詩」則意味著新詩與新詩研究從「百年中國文學」的框架中獨立出來，首次以宏觀視角把百年新詩作為一個整體加以研究；其次，「百年中國新詩」意味著是對新詩史的研究，在提出百年中國詩歌的 20 世紀 90 年代，由於研究者身處 90 年代，所以對於詩歌史的關注與思考受到時間距離的限制而難以充分展開，考察範圍基本上是到 80 年代，最多到 90 年代中期。只有到了 21 世紀，對 20 世紀新詩乃至百年新詩進行總體觀照與把握才有了可能；再次，「百年中國詩歌」是以審美現代性作為最根本的規定性，而「百年中國新詩」的範式，是以審美現代性為主導，但又是一種多元化的展開。

　　「百年中國詩歌」的範式力圖打通近代、現代、當代詩歌的界限，打通舊體詩詞（不限於晚清時代，舊體詩詞直至今天還存在）與新詩的界限，這種努力對於中國詩歌研究是有意義的，它可以展現新詩起源的歷史面貌以及 20 世紀中國詩歌的多元生態。「百年中國新詩」的研究是在「百年中國詩歌」基礎上的推進、深化，當然這次的範式轉移也比較倉促，其中的很多問題還沒有得到解決。

　　新世紀的百年新詩編選，不僅是時間限度上比以往的選本更長，同時也不再定於一尊──無論是意識形態主導還是審美主導──呈現出多元化時代的多元景象。首先具有這種新氣象的就是張新穎編選的《中國新詩：1916～2000》[註212]。在該書的序言中，張新穎表示編這樣一個選本，是有感於一些選本為求全而弄成了雜燴，因而想編出一本能讓讀者「眼亮心明」[註213]的選本。與牛漢、謝冕主編的《新詩三百首》開創的投票制不同，也與一些選本的聯合編選不同，這是一部以選家個人名義編纂的選本，張新穎編的是「個人心目中的詩選」[註214]，因而所謂「眼亮心明」，在於它是一部個性鮮明的選本。選家個性鮮明，往往可以給讀者留下深刻的印象：它首先表現為主線清晰、重點突出，而張新穎也是這樣努力去做的。這條主線，張清華認為就是「現代性傳

〔註212〕張新穎編選：《中國新詩：1916～2000》，復旦大學出版社 2001 年版。修訂版由復旦大學出版社於 2011 年出版。

〔註213〕張新穎：《把住一些把不住的事體（編選小序）》，張新穎編選：《中國新詩：1916～2000》，復旦大學出版社 2001 年版，第 1 頁。

〔註214〕同上，第 2 頁。

統」〔註215〕。當然，按照張新穎自己的觀念，更確切的說法應該是「現代意識」〔註216〕。以20世紀中國新詩為對象的選本，必然要考慮歷史性的傾向，但是張新穎表達了不同意見，他更傾向於「尊重讀者今天的欣賞趣味和判斷標準」，這樣的選本更強調以今天的眼光去看待歷史，使歷史在當下活起來，因而與以往更強調歷史性尺度的選本有所不同。

其次，標準與趣味都是相對的、多元的，因而這個選本「有意識地瓦解一段時期內所謂的詩史『主流』的觀念和此一觀念統攝下的作品『定位』、『排序』，同時也有意識地不以另一種單一的觀念和趣味取而代之」，努力「呈現出多元的詩觀和詩作面貌」〔註217〕。為了凸顯這種多元性，張新穎選錄了不少與入選詩人詩作相關的文字如理論、評論、詩人自述等，與詩作之間構成了一種奇妙的呼應、對話與爭辯，形成了一種互文性的關聯。這在新詩選本中也是一種頗有新意的做法，可以視為詩選與理論選、史料選的打通融合，對於文學選本有重要的借鑒意義。

再次，張新穎是按照詩歌的寫作時間而非發表時間來編排順序的，這也與通常看重發表時間的選家觀念、文學史觀不同，或許是因為他標舉的「現代意識」更看重作家的主體性。這也是該選本將起點定在1916年的緣由：作為新詩開山的胡適，最早嘗試寫作白話詩，因而他在這個選本中也是排在卷首，而入選的第一首作品就是胡適寫於1916年的《蝴蝶》。很多選本選擇這首詩，但注重的是它的發表時間1917年，以此作為新詩的開端。張新穎的觀念顯然與此不同，不僅如此，這首詩的意義不是孤立的，詩選前面選了兩段文字，一段是胡適給任鴻雋的信，另一段是《逼上梁山》，都展現了胡適決意試作白話詩的決心及他對白話詩意義的理解。因此，以胡適為第一人，以《蝴蝶》開篇，整部選本的基調得以確立，這不僅僅是具有「新詩史」的意義，更是具有「現代意識」生成的意味。

這裡提到的就是張新穎的總體視角——「中國文學的現代意識」。在推出這部選本的同一年，張新穎出版了《20世紀上半期中國文學的現代意識》，這部著作與他編的選本構成了一種相輔相成、相互呼應的關係：前者是一種理論

〔註215〕張清華等：《印象點擊》，《當代作家評論》2001年第6期。
〔註216〕參見張新穎：《導論20世紀上半期中國文學現代意識的基本狀況》，《20世紀上半期中國文學的現代意識》，三聯書店2001年版，第1～4頁。
〔註217〕張新穎：《把住一些把不住的事體（編選小序）》，張新穎編選：《中國新詩：1916～2000》，復旦大學出版社2001年版，第3頁。

架構、文學史觀念的表達，後者可以視為這種架構與文學史觀在編選中的落實，同時也支持了這種架構與史觀。張新穎所說的「現代意識」即「以現代主義的文化思潮和文藝創作為核心的思想和文學意識」，但它又是中國的而非西方的，即「中國文學的中國現代意識」，它「接受西方現代意識的啟迪和激發，同時它更是從自身處境中生成、並對自身的歷史和現實構成重要意義」〔註218〕。從張新穎的表述中，可以發現他所強調的「現代意識」，既包含思想精神，也涵蓋藝術追求，還有中國立場與世界眼光，他把這種理念滲透到新詩的編選之中。

雖然這部專著論述的時限是 20 世紀上半期，但這種思路在張新穎的選本中無疑貫穿了整個 20 世紀，他對 20 世紀下半期詩歌的選擇，應該也是出於同一理念。詩選有著詩歌史的線索並呈現了多元化的詩歌景觀，現實主義、浪漫主義、現代主義、後現代主義等多種手法、風格的作品都有，各種流派也都有收入，初期白話詩、新月派、象徵派、現代派、左翼詩歌、地下寫作、中國臺灣現代詩、朦朧詩、第三代詩等，兼容並蓄。但它們的連接點都是「現代意識」。

張新穎重點關注的是能夠充分體現「現代意識」的時代，曲竟瑋指出，該選本「以 40 年代與 90 年代為重心，這兩個時代正是百年新詩現代化的歷史進程中的前後兩個高峰」〔註219〕，而在很多選本與文學史著述中，這兩個時代（特別是 40 年代）得到的評價往往低於 30 年代與 80 年代，這也體現出選家的眼光。在世紀歷程中，張新穎在早期階段突出的是魯迅，20 年代突出聞一多，30 年代突出戴望舒、卞之琳，40 年代突出馮至、穆旦等西南聯大詩人，50～70 年代突出多多與中國臺灣現代詩，80 年代初突出昌耀、北島，90 年代突出海子〔註220〕，都在於這些詩人作品中所散發的現代氣質。不僅如此，張新穎對於過去處於邊緣或被遺忘的詩人的彰顯，如對鷗外鷗（初版收入）、廢名、林庚（修訂版收入）、吳興華（修訂版收入）、「地下詩歌」（如根子、多多、黃翔等詩人）的開掘，也是基於他們的「現代意識」。對於左翼詩歌及政治色彩強烈的作品，張新穎予以了弱化，蔣光慈、殷夫、「中國詩歌會」、田間、50 年代的政治抒情詩人等，都沒有進入他的視野，這應當也是出於對作為主體的中國詩人的「現代意識」的強調。

〔註218〕 張新穎：《導論 20 世紀上半期中國文學現代意識的基本狀況》，《20 世紀上半期中國文學的現代意識》，三聯書店 2001 年版，第 2～4 頁。
〔註219〕 曲竟瑋：《嚴整的詩史格局與純正的現代品格——論張新穎編〈中國新詩：1916～2000〉》，《綏化學院學報》2018 年第 8 期。
〔註220〕 同上。

　　就入選的詩作來看，張新穎並不是要對詩人進行全面的編選，而是選擇最能代表其創作成就的時期——也是其現代意識最自覺、最鮮明的時期，同時也不忽視對詩人多面相的揭示。初期白話詩人以魯迅為重點，這與通常選本以郭沫若為重心顯然不同。沈尹默的詩選其《月夜》而不選在藝術技巧上更受好評的《三弦》，借奚密的評論以表明他對詩中表現的獨立精神的讚賞。胡適、郭沫若的詩歌都是入選2首，郭沫若的詩選了《鳳凰涅槃》《天狗》，都是《女神》中的作品，此後的詩歌一律不選，可見張新穎認可的是郭沫若「五四」時期的創作，這也確實是郭沫若創造力最旺盛、現代意識最強烈的時期。但在選本中他的份量不如魯迅，後者的作品選了4首：《他》《我的失戀》《影的告別》《墓碑文》，前兩首是魯迅創作的白話詩，後兩首是散文詩。魯迅的散文詩受到一致的讚譽，但他的白話詩本來是為新詩敲敲邊鼓，所以如何評價這些作品就十分重要。因而張新穎編選的兩段文字（分別出自廢名和魯迅自己）都是圍繞《他》和《我的失戀》而展開，闡述了其中的寓意與戲擬手法，它們與後兩首散文詩一樣，都表現了魯迅的現代意識。

　　新月派詩人中徐志摩與聞一多也表現出相當大的差異，張新穎顯然更重視聞一多這樣富有理論自覺意識與現代主義傾向的詩人，除了名作《死水》，還選入《聞一多先生的書桌》這樣一首幽默的詩作，展現了聞一多生動的一面，這也是朱自清在《中國新文學大系‧詩集》中稱賞的作品。《奇蹟》《忘掉她》進一步展現了詩人血肉豐滿的形象。特別值得注意的是張新穎選入了孫大雨的《自己的寫照》，徐志摩曾稱讚它為一首傑作，「概念先就闊大，用整個的紐約的城的風光形態托出一個現代人的錯綜的意識」，具備「情感的深厚」、「關照的嚴密」、「筆力的雄渾」、「氣魄的莽蒼」〔註221〕。但因種種原因，這首詩逐漸湮沒無聞。張新穎重新發現了這首詩，注意到它以繁複的手法書寫都市經驗的特點〔註222〕，確實很有識見。

　　30年代的詩人中，張新穎對李金髮、梁宗岱、戴望舒、卞之琳的安排是經過深思熟慮的。在他看來，象徵派詩人中李金髮與梁宗岱都是十分重要的人物，但兩人有不同的取向：李金髮所取以波德萊爾為重點，梁宗岱是以瓦雷里

〔註221〕徐志摩：《〈詩刊〉前言》，《徐志摩全集》（第3卷），天津人民出版社2005年版，第373～374頁。

〔註222〕張新穎：《20世紀上半期中國文學的現代意識》，三聯書店2001年版，第24～25頁。

為核心；李金髮是反抗社會的姿態，梁宗岱則潛心於詩藝〔註223〕，所選的《晚禱》就能體現出這一點。當然象徵主義鏈條上更明顯的聯繫是李金髮——戴望舒——卞之琳，李金髮的詩選了3首，戴望舒選了5首，卞之琳選了9首，也表現出他們在選家心目中的地位。在張新穎看來，李金髮主要是西化即借鑒法國象徵主義，戴望舒則更多地表現為古典化的傾向，而能融二者之長的則是卞之琳〔註224〕，他對卞之琳的評價之高可謂前所未有。對於這些選本中常見的詩人，他也往往會選到一些不太知名但實際很重要的作品。對於戴望舒，張新穎特別提到他的《秋蠅》，這是一首不出名的詩，但「為我們提供了探討戴望舒結合中國古典詩境、西方象徵主義詩藝、個人現代感受而融化無間的一個絕好的例子」〔註225〕。這首詩被他收入選本中，修訂版裏戴望舒的詩還增加了一首《蕭紅墓畔口占》，同樣也是一首傑作。三人之中張新穎最讚賞卞之琳「能以細密繁複的組織、趨向延伸的內蘊，傳達現代人精微、敏銳、複雜的經驗、思想和感受」〔註226〕，他選錄了卞之琳的9首詩，僅次於馮至和穆旦的10首詩，卞之琳的地位在這部選本中得到了空前的提高，「突出卞之琳幾乎是這部選本最醒目的個性標誌」〔註227〕。不僅如此，這9首詩都是他前期即1937年之前的作品，張新穎認為這段時期的作品代表了卞之琳創作的最高成就〔註228〕，他後期的作品如《慰勞信集》雖然經常為各種選本所選入，但張新穎沒有選。

40年代的詩人中張新穎特別突出了「七月派」與西南聯大詩人群（如馮至、穆旦、鄭敏等詩人），這也是90年代以來備受選家青睞的對象。而他選錄馮至、穆旦的詩歌達到10首，是整部選本中最多的，也意味著他把40年代的詩歌視為新詩史上最有成就的階段之一。特別是馮至的《十四行集》代表著他「從早期的浪漫主義的情緒表露，蛻化為現代主義的沉思、凝想和對於世界的自覺擔當」〔註229〕，張新穎為選本所寫的序言標題為《把住一些把不住的事

〔註223〕同上，第20頁。
〔註224〕同上，第113頁。
〔註225〕同上，第109頁。
〔註226〕同上，第119頁。
〔註227〕曲竟瑋：《嚴整的詩史格局與純正的現代品格——論張新穎編〈中國新詩：1916～2000〉》，《綏化學院學報》2018年第8期。
〔註228〕張新穎：《20世紀上半期中國文學的現代意識》，三聯書店2001年版，第119頁。
〔註229〕同上，第211頁。

體》，就是來自於馮至的十四行詩，可見他對馮至的重視。

　　50～70 年代的詩歌突出的是地下寫作及中國臺灣現代詩如洛夫、羅門、余光中的作品，從而接續上了現代主義詩歌脈絡。對於郭小川，張新穎沒有選他的知名的政治抒情詩，而是選了他的《望星空》這首關乎詩人對宇宙天地、人生命運沉思，表現詩人矛盾、痛苦與思索的作品。食指作品的意義已經得到了公認，而選入黃翔的《獨唱》《野獸》《人界》這樣具有爆發性、反抗性的作品，更需要選家的眼光。80 年代的詩人突出的是北島這樣具有冷峻反思意識的詩人和具有深刻意味的昌耀，90 年代則是海子，但同時也注意詩人群體面貌的展現，韓東、于堅、翟永明、陳東東、歐陽江河、西川、張棗、王家新、臧棣等詩人都有多首作品入選，「現代意識」的思路顯然一直延伸到了 20 世紀末。

　　曲竟瑋認為，張新穎的詩學旨趣是「象徵主義——現代主義」的，他有意瓦解的主流詩史觀念應該有兩種，一種是「左翼革命詩史觀念」，即「郭沫若的啟蒙詠唱與革命呼喚——殷夫的普羅詩歌——艾青、田間、臧克家的現實主義革命詩歌——賀敬之、郭小川的政治抒情詩——當代現實主義詩歌」的演進，另一種是「以徐志摩、聞一多——戴望舒、何其芳——北島、舒婷、顧城——海子、西川等詩人為主幹構成詩史」〔註230〕，後者是在 80 年代審美現代性的旗幟下產生的，但發展到一種極端，也成為一種單一的視角。張新穎在「中國現代意識」的探求中所編的這部詩選，既注重思想人格力量，也重視詩藝錘鍊，並且具有多元、開放的品格，顯然開創出了一種新局面，也為後來的選本提供了很好的參照。

　　張新穎對「現代意識」的研究，使其選本也非常重視作家作品的思想、精神層面，2008 年花城出版社推出的《曠野》，作為林賢治、肖建國主編的《1917～2007 中國作家的精神還鄉史》的詩歌卷，也是這一編選脈絡上的成果。《曠野》這一書名，可能來自書中選入的艾青的《曠野》。張新穎的著眼點是「現代意識」，《1917～2007 中國作家的精神還鄉史》的切入點則是「精神」。在長篇導言中，選家首先強調了精神對文學的決定性作用，從哲學的高度對「精神」進行闡述，並探討了作為精神母題的「還鄉」〔註231〕。選家所提倡的「精神」

〔註230〕 曲竟瑋：《嚴整的詩史格局與純正的現代品格——論張新穎編〈中國新詩：1916～2000〉》，《綏化學院學報》2018 年第 8 期。

〔註231〕 《〈中國作家的精神還鄉史〉導言》，林賢治、肖建國主編：《曠野》，花城出版社 2008 年版，第 1～3 頁。

是一種批判精神，是真正的作家、知識分子與藝術所稟有的內核。但選家對當下中國文學的精神現狀是不滿的，他們認為「中國文學缺乏精神性」，對 90 年代以來的狀況尤其作了尖銳的批評〔註232〕。

從導言的論述可以發現，林賢治、肖建國主編的這個選本，已不僅僅限於文學的意義，而是通過文學精神的樹立倡導一種剛健的人文精神，是有針砭時弊、介入當下的用心，而這種理想的精神發軔於「五四」，因而 1917 年成為該選本的起點，回望「五四」也成為「精神還鄉」的來由。導言梳理的中國文學精神史與選本的編選是有內在對應性的，導言雖然提到胡適提倡白話文運動、嘗試新詩和話劇，卻無一語涉及其精神，胡適也就沒有入選。《曠野》以郭沫若開篇，是因為「郭沫若的《女神》是狂飆式的，充滿革新精神」〔註233〕，「體現了編者著重凸顯詩歌精神性的遴選尺度」〔註234〕。

導言把中國文學精神史分為上、下兩部分，以 1949 年為界，選本對應地分為上、下篇，共選入 32 位詩人的作品。除古典文學外，這一精神史分為 7 個階段：「五四」新文學、30 年代文學、抗戰時期文學、40 年代文學、50～70 年代文學、70 年代後期～80 年代文學、世紀末文學。根據對時代精神狀況的評判，「五四」至 40 年代的精神面貌得到了肯定，對 50 年代以來的評述只肯定了個體作家具有獨立和反抗意識的寫作。被認為文學精神得以弘揚的首先是「五四」時期，在新詩領域有郭沫若的狂飆精神，劉半農、劉大白的「平民化」、徐志摩「西洋風」、聞一多的「愛國且唯美」等；其次是 30 年代，馮至的作品具有「精神性和現代性」，左翼文學有「道義感和反抗的激情」；抗戰時期詩人是以艾青為代表，他「最富於個人創造活力」，「最具西方現代詩的自由色彩，但是又充滿了中國土地的苦澀氣息」；40 年代的新詩以「七月派」和「九葉派」為主，前者重集體、主題、熱情，後者重個體、藝術、知性〔註235〕。

就具體詩人而言，上篇選入 14 人，下篇選入 18 人；就詩作而言，入選 4 首以上的詩人依次是昌耀（12 首）、多多（9 首）、艾青（8 首）、鄭敏（8 首）、

〔註232〕同上，第 7～18 頁。

〔註233〕杜光霞、周倫佑：《精神還鄉的詩性之旅——評〈曠野〉的百年新詩經典遴選尺度》，《西南大學學報》2008 年第 5 期。

〔註234〕《〈中國作家的精神還鄉史〉導言》，林賢治、肖建國主編：《曠野》，花城出版社 2008 年版，第 9 頁。

〔註235〕《〈中國作家的精神還鄉史〉導言》，林賢治、肖建國主編：《曠野》，花城出版社 2008 年版，第 9～16 頁。

海子（8首）、北島（7首）、穆旦（6首）、周倫佑（6首）、王寅（6首）、聞一多（5首）、戴望舒（5首）、牛漢（5首）、郭沫若（4首）、劉大白（4首）、彭燕郊（4首）、邵燕祥（4首）、顧城（4首）。昌耀以其「對人生的孤獨處境的喟歎」〔註236〕而位居榜首，而多多、海子、北島、周倫佑、王寅、牛漢、彭燕郊及黃翔、顧城、翟永明、伊蕾，都是編選者在導言中肯定了精神個體的詩人，下篇入選詩人多於上篇，可見選家更為重視的還是作家個體的精神性。但昌耀等詩人都是被置於80年代文學復興的背景下論及，可見時代精神與個體精神之間的相關性。世紀末最靠近當下，但受到了嚴厲抨擊，能作為代表的似乎只有杜涯一人。

需要注意的還有艾青，入選的《曠野》（又一章）是他的兩首同題詩作。詩作描寫了蒼涼、凋敝的曠野，是對苦難的書寫，但詩人也發出了「我始終是曠野的兒子」這樣堅韌的呼喊，很好地切合了「精神還鄉」的主旨，這或許正是選本看重這兩首作品的原因。

以精神維度編選詩歌，自有其合理之處，特別是對於左翼作家如蔣光慈重新予以肯定、對「七月派」、「九葉派」、地下寫作的發掘等。在對詩人詩作的選擇中，對當代的重視超過了現代，這也與以往選本重現代輕當代不同。但是其中的問題也是明顯的：以「精神」為尺度導致了單一性，因而胡適被排除，「象徵派」、「現代派」等也遭到忽視。對90年代以來的文學作了過分嚴厲的指責而忽視了其多元化的發展。對於馮至，導言充分肯定其《十四行集》「更具精神性和現代性」〔註237〕，但是只選了他的早期作品《蠶馬》和《北遊》，十四行詩一首未選，這不僅是自相矛盾，更深層的原因恐怕還是對藝術方面的重視不夠，這就留下了不小的遺憾。

與這類選本形成對照的是更側重詩藝的選本，姜耕玉、趙思運主編的《新詩200首導讀》，是與高校通識課相配套的教材。在序言中，姜耕玉提出了他們編寫的總體指導思想——「堅持詩的語言基線」〔註238〕，這與姜耕玉主編5卷本《20世紀漢語詩選》時的思路是一致的。他再度強調了詩歌作為語言藝術的特點，同時也辯證地認為「漢語詩歌的現代精神與修辭，雖有對抗矛盾的一面，卻並非二元對立」，因而初期白話詩的簡單幼稚，不僅在於語言，更主

〔註236〕同上，第16頁。
〔註237〕同上，第11頁。
〔註238〕姜耕玉：《序》，姜耕玉、趙思運主編：《新詩200首導讀》，東南大學出版社2011年版，第4頁。

要是因為「詩的現代意識的匱乏與精神的貧困」，自 80 年代以來隨著這種意識與精神的生發，「最近 30 年是百年新詩的鼎盛期」〔註239〕。這些觀點與《曠野》形成了鮮明的對照，應該說姜耕玉的觀念的確更為辯證而全面一些，他立足語言的同時又兼顧語言之外的因素，80 年代以來新詩實現了本體回歸，出現了多元化的發展格局。王珂在序言中贊同這些觀念，他提到了百年新詩的十大成就與十大問題，同樣強調「好詩的標準首先是語言標準」〔註240〕。

　　從這種觀念出發，選本所選的當代詩歌份量更重一些，80 年代以來特別是新世紀的詩歌佔了相當的篇幅，這與選家在序言中對這 30 年來詩歌的肯定是一致的。入選詩歌多是短小精緻的作品，可能與選本本身的體例、篇幅（200首）有關，也應該與選家對語言的要求有關。因此，周作人的作品選的是《兒歌》而不是常選的《小河》，胡適的作品是《湖上》，這首詩語言優美、意蘊悠長，確實是胡適詩歌中的佳作。郭沫若的作品沒有選他的《鳳凰涅槃》《天狗》等，選的是《天上的街市》，應該與這首詩的清新自然有關。

　　當然早期白話詩收錄不多，篇幅較多的部分主要有 30 年代的現代派如馮至、戴望舒、卞之琳、紀弦、徐遲等，40 年代的「七月派」、西南聯大詩人群如魯藜、綠原、曾卓、牛漢、辛笛、陳敬容、穆旦、唐湜、鄭敏等。50～70 年代選詩很少，70 年代後期的份量很重，有中國臺灣的現代詩人，也有大陸堅持個體思考的詩人，80 年代以後有很多年輕詩人如臧棣、趙麗華、小海、伊沙、安琪、黃禮孩、沈浩波等入選，這與編選者的重視有關。

　　值得注意的是，詩選以李叔同的《送別》開篇，很耐人尋味：姜耕玉編選的《20 世紀漢語詩選》第 1 卷就收入了李叔同，但是沒有選這首《送別》。不過謝冕編選的《中國百年詩歌選》以及他主編的《中國百年文學經典文庫·詩歌卷》恰恰都收錄了《送別》。這首具有古典詩詞意境的作品被選入，意味著「百年新詩」與「百年／20 世紀詩歌」的接續，也是選詩觀念多元化的表現。進入 21 世紀，還是有不少選本注意兩大範式之間的接續，在詩選中予以貫徹。

　　《新詩 200 首導讀》還是一部導讀性的選本，以選家的點評、導讀揭開作品的奧秘，為讀者指引路徑。對於這種做法，選家大致有兩種意見：一種是贊同，即選家不僅僅是作為編選者發揮自己的主體性，在點評、導讀中也可以體

〔註239〕同上，第 1 頁。
〔註240〕王珂：《新詩是精緻的語言藝術（代序）》，姜耕玉、趙思運主編：《新詩 200首導讀》，東南大學出版社 2011 年版，第 1～2 頁。

現主體性，同時也成為作者、讀者之間的橋樑，並且還可以表達自己的文學觀念與立場；另一種是反對，認為先入為主的點評、導讀會給讀者的理解造成干擾，而且選家的意見也往往只是一家之言，未必準確。這兩種態度各有其合理之處，選家是否要對作品進行點評、導讀，完全是其自身的權利。不過，現代讀者的知識儲備、文化素養畢竟已有整體上的提升，其主體意識也是十分強烈的，因而選家大可以表達自己的觀點與見解供讀者參考，而且選家基本上都是專門的詩人、職業批評家、學者，對詩作的闡釋也往往處於更高的層面，能夠為讀者提供助益。

正因為如此，新詩選本從一開始就出現了《新詩年選》（一九一九年）這樣水平很高的點評本，這一傳統一直延續下來，20 世紀 80 年代以來還出現了《新詩鑒賞辭典》《新詩二百首鑒賞辭典》等大型工具書。不過這類選本一般是以普及為目標，會淡化個體選家的趣味、傾向，因此，還是個體選家所編的選本會更具有個性，也會表現出選家的詩學觀念與旨趣；此外，前者是以詩選為主，賞析、導讀是為配合詩歌、便於讀者理解而撰寫，但對於後者而言，以專業性讀者或評論者的身份編選，賞析、導讀反而居於主導地位，因為它們承載著選家的理念、立場、批評方法等，而詩作則是根據這種需要而選。這類選本除了《新詩 200 首導讀》，還有鄧蔭柯《1916～2008 經典新詩解讀》（2009）、陳仲義《百年新詩百種解讀》（2010）、張德明《百年新詩經典導讀》（2015）等。這一類型的選本實際繼承了自朱自清、廢名以來的「解詩學」傳統〔註241〕，他們在解詩時有著自覺的方法論意識，能夠熟練地運用系統的理論與方法，對詩歌進行「細讀」。這種「細讀」有著英美「新批評」影響的印記，選家在解詩時往往會深入到詩歌的內部進行解讀。

鄧蔭柯《1916～2008 經典新詩解讀》收入 169 位詩人的 189 首作品，張清華在序言中稱讚他既有「遵從讀者趣味和歷史定見」的一面，也有「深邃堅定的別裁洞見，與絕不苟同的標新立異——也對許多原有的俗見做了大膽的冒犯」，如他選入伊甸的《林昭之死》，選了灰娃、鄭小瓊、杜涯、軒轅軾軻等的作品，體現出選家自身的詩學立場與趣味，當然最重要的還是點評與賞析部分。〔註242〕

〔註241〕參見孫玉石：《中國現代解詩學的理論與實踐》，北京大學出版社 2007 年版。
〔註242〕張清華：《序》，鄧蔭柯編著：《1916～2008 經典新詩解讀》，中國青年出版社
　　　　2009 年版，第 3 頁。

鄧蔭柯的詩學立場與趣味，如他所言，在「思想的、語言的、詩意的、審美的內涵和價值上」，這也是他的選詩標準，他把食指看作「現代詩歌和當代詩歌的分界線」，體現了他對於新詩史的理解〔註243〕。對於現代詩人側重於他們的思想與藝術成就，對於當代詩歌，除了思想、藝術成就外，還通過導讀「幫助讀者從語言運用和新的詩歌觀念技巧上」理解詩人詩作〔註244〕。

鄧蔭柯選了食指的《相信未來》《這是四點零八分的北京》，這是食指的名作，很多選本都會選入。但是鄧蔭柯是把食指視為現當代詩歌的分界線的，這就有了特別的意味。正如他在解讀《相信未來》時提到的：

食指在大家只知道握起拳頭呼喚萬歲或打倒的時候，冷靜地伸出了他的食指。

……

這是一首感動中國也震動中國的詩，是清晨的響箭，是林中的微光，是黑暗中的第一縷晨曦；是對軟弱的不幸者強勁的撫慰，是對倔強的失敗者溫柔的鼓勵。它不僅激勵詩歌，也激勵整個社會，它宣告了歌功頌德、迷失個性的詩歌的終結，高舉批判旗幟、張揚個性的詩歌的誕生。由於對輿論的強力鉗制和人民覺悟的限制，這首曾在地下傳播的詩在當時傳播不廣，影響不大，但是，從當代思想史和文學史的角度判斷，這首詩的價值是怎樣估計都不會過高的。〔註245〕

鄧蔭柯顯然是從思想史和文學史的角度來評判，從而將食指視為一個開創新時代的人物，他的意義已不止於詩歌和文學。因此，他所選的詩人詩作可能也是其他選本都會收錄的，但是深刻而富有新意的解讀卻可以使選本更有深度。

陳仲義指出當下的新詩教育有三大缺失：一是「欠缺屬於『特殊知識』的基本常識」，二是「欠缺差異性的尋求」，三是「缺乏體驗、感受的悟性」〔註246〕。

〔註243〕鄧蔭柯：《前言》，鄧蔭柯編著：《1916～2008經典新詩解讀》，中國青年出版社2009年版，第4頁。

〔註244〕同上。

〔註245〕鄧蔭柯：《1916～2008經典新詩解讀》，中國青年出版社2009年版，第238頁。

〔註246〕陳仲義：《如何進入現代詩，如何讀解現代詩（引言）》，陳仲義：《百年新詩百種解讀》，安徽文藝出版社2010年版，第2頁。

他的選詩與解詩是直接取法自英美新批評與中國的感悟式品鑒，這與他一直致力於詩學體系的闡發與建構有關。陳仲義對中國現代詩學進行了細緻的分類梳理，結為《扇形的展開》一書〔註247〕，他自己則建構起了「張力詩學」〔註248〕，這一概念顯然來自於英美新批評。因此，《百年新詩百種解讀》實際立足於他對現代詩學的理解以及他自身的張力詩學，選本成為他闡發自身詩學觀念的一個平臺。

陳仲義把百年新詩分為六輯：「五四──朦朧詩前」、「朦朧詩年代」、「第三代」、「中間代」、「『70後』／『80後』」、「後現代」，可見其中的總分界線是朦朧詩，由此區分出通常意義上的現代詩與當代詩。朦朧詩及其後的詩歌佔了五輯，可見80年代以來的詩歌在他心中份量更重。陳仲義每解讀一首詩就揭示一種技巧和解讀角度，從而實現「百年新詩百種解讀」，因此也被認為是對「百年新詩藝術技巧的梳理與總結」〔註249〕。這種解讀方式既使他能夠在選詩時重新發現一些詩作的價值，又能在解詩時有新的收穫。例如舒婷的詩歌，他沒有選擇廣為人知的《致橡樹》《神女峰》等作品，而是選擇《流水線》進行解讀，這首詩曾經受到過批判，陳仲義則讀出了其中的「異化，連同『存在性不安』」的感覺；舒婷《在潮濕的小站上》一詩並不為讀者熟知，陳仲義則從電影美學出發，分析出其中「電影化鏡頭」的畫面感〔註250〕。還有他對楊黎《紅燈亮了》的聲音分析、對韓東《甲乙》的現象學解讀、從戲劇性角度對李尚朝《一節舊火車》的分析、對「垃圾派」詩人徐鄉愁《練習為人民服務》的語詞分析，都是在選詩、解詩方面展現了新意。

張德明的《中國新詩鑒賞與詮釋中的細讀問題》《新詩研讀方法舉隅》等文章〔註251〕，同樣表明他有自覺的方法論意識，並且也是側重於細讀。不過與鄧蔭柯、陳仲義不同的是，他的《百年新詩經典導讀》首先是按詩歌流派／詩人群來梳理百年新詩的線索：初期白話詩派、創造社詩派、文學研究會詩派、象徵詩派、新月詩派、「現代」詩派、七月詩派、西南聯大詩派、政治抒情詩

〔註247〕陳仲義：《扇形的展開──中國現代詩學讚論》，浙江文藝出版社2000年版。
〔註248〕陳仲義：《現代詩：語言張力論》，長江文藝出版社2012年版。
〔註249〕殷鑒：《百年新詩藝術技巧的梳理與總結》，《渤海大學學報》2011年第3期。
〔註250〕陳仲義：《百年新詩百種解讀》，安徽文藝出版社2010年版，第92～96頁。
〔註251〕張德明《中國新詩鑒賞與詮釋中的細讀問題》發表於《中國現代文學研究叢刊》2011年第2期；《新詩研讀方法舉隅》作為附錄收入《百年新詩經典導讀》一書。

派、朦朧詩派、歸來詩派、第三代詩群、後現代詩群、中間代詩群。他單獨列
出的臺港詩歌、網絡詩歌與新世紀詩歌，則又是從地域、載體與時間的角度作
出的區分。中國臺港詩歌選了四首詩，余光中的作品有三首：《九月之慟》《鄉
愁》《再登中山陵》，紀弦選了一首《雕刻家》，說是「臺港詩歌」，其實只有中
國臺灣詩歌，未免名不副實；中國臺灣詩歌只選了余光中和紀弦，覆蓋面不夠，
余光中一人又佔了三首，分配也失衡，顯然是有欠缺的。網絡詩歌與新世紀詩
歌作為一個單元列出，而前者涉及詩歌平臺，後者是時間線索，將它們並置一
處並不妥當，何況網絡詩歌大部分都是在新世紀出現，而新世紀詩歌有不少也
是網絡詩歌，它們相互之間是纏繞的。

　　按照對文本細讀方法的總結，張德明從「主題提取」、「意象穿綴」、「語
詞細讀」、「結構剖析」、「中外比較」、「古今對照」六個方面對詩作進行了細
讀〔註252〕，體現出程繼龍所說的「歷史性」、「科學性」和「審美性」相結合
的特點〔註253〕。他出版過《網絡詩歌研究》《新世紀詩歌研究》這樣的專著，
選本是其研究成果在編選中的體現，因而他對網絡詩歌、新世紀詩歌著力頗
多。網絡詩歌選了宋曉賢的《乘悶罐車回家》、梁永利《海之詠》進行細讀，
新世紀詩歌選了李少君《抒懷》、雷平陽《八哥提問記》、陳陟《夢囈》。他認
為「新世紀的詩歌產量極其巨大，但精品不多，整體實力還有待提升」〔註254〕，
這一判斷與眾多年度詩選的編選者相一致。在解讀文本時，他能夠抓住新世紀
詩歌的特點，如分析雷平陽的《八哥提問記》時就提取了「底層寫作」、「敘事
策略」這兩個新世紀詩歌的典型側面來展開，對於敘事策略是從對話、重複、
細節描寫三個方面，探討了詩歌對個體命運的展現〔註255〕。

　　這類選本固然有明確的詩歌史意識，不過選家關注的重點並不在於提供
一條鮮明、客觀的歷史線索，而是根據他們對新詩品質的理解，選取各自的視
角，以詩作串起他們心目中的新詩史，所選作品也未必都是世所公認的經典，
而是對凸顯他們的理念與立場有意義的作品。另一些選本，特別是像《中國新
詩總系》這樣的大型選本，就與它們明顯不同。

〔註252〕張德明：《百年新詩經典導讀》，暨南大學出版社 2015 年版，第 198～219 頁。
〔註253〕程繼龍：《走向新詩閱讀的專業性——兼談張德明著〈百年新詩經典導讀〉》，
　　　　　《現代中國文化與文學》，2016 年第 2 期。
〔註254〕張德明：《百年新詩經典導讀》，暨南大學出版社 2015 年版，第 189 頁。
〔註255〕同上，第 194～196 頁。

抱著「為中國新詩立傳」〔註256〕的宏偉志願，北京大學中國新詩研究所啟動了《中國新詩總系》這一工程。按照謝冕的說法，「北京大學是中國新詩的發祥地」，《中國新詩總系》又是向北京大學中文系百年系慶、北京大學中國新詩研究所成立五週年致意的賀禮之作〔註257〕，《中國新詩總系》的定位顯然是精品工程。同時，視詩歌為「做夢的事業」的謝冕，也把《中國新詩總系》看作「圓夢之舉」〔註258〕。該工程自2006年啟動，謝冕擔任總主編，北京高校、中國社科院的多位學者擔任分卷主編，2009年交付書稿，2010年9月十卷本《中國新詩總系》正式出版面世，共七百多萬字，選詩四千多首，系統地回顧、梳理了1917年至2000年中國新詩的世紀歷程，成為新詩選本史上規模空前的一項出版工程。它也得到了學界的高度重視，李潤霞、張松建、張清華、王澤龍、沈奇、古遠清等，包括編選者如謝冕、孫玉石、洪子誠等都對「總系」發表了意見，《文藝爭鳴》2011年第6期「新世紀文學研究」欄目還開闢「《中國新詩總系》出版研究」專欄，發表了相關論文。

《中國新詩總系》（以下簡稱《總系》）以10年為期分卷，共10卷，前8卷為作品卷，即第1卷1917～1927年（姜濤主編）、第2卷1927～1937年（孫玉石主編）、第3卷1937～1949年（吳曉東主編）、第4卷1949～1959年（謝冕主編）、第5卷1959～1969年（洪子誠主編）、第6卷1969～1979年（程光煒主編）、第7卷1979～1989年（王光明主編）、第8卷1989～2000年（張桃洲主編）。第9卷為理論卷（吳思敬主編）、第10卷為史料卷（劉福春主編）。《總系》確定了編選的三原則：

> 一、各卷有由主編撰寫的長篇導言；二、力求採用最初的版本、以正式發表的時間為準並注明原始出處（因情況特殊，六十年代卷和七十年代卷可按實際寫作時間、而不以出版時間為準）；三、改變歷來此類書按作者姓氏音序、筆劃等排列的慣例，堅持按選詩的內容分類編目（個別卷除外）。〔註259〕

〔註256〕謝冕：《世紀詩歌之約——〈中國新詩總系〉總後記》，劉福春主編：《中國新詩總系》（第10卷），人民文學出版社2010年版，第790頁。

〔註257〕同上，第791頁。

〔註258〕謝冕：《尋花踏影到夢端——〈中國新詩總系〉出版感言》，《文藝爭鳴》2011年第11期。

〔註259〕謝冕：《世紀詩歌之約——〈中國新詩總系〉總後記》，劉福春主編：《中國新詩總系》（第10卷），人民文學出版社2010年版，第791頁。

　　從十年為期的劃分、學者（不少學者本身也是詩人）擔綱主編、導言的撰寫等方面，不難發現《總系》向《中國新文學大系》致敬的意味。而從該叢書的實際完成情況看，這確實是自中國新詩誕生以來編選與研究最為全面、系統、深入的一部選集，它對於中國新詩的歷史意義、發展歷程、內在特點、詩人詩作、思潮流派、理論批評、史料版本等作了空前的總結與探討，在編選中取得了前所未有的成果，當然其中存在的缺憾與不足，也為後來的新詩編選與研究提供了寶貴的借鑒。

　　對於《總系》的定位，孫玉石明確指出：「《總系》不是為一般愛好詩歌的讀者，編選出他們喜歡閱讀和容易接受的大型新詩讀本。它屬於一種全面回顧和總結歷史成績，提供新詩歷史研究具有更大史料可信度的學術性的大型百年新詩選本。」〔註260〕《總系》是為專業讀者和研究者提供的選本，是具有建構新詩史、保存新詩文獻、促成新詩經典化意義的權威性、全面性選本。

　　作為總主編，謝冕在總序中一開始就高屋建瓴地指出，「這是中國歷史上規模最大、影響最深的一次詩學挑戰，這也是對中國傳統詩學質疑最為深切、反抗最為徹底的一次詩歌革命」〔註261〕。中國新詩是在對幾千年古典詩歌傳統的質疑、在應對現實危機中而誕生，因而既有文學的意義，也有超出於文學的現實的、文化的意義。這其間新詩的合法性問題、「詩」與「非詩」的爭論、新詩審美特性探討貫穿始終。定下了總的基調，分卷導言也是異彩紛呈，對於新詩的破壞與建設、革命向度與現代追求、一體化格局、臺港澳新詩的發展、新詩潮直至90年代多元化詩歌生態都有著充分的辨析，其中對於兩岸四地詩歌的總體審視、對邊緣的、被遺忘的詩人詩作的發掘、對地下寫作的重視、對新詩理論批評史、新詩史料的梳理等，也都構成了《總系》新詩史敘述的組成部分。

　　當然，作為以選敘史的選本，《總系》的導言與詩選、理論選、史料選是不可分割的，但「選」的難度也是特別大。編選本身的主觀性、歧異性及內在矛盾，都是需要克服的但實際上任何選本又都不可能完全解決的問題。在研討中，包括編選者在內的學者們對此有清醒的認識，而且有時他們對同一編選問題的意見也存在分歧，由此也提供了更多討論和反思的空間。洪子誠明確地指

〔註260〕孫玉石：《〈總系〉編選中想到的一些問題——〈中國新詩總系〉研討會上最後的發言》，《文藝爭鳴》2011年第6期。

〔註261〕謝冕：《論中國新詩——〈中國新詩總系〉總序》，姜濤主編：《中國新詩總系》（第1卷），人民文學出版社2010年版，第1頁。

出了《總系》所具有的特點：一、它的規模包括了作品卷、理論卷和史料卷，詩人詩作入選的數量「都是此前的新詩選本所未見的」；二、體例上採取「編年體」的形式，以十年分期；三、將20世紀灣港澳的新詩也作為「中國新詩」的組成部分納入，這種做法早已存在，但是《總系》是把它們「放置在中國新詩歷史的整體中考量，探索『整合』的可能性」；四、「主題」的分類方式排列；五、《總系》有統一的原則、體例，但各卷主編有「相對獨立」的編選方針與權力，各卷之間有聯繫也有差異，而這種差異也未嘗不可以為對話、反思提供空間；六、「重視發掘過去因政治意識形態，因詩歌觀念，因史料上的原因而被忽略的優秀詩人和詩作。在史實和史料處理上，嚴謹，科學性是重要預期」〔註262〕。這些意見為我們理解《總系》提供了重要參考。下面展開具體論述。

　　一、總系是從「現代性質」這一根本點上去理解與整合中國新詩及理論批評、史料的。這一總的指導思想不僅謝冕的總序指出過，吳思敬的導言也予以了強調：「二十世紀的中國新詩理論與古代詩歌理論相比，從根本上說就是體現了一種現代性質，或者說是詩歌現代化進程的一種理論表述。」〔註263〕這種「現代性質」是中國新詩的根本標誌，也內在地支配著中國新詩史的進程。圍繞這一核心謝冕揭示了中國新詩的發展歷程與規律，張清華指出，《總系》在這一點上展現出了豐富的「歷史修辭」〔註264〕，即在描述中暗含著選家對中國新詩價值與意義的判斷。總序講到30年代為止，其實已經包含了對於新詩自破壞到建設、從背叛到回歸等的理解，融入了「關於新詩發展和成熟的全部歷史邏輯在其中」〔註265〕，新詩的歷史演進乃至未來發展都是可以把握的。

　　二、以「選」敘「史」，以選本的形式建構起中國新詩史、新詩理論史，新詩史料也得到了系統的整理，《總系》的規模確實是空前的。總序、分卷導言、各卷編後記、總後記、理論卷、史料卷，與詩選一起搭建了一個大型學術性選本的總體架構，這個架構從理論、史料到作品選都是前所未有的完備。就詩選而言，入選的詩人詩作達四千多首，超乎以往的各類選本。

〔註262〕洪子誠：《詩與歷史——對〈中國新詩總系〉的討論（摘要）》，《中國新詩：新世紀十年的回顧與反思——兩岸四地第三屆當代詩學論壇論文集》，2010年，第3～4頁。

〔註263〕吳思敬：《導言現代化進程中的詩學形態》，《中國新詩總系》（第9卷），人民文學出版社2010年版，第1頁。

〔註264〕張清華：《如何描述新詩歷史——〈中國新詩總系〉讀記》，《文藝爭鳴》2011年第6期。

〔註265〕同上。

從詩人詩作的入選情況看，以往被收錄的詩人有了更多的作品入選，王澤龍以姜濤編《總系》第 1 卷與朱自清編《中國新文學大系・詩集》比較，發現與後者相比，「姜濤本選 68 家，共 474 首，所選詩家新增 20 人，多選作品 66 篇，選擇的作品作家都有增加。兩人所選詩篇相同的篇目共計 96 首，占總篇目的近四分之一。朱選本中有 11 人沒有被姜選入，改變約六分之一。姜的選篇在數量上比朱選本擴大七分之一」〔註 266〕。以胡適為例，《總系》第 1 卷選胡適詩歌 13 首，就超過了朱自清選本的 9 首。姜濤發掘的顧誠吾、黃仲蘇、王怡庵、羅石君、何植三等，孫玉石發掘的常任俠、關露、郭子雄、賈芝、劉廷芳、朱企霞等，都是在新詩史上處於邊緣地位或被遺忘了的詩人。

當然，不僅是數量上超邁前人，《總系》還做到了後出轉精。以胡適為例，朱自清選本所選《一念》體現的是現代性思緒和白話實驗，《湖上》則是藝術上較為優美的新詩，《四烈士冢上的沒字碑歌》這樣的政治詩歌則體現了胡適的剛性一面。姜濤選本則不取最後一種，集中於胡適在白話實驗與詩藝探索方面較好的作品如《一念》《鴿子》《湖上》《夢與詩》等作品，甚至收錄了譯詩《關不住了！》，這是胡適自稱的他的新詩「成立的紀元」〔註 267〕，而《十一月二十四夜》這樣的作品被收錄更顯眼光，這是歷來被各類選本所忽視的作品，但其實魯迅早在 1921 年 1 月 15 日致胡適的信中就明確表示「《十一月二十四夜》實在好」，隨後周作人也表示了對它的欣賞〔註 268〕。

雖然朱自清選郭沫若詩歌 25 首，多於姜濤選本的 23 首，不過王澤龍認為，朱自清在選郭沫若詩歌時「較多傾向和諧，富於詩意想像的美學趣味」，但沒有選入能夠代表「五四」時代精神的《鳳凰涅槃》《天狗》《立在地球邊上放號》，姜濤則收錄了，還收錄了朱自清沒有選入的「《梅花樹下醉歌》表現泛神論思想的代表作」〔註 269〕。這些選擇，都體現了謝冕強調的「好詩主義」優先的原則〔註 270〕。當然，《爐中煤》的漏選是個缺憾，而魯迅的作品選了他

〔註 266〕 王澤龍：《〈中國新詩總系〉的經典意識》，《文藝爭鳴》2011 年第 6 期。

〔註 267〕 胡適：《〈嘗試集〉再版自序》，胡適編選：《中國新文學大系・建設理論集》，上海文藝出版社 2003 年版，第 315 頁。

〔註 268〕 參見陳平原：《魯迅為胡適刪詩信件的發現》《經典是怎樣形成的——周氏兄弟等為胡適刪詩考》（一）（二），分別刊載於《魯迅研究月刊》2000 年第 10 期、2001 年第 4 期、第 5 期。

〔註 269〕 王澤龍：《〈中國新詩總系〉的經典意識》，《文藝爭鳴》2011 年第 6 期。

〔註 270〕 謝冕：《世紀詩歌之約——〈中國新詩總系〉總後記》，劉福春主編：《中國新詩總系》（第 10 卷），人民文學出版社 2010 年版，第 791 頁。

的 6 首新詩和《野草》中的《我的失戀》，力度也很大，但是《野草》中的很多優秀作品沒有選入也是很遺憾。

不過，對於《總系》的這一空前規模，洪子誠也產生了疑問：「是否需要這樣的規模？也就是說，百年新詩是否有這麼多的好作品？」〔註271〕《總系》的體量如此龐大，在新詩不到一百年（1917～2000）的歷程中選入了數千首作品，中國新詩真達到了這麼輝煌的境地嗎？這顯然是值得懷疑的。洪子誠認為，如此大規模的單向擴展會導致「美學標準有可能無意間降低」，特別是在對待某些「新發現」的詩人時，很可能會「失去分寸」〔註272〕。其實這種情況在《總系》中已經出現，它與下一個問題直接相關。

三、編選標準。洪子誠所說的做「加法」和「減法」，包括對詩人詩作的重新認識，都意味著是在重新建構、敘述一部新詩史，這裡「選」的意味格外突出。既然是「選」，標準問題就至關重要。謝冕強調「入選詩應以藝術和審美水準為第一參照，兼顧它的文學史價值，即『好詩主義』和『時代意義』綜合考量的原則」〔註273〕。「好詩主義」與「時代意義」之間的矛盾，也就是審美性與歷史性之間的矛盾，其實是一切注重文學史建構的選本所面臨的難題。《總系》定下的基調是「好詩主義」為首要原則，「時代意義」次之，這一點基本上在各卷得到了體現。

當然，「好詩」這個概念本身就值得回味，與「經典」所具有的強烈程度比，它是一個比較柔和的概念，張松建就區分了「好詩」與「經典」這兩個概念：文學史上有些作品，其價值還沒有得到充分發掘與公認，只能被認為是「好詩」，《總系》做到了「經典主義」與「好詩主義」的兼顧，因為它「既保留名家經典，又鉤沉無名佳作，這種折衷的做法，符合文學史的實際」〔註274〕。

不過，選入「好詩」就意味著詩歌的經典化歷程開始了，這裡面難以說清的是何謂「好詩」？「好詩」的標準是什麼？「好」顯然是一個模糊的、主觀性很強的形容詞。《總系》沒有也不可能給出一個人人遵守、易於操作的標準，

〔註271〕洪子誠：《詩與歷史——對〈中國新詩總系〉的討論（摘要）》，《中國新詩：新世紀十年的回顧與反思——兩岸四地第三屆當代詩學論壇論文集》，2010年，第 4 頁。

〔註272〕同上。

〔註273〕謝冕：《世紀詩歌之約——〈中國新詩總系〉總後記》，劉福春主編：《中國新詩總系》（第 10 卷），人民文學出版社 2010 年版，第 791 頁。

〔註274〕張松建：《經典、好詩與文學史：〈中國新詩總系〉的選本問題》，《文藝爭鳴》2011 年第 6 期。

「好詩主義」與「時代意義」之間的尺度如何把握，也是每位主編面臨的難題。洪子誠認為這一方針「對於這一大型選本來說，是合理，穩妥的。但方針自身就存在著矛盾，而各編選者的理解也不很相同」〔註275〕，「根據什麼來確定一首詩是『好詩』，對我來說就是個天大的難題」〔註276〕。

從詩歌史敘述與實際編選看，《總系》各卷在整體傾向「好詩主義」的同時，現代部分「多求『歷史主義』之全」，當代部分「多求『好詩主義』之精」〔註277〕。進一步說，《總系》在「好詩」問題上所傾向的，是追求新詩現代性的詩人詩作，因而20～40年代的新詩探索與左翼主潮之外的審美追求、50～70年代的中國臺灣現代詩、大陸的地下寫作、80年代的朦朧詩、90年代的多元化格局都受到選家的肯定。但如此一來就存在兩個方面的問題，一是對左翼或政治性詩歌、新詩主潮的理解上仍有一定的偏差，如王澤龍談到《總系》「有一些忽略具有左翼色彩或大眾化特徵的現實主義、浪漫主義詩歌作品的，對純詩化的現代主義詩人與詩作的關注與選擇佔了絕對多數的篇幅，應該說存在對歷史主義原則有所弱化的傾向」〔註278〕。這種傾向自20世紀80年代以來就存在，一直沒有得到很好的糾正。二是難以呈現歷史本身的面貌，「歷史主義」的原則難以兼顧，如張松建發現第3卷涉及40年代，「按照新詩史的實情來說，大眾化的、現實主義的新詩顯然佔據了壓倒一切的數量優勢，現代主義最後淪為『失敗的形式和不可能性』」，但編者對「好詩主義」和現代主義詩歌的強調，使得局勢顛倒：「這樣就出現了有趣的一幕：從文學史的實情來看，這個時期是大眾化新詩的節節勝利、高歌猛進的時代；但是從文學批評和文學選本的角度來看，反倒是大眾化新詩淪為邊緣和弱勢、而現代主義和『純詩』（在這個詞的廣泛意義上而言）佔據了主流位置」〔註279〕。

由於追求「好詩主義」、偏重新詩現代性，大批邊緣化、被忽視的詩人詩

〔註275〕洪子誠：《詩與歷史——對〈中國新詩總系〉的討論（摘要）》，《中國新詩：新世紀十年的回顧與反思——兩岸四地第三屆當代詩學論壇論文集》，2010年，第5頁。

〔註276〕洪子誠：《編後記》，《中國新詩總系》（第5卷），人民文學出版社2010年版，第483頁。

〔註277〕李潤霞：《〈中國新詩總系〉的編選原則與史料問題》，《文藝爭鳴》2011年第6期。

〔註278〕王澤龍：《〈中國新詩總系〉的經典意識》，《文藝爭鳴》2011年第6期。

〔註279〕張松建：《經典、好詩與文學史：〈中國新詩總系〉的選本問題》，《文藝爭鳴》2011年第6期。

作被發掘出來,這是《總系》的一大貢獻,如劉延陵、王怡庵、何植三、常任俠、關露、賈芝、劉廷芳、朱英誕、吳興華、多多、灰娃等。但是問題也隨之而來,一方面,被發掘的這些詩人,可能在選本中佔據了太多的位置,但是他們在當時的歷史影響卻又極其微弱,那歷史主義原則如何兼顧?李潤霞指出,最典型的是朱英誕,「這是幾乎完全擱置『歷史主義』的影響效果而純以『好詩主義』原則入選的一個標本性個案」〔註280〕。《總系》第 2 卷選入朱英誕作品 2 首,第 3 卷選入 7 首,第 6 卷選入 16 首,共計 25 首,儼然成為新詩史上最重要的詩人之一;被發掘的詩人吳興華,入選作品也多達 12 首,這就是洪子誠說的「在『驚喜』中失去分寸」。

另一方面,一些詩人詩作被大量發掘,卻有另外的詩人詩作被遮蔽,漏選或選得過少。在打撈中國大陸「文革」時期的「地下詩歌」時,程光煒就對以「地下詩歌」指稱 20 世紀 70 年代的詩歌抱有警惕,因為「它也會窄化或簡化人們對這一時期詩歌創作的認識,使『地下詩歌』的價值觀念成為遮蔽或支配其他詩歌現象的唯一『正確』的東西」,即使是面對地下詩歌,不少選本在「某種程度上都在突出地下詩歌單質化的反抗性質,而忽略、模糊了它別的一些特點」,以至於還原真正的歷史其實是不可能的〔註281〕。當然這也反過來說明了重新整理、編選和研究的重要性,程光煒對穆旦、朱英誕、灰娃、岳重等詩人的打撈,正是在做一種去蔽的工作。

不少學者指出一些重要的詩人被遺漏或選詩不夠,甚至包括海子這樣的重量級詩人只選了 9 首,數量偏少,還有就是同樣是被發掘的詩人,吳奔星的作品卻只入選 2 首,這也無法自圓其說。此外,《總系》以十年分期,可以使各卷選詩數量相對均衡,但有的詩人在多卷中出現,入選詩作極多,有的詩人只出現在一卷中,詩作也只選了一兩首,這說明《總系》在詩人詩作的比例配置上還缺少宏觀的把控。顯然,如何真正把握好「好詩主義」與歷史主義之間的尺度,是每位編選者要解決的難題。

這裡面特別需要提到的是編選 90 年代詩歌的第 8 卷,在各卷當中,它是最貼近時下的,詩歌經歷歲月的洗禮和時間的檢驗要比其他時代都短,「好詩主義」與「歷史主義」的張力最為明顯,選擇的難度相當大。90 年代的新詩狀

〔註280〕 李潤霞:《〈中國新詩總系〉的編選原則與史料問題》,《文藝爭鳴》2011 年第 6 期。

〔註281〕 程光煒:《導言處在轉折期的詩歌》,《中國新詩總系》(第 6 卷),人民文學出版社 2010 年版,第 1～5 頁。

況正如張桃洲給導言所起的標題：「雜語共生與未竟的轉型」，同時它表明「中國詩歌處在一個新的轉折點上」〔註282〕。要對這一時期的多元共生、混雜面貌與過渡形態進行總體把握與條分縷析，是非常艱難的，這一卷詩選基本上涵蓋了多個向度的詩歌佳作，如昌耀的《紫金冠》、周倫佑《在刀鋒上完成的句法轉換》、鄭敏《詩人之死》、張曙光《尤利西斯》、西川《夕光中的蝙蝠》、王家新《帕斯捷爾納克》、歐陽江河《傍晚穿過廣場》、于堅《○檔案》、臧棣《未名湖（春天結束於）》、啞石《奇蹟》、伊沙《餓死詩人》等。

孫玉石編選的是第2卷，他也在反覆思考「歷史」與「好詩」結合，「需要堅守的底線是什麼」這個問題，在他看來，還是要從新詩與民族、個人的聯繫中尋找「歷史」與「審美」的平衡〔註283〕。這一意見無疑是值得重視的。

四、以十年為期劃分階段的體例貫徹到每一部作品卷，這個操作可能便於各卷的均衡、統一。在出版前的研討中，洪子誠就意識到這樣的處理「對描述一個時期的詩歌狀況是一種合適的安排。這個階段的詩人，詩派，詩歌體式，詩歌場域結構等，能得到便利的呈現。但是，這樣的處理帶來的問題是，那些寫作跨不同階段的詩人，被人為的時間所分割」，如郭沫若、艾青、臧克家、馮至、穆旦、洛夫、余光中等詩人的處理上都存在這樣的問題〔註284〕。顯然，是整體呈現詩人的面貌還是整體呈現一個時期的面貌，這是一個「兩難的選擇」〔註285〕。不僅如此，不少學者也認為十年分期本身也有一定的問題，如果說中國現代詩歌三十年的劃分與《中國新文學大系》及學界的基本看法相一致，以1979年作為一個時代的起點也符合新詩及時代變化的內在節奏，但1949年之後的劃分總體上是不盡合理的，特別是涉及到兩岸四地，十年分期就「未必有類似『歷史關結點』的分界意義」〔註286〕，「也暴露了一些難以自圓其說

〔註282〕張桃洲：《導言雜語共生與未竟的轉型》，《中國新詩總系》（第8卷），人民文學出版社2010年版，第1頁、第37頁。

〔註283〕孫玉石：《〈總系〉編選中想到的一些問題──〈中國新詩總系〉研討會上最後的發言》，《文藝爭鳴》2011年第6期。

〔註284〕洪子誠：《詩與歷史──對〈中國新詩總系〉的討論（摘要）》，《中國新詩：新世紀十年的回顧與反思──兩岸四地第三屆當代詩學論壇論文集》，2010年，第4頁。

〔註285〕同上。

〔註286〕李潤霞：《〈中國新詩總系〉的編選原則與史料問題》，《文藝爭鳴》2011年第6期。

的勉強」〔註287〕。第 8 卷論及「90 年代詩歌」，這種提法「雖然多少帶有詩歌史『時期』的意味，卻並非嚴格的時期概念；在很大程度上，它帶有近距離觀察時，作為一種時間尺度的『權宜』性質」〔註288〕。

五、主題分類的編選方式。之所以這樣安排，是考慮到「這樣做的好處是突出了創作現象和創作思想的意義，從而有利於詩歌史的研究，並引起讀者閱讀的興味」〔註289〕。《總系》沒有為主題設置明確的分類標準或類別，完全由分卷主編根據情況自行設定。因此，各卷的主題涉及的有社團流派、詩歌體式、風格、題材、取向、主題、詩人地域、代際、詩歌創作與發表方式等，不一而足。很多主題確實能體現謝冕所說的優點如「文學研究會詩人群」、「創造社及周邊的詩人」、「淪陷區的吟哦」、「政治的抒情」、「中國臺灣的現代主義」等。吳思敬為理論卷概括的主題為「詩體解放與詩體變革」、「自由與格律的消長」、「現實主義、浪漫主義及現代主義的並峙與兼容」〔註290〕，理論線索與詩歌史的線索都得到了清晰的呈現。

但是，如果碰到多元混雜的情況，主題歸類的優點可能就顯現不出來了，並且可能因為其混雜而變成缺點。第一個十年相對來說最易於從主題加以歸類，因其風格、社團流派的特點非常明顯，但到了 40 年代以後就非常困難，最靠近當下的第 8 卷是最難的。因此孫玉石在編選第 2 卷時乾脆放棄，而其他主編在擬定主題時出現一些措辭含糊、指向不明的命名，也暴露了這種方式的問題。沈奇發現第 7 卷對 80 年代詩歌的概括就有「其他詩人的詩」這樣尷尬的命名〔註291〕，李潤霞則認為第 8 卷概括的 90 年代詩歌的四個主題「轉換與延續」、「拓展與深入」、「探求可能性」、「多向度選擇」是模棱兩可、似是而非的。她進一步指出，主題分類的不當，可能導致一些風格多樣或特異的詩人難

〔註287〕 洪子誠：《詩與歷史——對〈中國新詩總系〉的討論（摘要）》，《中國新詩：新世紀十年的回顧與反思——兩岸四地第三屆當代詩學論壇論文集》，2010年，第 5 頁。

〔註288〕 洪子誠、劉登翰：《中國當代新詩史》（修訂版），北京大學出版社 2005 年版，第 242 頁。

〔註289〕 謝冕：《繞杭州西湖長跑（編後記）》，《中國新詩總系》（第 4 卷），人民文學出版社 2010 年版，第 536 頁。

〔註290〕 吳思敬：《導言現代化進程中的詩學形態》，《中國新詩總系》（第 9 卷），人民文學出版社 2010 年版，第 4～17 頁。

〔註291〕 沈奇：《梳理、整合與重建——〈中國新詩總系〉初讀讜論》，《當代作家評論》2011 年第 4 期。

以歸類，前一種詩人可能會被切割，後一種詩人可能被遺漏，還可能導致詩歌史認識的偏差，如第 6 卷（1969～1979 年）「從白洋淀到朦朧詩」的命名，就簡化了朦朧詩的發生線索，還有就是中國臺港詩人難以安置〔註 292〕。此外，李潤霞還指出，第 6 卷最後設了「特殊的歌唱」這樣一個表意不明的主題，其中又只選了郭小川、李瑛兩人的詩歌，這也會讓人產生疑惑〔註 293〕。在那樣一個特殊的年代，發出「特殊的歌唱」的怎會只有 2 個人，而郭小川《團泊窪的秋天》《秋歌》與李瑛《進山第一天》《高山哨所》《山鷹》《告別深山》具有的共同性又在哪裏？「特殊的歌唱」如果是指在主流之外，那麼它與地下詩歌的區別又在哪裏？這些問題顯然是需要深思的。

　　因此，謝冕也意識到主題分類方式如果運用不好，很可能就會陷入這樣的困境：「首先是詩人被『拆解』了，一個詩人可能出現在不同的『分類』中。再就是分類難，分類之後『歸類』更難。五十年代卷中『生活頌歌』『時代風景』乃至『邊疆風情』，性質都有些近似乃至重疊。我在給詩歌歸類時，往往舉棋不定。沒有辦法了，只好『粗暴』地『強行分配』」〔註 294〕。謝冕主編「百年新詩」叢書時按照主題／題材分卷，根據他所說的，有季羨林主編「百年美文」叢書思路的啟發，但顯然也與《總系》的分類方法形成呼應。「百年新詩」叢書分社會卷、人生卷、鄉情卷、女性卷、情愛卷等，分類明確，當然這種分類方法帶來的對詩人的「肢解」、分類判斷的困難等問題依然存在〔註 295〕。

　　六、對兩岸四地新詩的整合。自 80 年代以來，中國大陸的新詩選本就開始關注並選入中國臺灣作品，此後中國香港、中國澳門乃至海外華人詩作也進入選家視野，中國港臺等地的新詩史與選本，也逐漸將大陸新詩納入其中。但一直以來選本的地域本位主義、條塊分割沒有得到很好的解決。《總系》顯然力圖打破這一困局，從宏觀的「中國新詩」視野把中國大陸、中國臺港澳的詩歌融為一個整體加以考察，打破地域、歷史、意識形態等界限，是「一種『重

〔註 292〕李潤霞：《〈中國新詩總系〉的編選原則與史料問題》，《文藝爭鳴》2011 年第 6 期。

〔註 293〕同上。

〔註 294〕謝冕：《繞杭州西湖長跑（編後記）》，《中國新詩總系》（第 4 卷），人民文學出版社 2010 年版，第 536 頁。

〔註 295〕謝冕：《總序》，謝冕主編、羅振亞、楊麗霞編：《百年新詩·鄉情卷》，百花文藝出版社 2013 年版，第 2～3 頁。

寫詩歌史』的實踐」〔註296〕。

　　在1949年之後的各卷中都需要對這一問題進行處理，張清華肯定了洪子誠「比較大膽」的做法：第5卷收錄了中國大陸、中國臺港的作品，其中中國臺灣的現代主義詩作佔據了最大的篇幅，遠超中國大陸的政治抒情詩及其他作品、潛在寫作的詩歌，張清華認為這一做法「既符合歷史客觀性，又體現文學性價值準則」〔註297〕。應該說，這種處理對長久以來中國大陸選本本位主義的編選觀念是一次重大衝擊，它基於洪子誠根據「好詩主義」優先的原則所作的判斷，從「詩歌文化的層面上，將兩岸詩歌設定為對比、互為參照的對象」〔註298〕。這一立場是值得肯定的。這一卷可以與謝冕主編的第4卷聯繫起來看，謝冕在該卷中以「現代主義的挑戰」為題，給中國臺灣詩歌留了較小的篇幅，中國大陸的詩歌佔了絕大多數，這不完全是出於兼顧歷史主義的考慮，也是因為當時中國大陸的政治氣候雖然多變，但為詩人的創作仍然留下了一定的空間，而中國臺灣在50年代初也遭遇了政治高壓，現代主義的興盛還有待時日。到1958年以後隨著局勢急劇變化，中國大陸詩歌的「滿園荒蕪」〔註299〕才與中國臺灣形成了更鮮明的對照，洪子誠的處理也是順理成章。此後到王光明編選的80年代選本，中國新詩「重新獲得了交流、溝通的條件，出現對話、融合的可能」，良性互動的局面開始形成，中國臺港詩人與「『歸來』詩人群」、「『朦朧詩』詩人群」、「『第三代』詩人群」、「其他詩人」形成眾聲喧嘩的熱鬧景象。〔註300〕

　　當然，如何更好地處理並勾勒兩岸四地的詩歌格局，仍然是一個艱巨的任務，並且中國新詩不僅僅是中國的新詩，也是「世界中」的新詩。新世紀以來出現過「漢語新詩」的提法〔註301〕，正是希望打破中國現代、當代文學的界

〔註296〕　賀桂梅：《1950～1970年代詩歌的『四板塊』與『重寫詩歌史』》，《新詩評論》2009年第1輯，北京大學出版社2009年版，第33頁。

〔註297〕　張清華：《如何描述新詩歷史——〈中國新詩總系〉讀記》，《文藝爭鳴》2011年第6期。

〔註298〕　洪子誠：《導言殊途異向的兩岸詩歌》，《中國新詩總系》（第5卷），人民文學出版社2010年版，第1頁。

〔註299〕　謝冕：《導言為了一個夢想》，《中國新詩總系》（第4卷），人民文學出版社2010年版，第24頁。

〔註300〕　王光明：《導言中國詩歌的轉變》，《中國新詩總系》（第7卷），人民文學出版社2010年版，第50頁。

〔註301〕　傅天虹在《對「漢語新詩」概念的幾點思考——由兩部詩選集談起》一文（《暨南學報》2009年第1期）中提出「漢語新詩」這一概念，此後還有進一步的闡發。

限,另一方面將現代以來不同地域(中國大陸、港澳臺、海外)的新詩整合為一。

「世界中」的新詩還有另一重涵義:面向世界的傳播。1936 年哈羅德·阿克頓(HaroldActon)與陳世驤合譯的《中國現代詩選》在倫敦出版,是中國新詩最早的英譯本。而自 1963 年許芥昱編譯《二十世紀中國詩選》以來,重古詩、輕新詩的局面逐漸得到改觀,中國學者也加強了與海外漢學界的合作,如楊四平、嚴力與梅丹理合編的《中國當代詩歌》、龐秉均編《中國現代詩選》等。新世紀以來北塔主編的雙語本《中國詩選》、張智等先後編選的《中國新詩 300 首》(1917~2012)、《百年詩經·中國新詩 300 首》(1917~2016)等都是向海外傳播中國新詩的選本。

當然,問題仍然是十分複雜的。古遠清針對《總系》指出:1.「中國新詩是否一定要中國詩人所寫?」;2.「中國新詩是否一定要用中文書寫?」;3.「中國新詩用中文書寫是否一律要用北京話?」在他看來,根本上還是在於「中國新詩以大陸為中心,中國臺港澳新詩只是邊緣」的觀念〔註302〕。這些其實已經不僅僅是屬於《總系》的問題了,而是所有編選中國新詩的選家都面臨的問題,中國臺港澳特別是中國臺灣的選本,也存在著明顯的本位主義,《總系》在這方面其實已經努力開始了破冰之旅。

七、版本校勘與史料辨析。《總系》對自身的定位決定其必然重視學術性和科學性,這裡面版本校勘、史料辨析等就成為編選工作的基礎。編選三原則中的第二條就是「力求採用最初的版本、以正式發表的時間為準並注明原始出處(因情況特殊,六十年代卷和七十年代卷可按實際寫作時間、而不以出版時間為準)」〔註303〕,正是其學術品格的體現,同時也兼顧了歷史的特殊性。這一原則對於作品卷、理論卷和史料卷都是一樣的。

孫玉石在這一點上嚴格去做,他談到自己所編的第 2 卷「每首詩作的出處,除個別作品無法做到外,絕大多數詩作均竭力找到原載詩集和原發刊物,有的還注明後來收集時的修改情況。這些,都是為了盡可能給讀者一份歷史的原貌,多少增添一些本書的學術性與科學性」〔註304〕。版本、史料問題看似

〔註302〕 古遠清:《對〈中國新詩總系〉的三點質疑》,《文學報》2011 年 7 月 7 日。
〔註303〕 謝冕:《世紀詩歌之約——〈中國新詩總系〉總後記》,劉福春主編:《中國新詩總系》(第 10 卷),人民文學出版社 2010 年版,第 791 頁。
〔註304〕 孫玉石:《編後記》,《中國新詩總系》(第 2 卷),人民文學出版社 2010 年版,第 678 頁。

基礎，實際非常重要，但做起來又異常艱辛。這種工作可以還原歷史面貌、糾正訛誤，如孫玉石提到，收入第 3 卷的阿壟的《纖夫》，在後來的編選中都出現了編排的錯誤，直到他見到該詩最初發表時的樣態，才發現詩人在形式上獨具匠心的安排，從而糾正了 60 多來的訛誤〔註 305〕。這項工作還能打撈起一些被遺忘的作品，如馮雪峰的《呼喚》、徐遲的《京胡》，並且鉤沉舊作，還能發現詩人更豐富的面貌和風格，艾青寫給新婚妻子的《給》，就展現了詩人的「另一種精神側面」〔註 306〕。由於詩歌在抄寫、發表、出版過程中可能存在的修改、訛誤，詩人對作品可能也有多次的修改，因此，研究詩作各個版本之間的關係、修改過程中詩人思想、觀念等變化，這是非常有意義的。

洪子誠也認為選擇初版本是值得肯定的，但他也有顧慮，因為「作品後來的改動可能是失誤，但也可能是向著『完善』境界走出的一步。……從讀者的閱讀，和詩歌『經典化』工作的角度上說，『初版本』（『初刊本』）的價值並不就是至高無上的」〔註 307〕。

洪子誠的顧慮是有普遍意義的，孫玉石在《中國新詩總系》研討會上最後的發言，實際上回答了這個問題。他提到戴望舒的《我思想》，這首詩最初發表時題為《偶成》，末句為「來震撼我斑斑的彩翅」。後來收入詩集出版時改題《我思想》，末句改為「來振撼我斑斕的彩翼」。《總系》收錄這首詩時採用的就不是初刊本，而是後來的修改本。因為這種修改使作品更完善，使之成為「蘊含極深的 20 世紀中國現代絕句之一曲絕唱」〔註 308〕。相比之下，郭沫若、何其芳的一些詩作，經過了很大的改動，而這種修改往往是出於一些特殊的原因，這就不能採用修改本，而應該依據原始面貌。這也是需要靈活對待的〔註 309〕。

相反地，如果在版本、史料工作中不夠紮實、細緻，出現了錯誤，就可能導致對詩人詩作的認識出現較為嚴重的偏差。這些問題在根本上還是緣於研

〔註 305〕孫玉石：《〈總系〉編選中想到的一些問題——〈中國新詩總系〉研討會上最後的發言》，《文藝爭鳴》2011 年第 6 期。

〔註 306〕同上。

〔註 307〕洪子誠：《詩與歷史——對〈中國新詩總系〉的討論（摘要）》，《中國新詩：新世紀十年的回顧與反思——兩岸四地第三屆當代詩學論壇論文集》，2010年，第 5 頁。

〔註 308〕孫玉石：《〈總系〉編選中想到的一些問題——〈中國新詩總系〉研討會上最後的發言》，《文藝爭鳴》2011 年第 6 期。

〔註 309〕同上。

究者重視不夠，甚至是對史料工作的輕視。劉福春主編史料卷，2002 年他主編的《二十世紀中國文藝圖文志・新詩卷》也是一部圖文並茂的新詩選本。他長期從事新詩史料工作，不僅發掘出了大量珍貴的史料，糾正了不少訛誤，也特別感慨「史料的重要性是沒有人懷疑的，但學術地位不高，史料工作的地位就更低」〔註310〕。即使是《總系》中的一些分卷，也存在這方面的問題，已為不少學者所指出。但瑕不掩瑜，《總系》對版本、史料問題的重視，對改變這種局面是有著積極意義的。

還有一點就是 21 世紀以來的新詩未能選入，或許是出於「好詩主義」的考慮，畢竟新世紀以來的詩歌作品距離太近，時間的檢驗還不夠。但這始終是一個遺憾，《總系》實際上成為 20 世紀中國新詩的總結，離百年詩選的目標還差一步。但無論怎樣，《中國新詩總系》仍是目前為止中國新詩選本史上最為全面、深刻、權威的大型綜合性選本，堪稱一座豐碑。它的成就與缺憾，都應該得到後來選家的重視。

2013 年長江文藝出版社推出的《中國新詩百年大典》（以下簡稱《大典》）是繼《中國新詩總系》之後又一個大型詩歌選本出版工程。從《大典》的編選隊伍、理念、體例等方面來看，它顯然是以《總系》為重要參照而力圖形成自己的特色。

《大典》與《總系》一樣，都是為了展現中國新詩的百年歷程與成果，也力圖成為「對五四以來現代中國文明與現代中國文化成就的一個有力呈現」〔註311〕。同時《大典》的總主編洪子誠、程光煒，分卷主編吳曉東、姜濤、張桃洲，本來都是《總系》的分卷主編，而《大典》的另一些編者如李潤霞、張清華等，則參與過《總系》的研討活動，也有豐富的選本編纂經驗。其他編者則基本是由學者、詩人、評論家構成。《大典》具有以下一些特點：

第一，就規模而言，《大典》共 30 卷，選入了 300 多位詩人的 1 萬多首詩作，成為迄今為止新詩史上規模最大的出版工程。該選本最初制訂的計劃是每位詩人平均選詩 30 首，根據實際成就，多者五十首，少者十首〔註312〕。編選時限自 1917 年新詩誕生到 2012 年為止，所選詩人以胡適居首，從「五四」作

〔註310〕劉福春：《導言艱難的建設》，《中國新詩總系》（第 10 卷），人民文學出版社 2010 年版，第 21 頁。

〔註311〕沈河：《〈中國新詩百年大典〉出版統籌備忘錄》，http://blog.sina.com.cn/s/blog_aa9a8ff201017k92.html。

〔註312〕同上。

家直至85後〔註313〕，時間維度之長，也超越了以前的選本。《總系》的一個缺憾是沒有選入新世紀的詩人詩作，《大典》無疑在這個方面做到了。

第二，「對『文本性』的重視。雖然也意在展現歷史過程的情景，更主要是推薦有優秀詩作的詩人及其創作」〔註314〕。這樣的表述很容易讓人想到《總系》的編選原則。《大典》編輯籌備會召開時，有一項議題即是「區別於『大系』，強調『大典』。大系即強調史事性，大典即強調文本性」〔註315〕。但其實《總系》的編選原則是「好詩主義」優先，兼顧「時代意識」，也是把「文本性」放在首位的。不過由此也可以看出《大典》同樣有著遴選「好詩」的追求，其標準是：「其作品是否具有較高思想藝術價值，是否對新詩藝術發展具有某種創新意義，和在某一歷史時期是否產生較大影響」〔註316〕。前兩點可以視為審美性的尺度，第三點可以視為歷史性的尺度，當然二者也可以交叉。《總系》的編選其實也是有這樣的思路，甚至可以說具有詩歌史意味的綜合性選本，大體上都會秉承這樣的思路。

第三，《大典》有兩位中國臺灣的分卷主編唐捐、鍾怡雯。整部選本選錄範圍除中國大陸詩人外，中國臺港澳詩人以及海外華文詩人也在收錄之列。這不僅是對新詩地域性的重視，也體現出《大典》力圖涵括「華文詩歌」的宏願。同時《大典》對近20年來的華文詩歌給予了更多的關注，體現出《大典》對當下詩歌現實的充分重視，力圖以更具包容性的姿態展現多元化的成就。

第四，主編和分卷主編提出候選人，經投票確定人選。這是與《總系》不同的操作方式，是集體編選中另一種常見的方式，分卷主編的權力受到了一定的限制。

第五，《大典》以詩歌、詩人年代作為分卷依據，兼顧其他因素，這是以時間為線索的編排，平均10人1卷，相對來說比較簡單、便於操作。以人為主線，可以保證詩人的完整面貌，但是相對來說難以清晰呈現每個時期詩歌的

〔註313〕《大典》以詩人年代影響力為序，兼顧出生年月，最後一卷（第30卷）的最後一位詩人是茱萸，1987年出生，他入選的最後一首作品是《李商隱：春深脫衣》，時間標注為2012年5月6日。

〔註314〕洪子誠、程光煒：《中國新詩百年大典·序》，李怡主編：《中國新詩百年大典》（第一卷），長江文藝出版社2013年版，第1頁。

〔註315〕沉河：《〈中國新詩百年大典〉出版統籌備忘錄》，http://blog.sina.com.cn/s/blog_aa9a8ff201017k92.html。

〔註316〕洪子誠、程光煒：《中國新詩百年大典·序》，李怡主編：《中國新詩百年大典》（第一卷），長江文藝出版社2013年版，第1頁。

風貌。

第六，《大典》有總主編撰寫的簡短序言，對編選緣起、選本特點、體例等方面做了介紹，也強調了《大典》的特點。不設理論批評卷，各分卷沒有導言，為每位詩人撰寫詩人小傳，這些方面都體現出《大典》的定位是成為具有普及意義、面向社會大眾的新詩選本。

從提名程序看，《大典》的操作是有民主性的，但是分歧也不可避免。最初提名的詩人有 666 位，得到 14 票以上的詩人有 43 位，越接近當下的詩人，爭議就越大。靠投票來解決有合理性，但也會有一些遺憾和問題，分卷主編張桃洲就表示，「至少有 20 位詩人不該入選」，「參與的人很多，眾口難調，出版社也會有自己的考慮和想法，所以最後其實有妥協的成分」〔註317〕。除投票外，還有種種原因導致一些詩人漏選，如中國臺灣詩人夏宇，因為未獲得她的授權。

截至目前學界對《大典》的研討並不多，但是《大典》上了網絡熱搜卻是因為「羊羔體」、「廢話體」詩人的入選，而且質疑和爭論往往流於表面，並沒有對相關詩人的入選作品進行解讀，更談不上全面的分析。這是一件非常遺憾的事情，因為它背後的意義還是嚴肅的，涉及到新詩史觀、當下詩歌的評價及經典化問題。車延高其實在獲得魯迅文學獎時就引發過熱議，這次再引爭議也很正常。《大典》編輯統籌沉河強調了車延高的影響力，並認為「他的羊羔體確實也代表一種風格和特例，也確實有人喜歡」，而楊黎入選是因為他是「最早寫廢話體的詩人」〔註318〕。從沉河的介紹可以看出，《大典》在選擇「羊羔體」、「廢話體」詩人時，可能首先是因為影響力而注意到他們，但是在選作品時，實際又傾向於「文本性」，這是力圖在審美性與歷史性之間保持平衡。當然，在討論車延高等詩人時爭執是比較激烈的〔註319〕。從《大典》來看，車延高入選了第 12 卷，楊黎是在第 17 卷。車延高入選的作品如《一瓣荷花》《嚮往溫暖》《那個洗衣服的人呢》等，出自他獲得魯迅文學獎的詩集《嚮往溫暖》；楊黎的詩歌有 3 首入選：《撒哈拉沙漠上的三張紙牌》《五個紅蘋果》《冷風景》。從詩藝上講，這些作品是能夠代表詩人風格、相對成熟且有藝術個性的作品。《大典》的選擇應該說是合理的。

〔註317〕《「羊羔體」入〈中國新詩百年大典〉惹爭議》，《新京報》2013 年 5 月 1 日。
〔註318〕同上。
〔註319〕《「羊羔體」與魯迅並入〈中國新詩百年大典〉引爭議》，《羊城晚報》2014年 12 月 31 日。

　　《大典》在選擇詩人時的另一個特點也引起關注，那就是 60 後詩人成為主力。最初得到提名的詩人中，1900 年以前的詩人有 26 人，1900 年代、1910 年代、1920 年代、1930～1940 年代、1950 年代、1960 年代、1970 年代、1980 年代詩人得到提名的分別為 47 人、48 人、41 人、56 人、40 人、234 人、66 人、23 人，60 後遠超其他年代出生的詩人。從《大典》的編排來看，60 後詩人從第 16 卷的呂德安開始，到第 25 卷的周偉馳，占去了 9 卷的篇幅（9 卷中有個別詩人為 50 後），確實可以說是份量最重。張桃洲提到 60 後當下「正處在創作的活躍期，我們的選本給了他們足夠的空間」〔註 320〕。這裡也可以看出《大典》對於當下詩歌現實有更多的關注。

　　以人分卷、以人選詩是《大典》在體例上的安排，從中大體可以看出新詩史的線索：初期白話詩人、象徵派、新月派、現代派、左翼詩人、南方詩群、七月派、西南聯大詩群、中國臺灣現代詩群、50 年代的抒情詩人、朦朧詩群、港澳及海外詩人、第三代、70 後、80 後等。選詩大體上也以審美現代性為主線來貫穿，但表現得比《總系》更明顯，朱英誕、穆旦、吳興華、灰娃等詩人繼續得到重視，相比之下田間、殷夫、李季、郭小川、賀敬之等人的入選，在《大典》的龐大規模中顯出左翼詩歌、政治抒情詩等占的比重更小。可見在處理特殊時代的作品時，《大典》更少歷史主義方面的顧慮，但是也出現了不應有的遺漏，如阮章競的《漳河水》。

　　在具體詩作的選擇上，可以比較一下《總系》與《大典》在「好詩」選擇上的異同。兩部選本都以胡適為新詩的開創性詩人，《總系》選胡適詩 13 首，《大典》選 20 首，顯然都把胡適視為較重要的詩人。就詩作言，兩部選本都選的作品有 8 首：《三溪路上大雪裏一個紅葉》《關不住了！》（譯詩）、《一顆遭劫的星》《例外》《夢與詩》《希望》《一念》《鴿子》，重合度還是比較高的，並且它們也都是胡適詩中的上乘之作。不過，《大典》選入的《「威權」》《我的兒子》並不是上好的作品。魯迅的作品，《總系》選了 7 首，《大典》選了 29 首，數量上遠超前者，不過兩部選本顯然都很重視魯迅的作品。一般認為魯迅創作的白話新詩有 6 首，兩部選本共同選入的多達 5 首：《夢》《愛之神》《桃花》《他們的花園》《人與時》，《總系》選了《野草》的一首散文詩《我的失戀》，《大典》則把《野草》中的散文詩全部選入，加上「題辭」共 24 篇作品，是選入魯迅散文詩最多的綜合性選本。在這一點上，《大典》的力度堪稱前所未

〔註 320〕　《「羊羔體」入〈中國新詩百年大典〉惹爭議》，《新京報》2013 年 5 月 1 日。

有，把「文本性」的追求發揮到了極致。

郭沫若的詩歌，《總系》選入 23 首，《大典》選入 37 首，兩部選本重合的達到 13 首，比例也是很高，最具代表性的《鳳凰涅槃》《天狗》《筆立山頭展望》，清新的《天上的市街》都在其中，《大典》選入而《總系》未收的《爐中煤》《匪徒頌》也是極具「五四」時代精神的作品，但《總系》還選了靜謐的《夜步十里松原》，這也是一首佳作，《大典》未選也是一個缺憾。

因此，《大典》總體上看也是一部具有重要意義的大型選本，在很多方面它與《總系》有著相似相通之處，同時兩部選本也可以構成互補的關係。

《中國新詩百年大典》與《中國新詩總系》一樣，體現了審美性優先、兼顧歷史性的原則，而《中國新詩百年志》（以下簡稱《百年志》）則正好相反，首重歷史性，這是「志」的體式所要求的，當然「立足於詩歌美學和詩歌歷史學的綜合標準」〔註321〕也是應有之義。《百年志》由中國作家協會委託《詩刊》社編纂，編委會主任為吉狄馬加，副主任商震，編委會成員劉福春、吳思敬、張清華、謝冕、霍俊明等都是《總系》或《大典》的編者，其他成員均為詩人、學者、評論家。不難想見《百年志》的風格顯然會與前兩部選本接近。

《百年志》分為作品卷和理論卷，體例上較為完備。就作品卷而言，總體上是按照新詩史的線索推進，以胡適寫於 1916 年的《朋友》（《蝴蝶》）開篇，止於 2015 年，基本上展現出了從初期白話詩、新月派、象徵派、現代派、左翼詩歌、現實主義、「七月派」、「九葉派」、民歌體敘事詩、政治抒情詩、中國臺灣現代派、朦朧詩、第三代直至新世紀以來的創作。作為一部規模適中的選本，《百年志》所選作品在歷史性兼顧審美性上還是做得比較到位的，胡適的作品只選了《朋友》《鴿子》，代表了胡適在白話詩領域最初嘗試的成果，樹立起了一位「嘗試者」的形象；周作人的作品也只選被稱為新詩中的第一首傑作的《小河》，魯迅的作品《影的告別》《希望》《雪》都出自《野草》，郭沫若的《夜步十里松原》《鳳凰涅槃》《天狗》的入選是合適的，《郊原的青草》則代表了他後期的成就。蔣光慈、殷夫、陳輝、胡昭、雁翼、梁上泉、張永枚等人的入選，展現了左翼詩歌、現實主義詩歌、政治抒情詩等的歷史面貌，一定程度上糾正了對此類詩歌的輕視，這是有必要的。但在具體篇目上還是應該再嚴格一些，如蔣光慈選的是《莫斯科吟》，出自詩集《新夢》，這樣的詩歌缺少錘

〔註321〕吉狄馬加：《〈中國新詩百年志〉總序》，中國作家協會詩刊社編：《中國新詩百年志·作品卷》（上），中國工人出版社 2017 年版，第 2 頁。

鍊，抒情少節制，「甚至為了表達思想而自覺的放棄藝術」〔註322〕，應該從他更成熟的《哀中國》挑選作品。對於偏重歷史性的《百年志》來說，編選20世紀90年代以來的新詩是最大的難題。對這一時段的詩作，編委會進行了反覆的篩選與商討。從這個意義上講，《百年志》還是非常謹慎地對待新詩入史的問題，力圖使自身成為有歷史價值的新詩文獻。

《百年志》還有一個特點，那就是在篇幅上較為適中。在此前後洪子誠、奚密主編的《百年新詩選》（上、下，2015年）、張賢明主編的《百年新詩代表作》（現代卷、當代卷）（2017～2018年）等都是這類選本。《百年新詩選》的編選緣起就是考慮到已有的多種詩選或是極其「簡約」，類乎「詩三百」；或是極其宏大，因而需要一種「『適度』篇幅」的選本〔註323〕。篇幅適度當然僅僅是外在標誌，這種「適度」原則也可以滲透到選詩行為中，與選家觀念融為一體：「面向詩歌愛好者的、普及性的，但又為想瞭解新詩歷史和現狀的讀者提供進一步深入的空間。在這樣的選本裏，對詩人和詩作有一定的包容量，能顯示新詩歷史和重要詩人的基本風貌，但也避免過分膨脹而讓一般讀者難以使用」，還可以「為學校的詩歌教育提供基本的參考資料」〔註324〕。也就是說，這類選本既有基本的覆蓋面，同時也突出重點詩人。《百年新詩選》上冊名為「時間和旗」，下冊名為「為美而想」，分別出自唐祈和駱一禾的作品，也是注重歷史性與審美性的統一。

除此以外，還有眾多個體選家單獨或聯合編選的百年新詩選本，如蔡天新主編《現代漢詩100首》（2007年）、李朝全《詩歌百年經典（1917～2015）》（2016年）、老刀編選《中國新詩百年百首》（2016年）、周良沛主編《中國百年新詩選》（2017年）、張默、蕭蕭主編《新詩三百首百年新編》（1917～2017）（2017年）、譚五昌編《新詩百年詩抄》（2017年）、徐正華編選《中國新詩百年精選》（2019年）、吳投文《百年新詩經典解讀》（2019年）等，選家有較為鮮明的個人風格，這些選本也構成了非常多元化的格局。

還有就是以21世紀以來的詩歌為對象的選本也大量出現，除了前文已經論及的年度詩選及何言宏主編的《二十一世紀中國文學大系（2001～2010）·詩歌卷》以外，還有李少君主編的《21世紀詩歌精選》系列（2006年推出第

〔註322〕謝冕：《中國新詩史略》，北京大學出版社2018年版，第135頁。
〔註323〕編者：《編選說明》，洪子誠、奚密主編：《百年新詩選》（上），三聯書店2015年版，第1頁。
〔註324〕同上。

一輯）、譚五昌主編《21 世紀詩歌排行榜》（2010 年）、李犁、吉狄馬加主編《新世紀中國詩典》（2011 年）、伊沙主編《新世紀詩典》系列（2012 年推出第一季）、耿立主編《21 世紀中國最佳詩歌：2000～2011》（2012 年）、普冬主編《新世紀詩選》（2014 年）等。

　　需要提及的是，21 世紀以來的文學選本，出現了兩種同時並存的編選方式：一是傳統的書齋編選，二是多種活動融合的形式，後者往往是把編選與評獎、論壇、講座甚至是朗誦會、音樂會、詩歌節、紀錄片攝制等融為一體，將詩歌編選打造為立體的、多元的文化節目。例如 2012 年中國新詩論壇在沙溪舉行，會議重點討論了新詩經典化的議題，同時選出了新詩十九首，編選與論壇融為一體。此外選家與媒體的合作也是一大特色。1998～2000 年間伊沙在《文友》開闢薦詩欄目「世紀詩典」（後結集為《被遺忘的經典詩歌》，2005 年出版），此後網易讀書頻道邀請他開設一個微博的詩點評專欄，每天推薦一首新世紀以來的詩歌，名為「新世紀詩典」，2011 年啟動。其成果結集為《新世紀詩典》（第一季），2012 年由浙江文藝出版社出版，此後這一系列一直做了下來。不僅如此，圍繞《新世紀詩典》還舉辦了詩會、學術研討會、頒獎活動，成為一個多元的文化項目。

　　不僅如此，借助於掃碼、音頻、視頻等技術，新詩選本也能從單一的平面紙質文本轉變為立體的、可讀、可聽的藝術品，成為一個融文字、聲音、圖片、影像等各種因素的多元世界。劉福春主編的《二十世紀中國文藝圖文志·新詩卷》（2002 年）、邱華棟主編、周瑟瑟編選的《那些年我們讀過的詩》（2016 年）、2016 年河南舉辦的「中國新詩百年華文詩人影像志」史料展覽、上海打造的「中外詩歌進地鐵」活動等就是如此。新詩編選與新媒體、新技術的攜手，使得選本與編選活動獲得了豐富的文化意義，也能贏得更廣泛的社會關注。

　　因此，21 世紀以來的新詩編選，一方面立足於社會轉型與新詩創作空前繁榮的基礎，選本也出現了空前的繁榮與多樣化。新世紀的新詩選本，以年度詩選與建構新詩史的綜合性選本最為突出；另一方面，大量選本又出現了同質化與差異化的悖論現象，同質化是指重複編選，思路、模式的僵化，反覆入選的總是同樣的詩人；差異化是指各類選本在選詩時，由於各種分歧，選入的詩作呈現出極大的差異，在編選 20 世紀 90 年代以來的詩歌時體現得最為明顯。羅振亞認為這表明新詩史上更多的是「動態經典」（「文學史經典」），缺乏的是「恆態經典」（「文學經典」），兩種經典重合率太低，「恆態經典」太少，這是

「新詩真正經典匱乏和不夠繁榮的顯豁證據，這也是許多批評者攻擊新詩的理由所在」〔註325〕。中國新詩與新詩選本，各自都度過了百年誕辰，但對於中國詩人與選家而言，下一個百年的大門已經開啟，新詩創作與編選仍然任重而道遠。

〔註325〕羅振亞：《百年新詩經典及其焦慮》，《文藝爭鳴》2017年第8期。

結　語

　　進入 2020 年，中國新詩已經度過百年誕辰，正向新的百年進發；中國新詩選本則正迎來百年華誕，亟待回顧與總結。在這一看似漫長實則短暫的路途上，選木與新詩相伴而行，見證了中國新詩的百年榮耀與世紀爭議。選本自身的歷史、成就與不足，也同樣應該引起重視與關注。

　　新詩誕生不久，新詩選本即應運而生。1920 年 1 月，新詩社編輯部編《新詩集》（第一編）出版，拉開了中國新詩編選的大幕。百年來選本的跌宕起伏，與新詩一樣，既有來自歷史風雲的變幻，也與它們自身的變化密切相關。

　　新詩編選歷經 1920～1948 年的草創與初步發展階段、1949～1979 年的「一體化」階段、1979～2000 年的變革階段、21 世紀以來的多元化發展階段。在第一個階段，新詩創作與編選都處於草創期，因而此時的選本，主要是要維護作為新文學組成部分的新詩的地位。早期的新詩創作以依託《新青年》《新潮》的北大師生群為中心，新詩編選也同樣如此。進入 30 年代，新詩創作與編選出現了第一個高潮，新詩創作的主力既有左翼詩潮，也有專注於詩藝的「新月派」、「象徵派」、「現代派」等，新詩編選的焦點也隨之向他們轉移。40 年代由於戰亂，新詩編選遭遇挫折，但仍然出現了富有個性化、體現選家對時代和文學、文化深入思考的選本。

　　第二階段與第一階段相比呈現出極大的變化即「一體化」的特點。因而這一階段的新詩選本既有傳統形式的選本，也有極為特殊的以叢書形式出現的選本。對於後者，本書以「中國人民文藝叢書」、「新文學選集」、中國現代作家選集為例進行了探討，認為這種規模化運作把作家作品納入高度統一的「一體化」秩序中，以叢書的形式體現國家意志，同時又與當時作家的思想改造緊

密地結合在一起，這些選本也就打上了鮮明的時代烙印。對於後者，本書以臧克家主編的《中國新詩選（1919～1949）》為核心，考察了序言的四個版本與詩選的三個版本，這些變遷是時代風雲的投影，也折射出選家在面對政治與審美之間的張力時的心理矛盾。

　　第三階段是對第二階段的反撥，經過 1979～1980 年的過渡，進入 80 年代，審美本位的復歸成為文學編選的重要標誌。為了更好地介入與指引當下創作，具有現代性的流派選本大規模出現，為文學創作和時代精神的變革提供了助力。到 90 年代，這種對於審美現代性的追求進一步發展，由此也引發了極大的爭議，爭議的焦點顯然是此時的文學編選是否從 50～70 年代的政治主導的極端，發展到了如今的審美現代性主導的極端。但其實此時的新詩選本基本上還是以「20 世紀／百年中國文學」的範式為指導，努力在審美性與歷史性、藝術與政治之間保持平衡。

　　新世紀以來的第四階段承接第三階段而發展，但又有了新的特點，那就是在編選中不再執著於一端，而是以一種更為多樣、開放、包容的姿態來看待詩人詩作，同時也是以「百年中國新詩」的視閾來編選新詩。新詩編選經歷了一個辯證發展的過程，對於新詩的藝術特質、文化屬性、新詩與時代的關係等問題有了更為深入的理解。這一點在年度詩選及綜合性選本中體現得最為鮮明。同時隨著新媒體的興起，新詩編選也從過去的一種文學活動，轉變為一種多元而豐富的文化行為，在新詩百年誕辰到來時達到了一個新高潮。

　　當然，中國新詩選本在百年來的歷程中是呈指數級增長的，本書所涉及的選本只是其中的一部分。中國新詩選本的研究還有很大的空間可以開拓，選本研究中發現的很多問題，也值得關注與探討，像編選的主觀性與客觀性、編選標準的審美性與歷史性尺度、新詩編選與創作的關係等，這些問題當然不可能一勞永逸地解決，任何選家在編選時都可能會遇到這樣那樣的問題，但總結已有選本的經驗與教訓，仍然可以為今後的新詩創作與編選提供有益的借鑒。

參考文獻

一、研究類

1. 黃子平、陳平原、錢理群:《論「二十世紀中國文學」》,《文學評論》1985 年第 5 期。
2. 王穎輝:《未完成的手稿:略論新詩經典選本的編選策略》,南開大學碩士學位論文,2005 年。
3. 楊慶祥:《選本與「第三代詩歌」之建構》,中國人民大學碩士學位論文,2006 年。
4. 林喜傑:《群體性解讀與想像——新詩教育研究》,首都師範大學博士學位論文,2007 年。
5. 欒慧:《中國現代新詩接受研究》,四川大學博士學位論文,2007 年。
6. 劉曉翠:《新時期詩歌年選研究》,首都師範大學碩士學位論文,2008 年。
7. 張志國:《〈今天〉與朦朧詩的發生》,暨南大學博士學位論文,2009 年。
8. 陳振波:《「中國新詩年鑒」(1998～2010)的詩學脈絡》,西南大學碩士學位論文,2013 年。
9. 陳璿:《敘述與確認:民國時期新詩選本研究》,武漢大學博士學位論文,2014 年。
10. 陳宗俊:《「十七年」新詩選本與「人民詩歌」的構建》,南京師範大學博士學位論文,2014 年。
11. 徐寧:《「以詩存史」與經典化選擇——聞一多〈現代詩抄〉研究》,陝西師範大學碩士學位論文,2018 年。

12. 王文靜:《中國當代新詩經典化問題研究》,吉林大學博士學位論文,2019年。

13. 《聚焦「新世紀詩歌二十年」》,《文學報》2020 年 2 月 27 日。

14. 趙景深:《中國文學小史》,光華書局 1928 年版。

15. 盧冀野:《近代中國文學講話》,會文堂新記書局 1930 年版。

16. 中華全國文學藝術工作者代表大會宣傳處編:《中華全國文學藝術工作者代表大會紀念文集》,新華書店 1950 年版。

17. 王瑤:《中國新文學史稿》(上冊),開明書店 1951 年版。

18. 郭沫若:《學生時代》,人民文學出版社 1979 年版。

19. 本社編:《重放的鮮花》,上海文藝出版社 1979 年版。

20. 汪原放:《回憶亞東圖書館》,學林出版社 1983 年版。

21. 楊匡漢、劉福春編:《中國現代詩論》(上、下編),花城出版社 1985～1986年版。

22. 徐廼翔編:《文學的「民族形式」討論資料》,廣西人民出版社 1986 年版。

23. 王文金、李小為編:《李季研究資料》,陝西人民出版社 1986 年版。

24. 劉增人編:《臧克家序跋選》,青島出版社 1989 年版。

25. 侯健主編:《中國詩歌大辭典》,作家出版社 1990 年版。

26. 艾青:《艾青全集》(5 卷),花山文藝出版社 1991 年版。

27. 顧黃初、李杏保主編:《二十世紀前期中國語文教育論集》,四川教育出版社 1991 年版。

28. 聞一多:《聞一多全集》(12 冊),湖北人民出版社 1993 年版。

29. 郭志剛:《中國現代文學書目匯要(詩歌卷)》,書目文獻出版社 1994 年版。

30. 陳思和:《陳思和自選集》,廣西師範大學出版社 1997 年版。

31. 〔荷〕佛克馬、蟻布斯:《文學研究與文化參與》,俞國強譯,北京大學出版社 1997 年版。

32. 劉福春編:《新詩名家手稿》,線裝書局 1997 年版。

33. 吳長翼、邱國忠編:《持恒紀念集》,中國文史出版社 1997 年版。

34. 歐陽哲生編:《胡適文集》(12 冊),北京大學出版社 1998 年版。

35. 謝冕:《1898:百年版憂患》,山東教育出版社 1998 年版。

36. 洪子誠:《1956:百花時代》,山東教育出版社 1998 年版。

37. 龍泉明：《中國新詩流變論：1917～1949》，人民文學出版社 1999 年版。

38. 顧黃初、李杏保主編：《二十世紀後期中國語文教育論集》，四川教育出版社 2000 年版。

39. 姚丹：《西南聯大歷史情境中的文學活動》，廣西師範大學出版社 2000 年版。

40. 張新穎：《20 世紀上半期中國文學的現代意識》，三聯書店 2001 年版。

41. 王本朝：《中國現代文學制度研究》，西南師範大學出版社 2002 年版。

42. 鄒雲湖：《中國選本批評》，上海三聯書店 2002 年版。

43. 張伯偉：《中國古代文學批評方法研究》，中華書局 2002 年版。

44. 郭淑芬等編：《常任俠文集》（第 6 卷），安徽教育出版社 2002 年版。

45. 洪子誠主編《中國當代文學史·史料選：1945～1999》（上、下），長江文藝出版社 2002 年版。

46. 胡適編選：《中國新文學大系·建設理論集》，上海文藝出版社 2003 年版。

47. 陳思和：《中國現當代文學名篇十五講》，北京大學出版社 2003 年版。

48. 王光明：《現代漢詩的百年演變》，河北人民出版社 2003 年版。

49. 程光煒：《中國當代詩歌史》，中國人民大學出版社 2003 年版。

50. 賀桂梅：《轉折的時代——40～50 年版代作家研究》，山東教育出版社 2003 年版。

51. 劉福春編：《新詩紀事》，學苑出版社 2004 年版。

52. 王燕生：《上帝的糧食》，古吳軒出版社 2004 年版。

53. 洪子誠，劉登翰：《中國當代新詩史》（修訂版），北京大學出版社 2005 年版。

54. 陸耀東：《中國新詩史》（1～3 卷），長江文藝出版社 2005～2015 年版。

55. 劉福春：《中國當代新詩編年史》（1966～1976），河南大學出版社 2005 年版。

56. 羅振亞：《朦朧詩後先鋒詩歌研究》，中國社會科學出版社 2005 年版。

57. 姜濤：《「新詩集」與中國新詩的發生》，北京大學出版社 2005 年版。

58. 吉少甫主編：《郭沫若與群益出版社》，百家出版社 2005 年版。

59. 徐芳：《中國新詩史》，秀威信息科技股份公司 2006 年版。

60. 劉福春編：《中國新詩書刊總目》，作家出版社 2006 年版。

61. 陳改玲：《重建新文學史秩序：1950～1957 年現代作家選集的出版研究》，

人民文學出版社 2006 年版。

62. 張建智：《詩魂舊夢錄》，上海遠東出版社 2006 年版。

63. 黎澤渝、劉慶俄編：《黎錦熙文集》（上、下卷），黑龍江教育出版社 2007 年版。

64. 石鳳珍：《文藝「民族形式」論爭研究》，中華書局，2007 年版。

65. 王本朝：《中國當代文學制度研究（1949～1976）》，新星出版社 2007 年版。

66.〔法〕波德萊爾：《現代生活的畫家》，郭宏安譯，浙江文藝出版社 2007 年版。

67. 童慶炳、陶東風主編：《文學經典的建構、解構和重構》，北京大學出版社 2007 年版。

68. 黃修己：《中國新文學史編纂史》，北京大學出版社 2007 年版。

69. 孫玉石：《中國現代解詩學的理論與實踐》，北京大學出版社 2007 年版。

70. 劉福春：《尋詩散錄》，廣西師範大學出版社 2008 年版。

71. 陳樹萍：《北新書局與中國現代文學》，上海三聯書店 2008 年版。

72. 黃耀紅：《百年中小學文學教育史論》，湖南師範大學出版社 2008 年版。

73. 奚密：《現代漢詩：1917 年以來的理論與實踐》，上海三聯書店 2008 年版。

74. 劉春：《朦朧詩以後：1986～2007 中國詩壇地圖》，崑崙出版社 2008 年版。

75. 梁笑梅：《中國新詩傳播空間中詩集序的歷史鏡象》，華中師範大學出版社 2008 年版。

76. 鮑嶸：《學問與治理：中國大學知識現代性狀況報告（1949～1954）》，學林出版社 2008 年版。

77. 張澤賢：《中國現代文學詩歌版本聞見錄：1920～1949》，上海遠東出版社 2008 年版。

78. 張澤賢：《中國現代文學詩歌版本聞見錄續集：1923～1949》，上海遠東出版社 2009 年版。

79. 西渡、王家新編：《訪問中國詩歌：中國 23 位頂尖詩人訪談錄》，汕頭大學出版社 2009 年版。

80. 張新：《20 世紀中國新詩史》，復旦大學出版社 2009 年版。

81. 劉福春、徐麗松編:《中國現代文學總書目·詩歌卷》,知識產權出版社 2010 年版。

82. 馮光廉、劉增人編:《臧克家研究資料》(上、下),知識產權出版社 2010 年版。

83. 朱壽桐:《漢語新文學通史》,廣東人民出版社 2010 年版。

84. 陳思和:《萍水文字》,上海文藝出版社 2011 年版。

85. 吳思敬:《自由的精靈與沉重的翅膀》,安徽教育出版社 2011 年版。

86. 趙敏俐、吳思敬主編:《中國詩歌通史》(11 卷),人民文學出版社 2012 年版。

87. 方長安:《新詩傳播與構建》,中國社會科學出版社 2012 年版。

88. 羅執廷:《文選運作與當代文學生產:以文學選刊與小說發展為中心》,暨南大學出版社 2012 年版。

89. 劉福春編:《中國新詩編年史》(上、下卷),人民文學出版社 2013 年版。

90. 吳義勤主編:《文學制度改革與中國新時期文學》,文化藝術出版社 2013 年版。

91. 張德明:《新世紀詩歌研究》,暨南大學出版社 2013 年版。

92. 張清華:《中國當代先鋒文學思潮論》(修訂版),中國人民大學出版社 2014 年版。

93. 霍俊明:《新世紀詩歌精神考察》,河北大學出版社 2014 年版。

94. 陳子善:《不日記二集》,山東畫報出版社 2015 年版。

95. 孫玉石:《新詩十講》,中信出版社 2015 年版。

96. 吳思敬主編:《20 世紀中國新詩理論史》(上、下),人民文學出版社 2015 年版。

97. 吳思敬:《中國當代詩人論》,社會科學文獻出版社 2015 年版。

98. 王本朝:《文學現代:制度形態與文化語境》,人民出版社 2015 年版。

99. 黃曉東:《政治、權力與美學:民國以來的新詩教育研究》,中國社會科學出版社 2015 年版。

100. 羅執廷:《民國社會場域中的新文學選本活動》,山東文藝出版社 2015 年版。

101. 宋寶偉:《新世紀詩歌研究》,中國社會科學出版社 2015 年版。

102. 張清華主編:《中國當代民間詩歌地理》(上、下),東方出版社 2015 年

版。

103. 張清華：《新世紀詩歌：一個人的編年史》，四川文藝出版社 2016 年版。

104. 李斌：《民國時期中學國文教科書研究》，北京大學出版社 2016 年版。

105. 梁笑梅：《漢語新詩集序跋的傳播學闡釋》，人民出版社 2016 年版。

106. 霍俊明：《螢火時代的閃電：詩歌觀察筆記或反省書》，中國言實出版社 2016 年版。

107. 方長安：《中國新詩（1917～1949）接受史研究》，中國社會科學出版社 2017 年版。

108. 徐勇：《選本編纂與八十年代文學生產》，人民文學出版社 2017 年版。

109. 段從學：《新詩文本細讀十三章》，清華大學出版社 2017 年版。

110. 楊黎、李九如主編：《百年白話：中國當代詩歌訪談》，江蘇鳳凰文藝出版社 2017 年版。

111. 劉福春、高秀芹主編：《北大新詩日曆》，北京大學出版社 2017 年版。

112. 王士強：《消費時代的詩意與自由：新世紀詩歌勘察》，廣西師範大學出版社 2017 年版。

113. 謝冕：《中國新詩史略》，北京大學出版社 2018 年版。

114. 陳思和：《新文學整體觀》，廣東人民出版社 2018 年版。

115. 臧棣、西渡主編：《北大百年新詩》，四川人民出版社 2018 年版。

116. 謝冕主編：《中國新詩總論》（6 冊），寧夏人民教育出版社 2019 年版。

117. 羅振亞：《中國先鋒詩人論》，中國社會科學出版社 2019 年版。

118. 方長安：《中國新詩傳播接受與經典化研究》，社會科學文獻出版社 2020 年版。

二、選本類

1. 新詩社編輯部編：《新詩集》（第一編），新詩社出版部 1920 年版。

2. 何仲英編：《白話文範》（第 2 冊），商務印書館 1920 年版。

3. 許德鄰編：《分類白話詩選》，崇文書局 1920 年版。

4. 新詩編輯社編：《新詩三百首》，新華書局 1922 年版。

5. 北社編：《新詩年選》（一九一九年），亞東圖書館 1922 年版。

6.（沈）仲九、（孫）俍工：《初中國語文讀本》（六編），民智書局 1922～1924 年版。

7. 秦同培編：《中學國語文讀本》（4 冊），世界書局 1923 年版。

8. 丁丁、曹雪松編：《戀歌：中國近代戀歌選》，泰東圖書局 1926 年版。

9. 盧冀野編：《時代新聲》，泰東圖書局 1928 年版。

10. 《（新式標點）新體情詩》，大中華書局 1930 年版。

11. 秋雪選編：《小詩選》，文藝小叢書社 1930 年版。

12. 趙景深選編：《初級中學混合國語教科書》（6 冊），北新書局 1930 年版。

13. 王侃如等選編：《新學制中學國文教科書初中國文》（4 冊），南京書店 1931
    年版。

14. 陳夢家編：《新月詩選》，新月書店 1931 年版。

15. 雲裳編：《女朋友們的詩》，新時代書局 1932 年版。

16. 柳亞子編：《文藝園地》（詩文合集），開華書局 1932 年版。

17. 沈仲文編：《現代詩傑作選》，青年書店 1932 年版。

18. 趙景深編：《初級中學北新混合國語》，北新書局 1932 年版。

19. 王伯祥選：《開明國文讀本》（6 冊），開明書店 1932～1933 年版。

20. 朱劍芒、陳靄麓編：《抒情詩》（新舊體詩、譯詩合集），世界書局 1933 年
    版。

21. 朱劍芒、陳靄麓編：《寫景詩》（新舊體詩合集），世界書局 1933 年版。

22. 薛時進編：《現代中國詩歌選》，亞細亞書局 1933 年版。

23. 劉半農：《初期白話詩稿》，北平星雲堂書店 1933 年版。

24. 張立英：《女作家詩歌選》，開華書局 1934 年版。

25. 趙景深編：《現代詩選》，北新書局 1934 年版。

26. 朱劍芒主編：《朱氏初中國文》（6 冊），世界書局 1934 年版。

27. 王梅痕編：《中華現代文學選》（第二冊·詩歌），中華書局 1935 年版。

28. 王梅痕編：《注釋現代詩歌選》，中華書局 1935 年版。

29. 陳士傑編：《現代詩精選》，經緯書局 1935 年版。

30. 陳陟編：《現代青年傑作文庫》（詩文合集），經緯書局 1935 年版。

31. 朱自清編：《中國新文學大系·詩集》，良友圖書印刷公司 1935 年版。

32. 夏丏尊、葉紹鈞選編：《國文百八課》（4 冊），開明書店 1935 年版。

33. 錢公俠、施瑛編：《詩》，啟明書局 1936 年版。

34. 大同報社編：《新詩》（第二編），大同報社 1936 年版。

35. 笑我編：《現代新詩選》，上海仿古書店 1936 年版。

36. 林琅編輯，淑娟選評：《現代創作新詩選》，中央書店 1936 年版。

37. 宋文瀚選編：《新編初中國文》（6 冊），中華書局 1937 年版。

38. 沈毅勳編：《新詩》，新潮社 1938 年版。

39. 王者編：《詩歌選》，瀋陽文藝書局 1939 年版。

40. 徐志摩等著，閒雲編：《新詩選輯》，海萍書店出版部 1941 年版。

41. 臧克家等著，趙曉風編：《古城的春天》，瀋陽秋江書店 1941 年版。

42. 文輯叢書社編輯：《友情》，北京藝術與生活社 1942 年版。

43. 《蓬艾集》，北京藝術與生活社 1943 年版。

44. 《北風》，北京藝術與生活，1943 年版。

45. 《新詩源》，江西中華正氣出版社 1943 年版。

46. 孫望、常任俠編：《現代中國詩選》，重慶南方印書館 1943 年版。

47. 中華文藝界協會桂林分會編：《二十九人自選集》，桂林遠方書店 1943 年版。

48. 《詩潮》（第一輯），北京藝術與生活社 1943 年版。

49. 胡風選編：《我是初來的》，重慶讀書出版社 1943 年版。

50. 石門新報社編：《野草集》，石門新報社 1943 年版。

51. 蘇文編：《遺愁集》，成都創作文藝社 1943 年版。

52. 《石城底青苗》，田園文藝叢書 1944 年版。

53. 草原文藝社編輯：《草原詩集》，草原文藝社 1944 年版。

54. 孫望編：《戰前中國新詩選》，綠洲出版社 1944 年版。

55. 艾黎選編：《歌，唱在田野》，梅縣科學書店 1945 年版。

56. 蒙晉主編：《風沙》，猛進社 1946 年版。

57. 《方桌集》，威海中國文化投資公司 1946 年版。

58. 苗培時輯：《歌謠叢集》，韜奮書店 1947 年版。

59. 華北新華書店編輯部編輯：《人民大翻身頌》，華北新華書店 1947 年版。

60. 華北新華書店編輯部編輯：《不死的槍》，華北新華書店 1947 年版。

61. 《舵手頌》，香港海洋書屋 1948 年版。

62. 魯迅藝術文學院編：《陝北民歌選》，大連大眾書店 1948 年版。

63. 王希堅等著：《佃戶林》，新華書店 1949 年版。

64. 橫吹編：《戰士詩集》，山東新華書店 1949 年版。

65. 駱劍冰編：《紅旗升了起來》，五月文藝社 1949 年版。

66. 東北新華書店編：《鋼鐵的手》（工人詩歌選集），東北新華書店 1949 年版。

67. 劍林、炳南編：《工人詩歌》，山東新華書店 1949 年版。

68. 洛夫、張默編：《中國新詩選輯》，創世紀詩社 1956 年版。

69. 中國作家協會編：《詩選（1953.9～1955.12）》，人民文學出版社 1956 年版。

70. 臧克家編選：《中國新詩選（1919～1949）》，中國青年出版社 1956 年版（1957 年再版，1979 年三版）。

71. 彭邦楨、墨人編：《中國詩選》，大業書店 1957 年版。

72. 中國作家協會編：《詩選（1956）》，人民文學出版社 1957 年版。

73. 作家出版社編：《詩風錄》，作家出版社 1958 年版。

74. 作家出版社編：《詩選（1957）》，作家出版社 1958 年版。

75. 《詩刊》編輯部編選：《詩選（1958）》，作家出版社 1959 年版。

76. 郭沫若、周揚編：《紅旗歌謠》，紅旗雜誌社 1959 年版。

77. 張默、瘂弦編：《中國現代詩選》，創世紀詩社 1967 年版。

78. 綠蒂編：《中國新詩選》，長歌出版社 1970 年版。

79. 白萩、洛夫編：《中國現代文學大系·詩》，巨人出版社 1972 年版。

80. 采刈社編：《中國新詩選集（1918～1969）》，波文書局 1973 年版。

81. 沙靈、蕭蕭編：《現代詩三百首》，大升出版社 1974 年版。

82. 張曼儀等合編：《現代中國詩選》（1917～1949），香港中文大學出版部、香港大學出版社 1974 年版。

83. 尹肇池編：《中國新詩選——從五四運動到抗戰勝利》，香港大地出版社 1975 年版。

84. 洛夫編：《中國現代文學年選·詩》，巨人出版社 1976 年版。

85. 張漢良、張默編：《中國當代十大詩人選集》，源成圖書供應社 1977 年版。

86. 蕭蕭編著：《現代名詩品賞集》，聯亞出版社 1979 年版。

87. 羅青編：《小詩三百首》（第一、二冊），爾雅出版社 1979 年版。

88. 張漢良、蕭蕭編：《現代詩導讀》，故鄉出版社 1979 年版。

89. 北京大學、北京師範大學、北京師範學院中文系中國現代文學教研室編：《新詩選》（第一、二、三冊），上海教育出版社 1979 年 6 月、11 月、12 月版。

90. 詩刊社編:《詩選》(一)(二)(三),人民文學出版社 1980～1981 年版。

91. 文曉村編著:《新詩評析一百首》,布穀出版社 1980 年版。

92. 林明德等編:《中國新詩選》,長安出版社 1980 年版。

93. 瘂弦編:《當代中國新文學大系·詩集》,天視出版公司 1980 年版。

94. 林明德編著:《中國新詩賞析》(3 冊),長安出版社 1981 年版。

95. 蕭蕭、陳寧貴、向陽編:《中國當代新詩大展》,德華出版社 1981 年版。

96. 張默編:《剪成碧玉葉層層——現代女詩人選集》,爾雅出版社 1981 年版。

97. 辛笛等著:《九葉集——四十年代九人詩選》,江蘇人民出版社 1981 年版。

98. 綠原、牛漢編:《白色花——二十人集》,人民文學出版社 1981 年版。

99. 王家新編:《中國現代愛情詩選》,長江文藝出版社 1981 年版。

100. 本社編:《中國現代抒情短詩 100 首》(1919～1979),上海文藝出版社 1981 年版。

101. 暨南大學中文系現代文學教研室編:《中國現代詩選》(1917 年～1937 年),1982 年版。

102. 吳開晉編:《現代詩歌名篇選讀》,河北人民出版社 1982 年版。

103. 張默編:《感月吟風多少事:現代百家詩選》,爾雅出版社 1982 年版。

104. 閻月君等編:《朦朧詩選》,遼寧大學中文系印行,1982 年。

105. 珞璊編:《現代散文詩選》,湖南人民出版社 1982 年版。

106. 許敏歧編:《中國散文詩選》,廣西人民出版社 1983 年版。

107. 錢光培編注:《現代新詩一百首》,北京出版社 1983 年版。

108. 張永健編:《中國當代短詩萃》,長江文藝出版社 1983 年版。

109. 周良沛編:《新詩選讀 111 首》,花城出版社 1983 年版。

110. 張志民等編:《當代短詩選》,百花文藝出版社 1984 年版。

111.《中國當代女詩人詩選》,貴州人民出版社 1984 年版。

112. 辛笛等著:《八葉集》,三聯書店香港分店、秋水雜誌社(美國)1984 年版。

113. 白崇義、樂齊編:《現代百家詩》,寶文堂書店 1984 年版。

114.《延安文藝叢書》編委會編:《延安文藝叢書·詩歌卷》,湖南文藝出版社 1984 年版。

115. 老木編選:《新詩潮詩集》(上、下冊),北京大學五四文學社未名湖叢書編輯委員會,1985 年。

116. 孫玉石、王光明編：《六十年散文詩選》，江西人民出版社 1985 年版。

117. 吳奔星、徐榮街編：《現代抒情詩選講》江蘇教育出版社 1985 年版。

118. 艾青主編：《新文學大系（1927～1937）·詩集》，上海文藝出版社 1985 年版。

119. 鍾仲南等編：《中外散文詩佳作選》，青海人民出版社 1985 年版。

120. 《名作欣賞》編輯部編：《中國現代詩歌名作賞析》，山西人民出版社 1985 年版。

121. 鄒絳編：《現代格律詩選》，重慶出版社 1985 年版。

122. 中國四十年代詩選編委會編：《中國四十年代詩選》，重慶出版社 1985 年版。

123. 周仲器、錢倉水編：《中國新格律詩選》，江蘇人民出版社 1985 年版。

124. 閻月君等編：《朦朧詩選》，春風文藝出版社 1985 年版。

125. 謝冕、楊匡漢主編：《中國新詩萃》（50～80 年代），人民文學出版社 1985 年。

126. 鄒荻帆主編：《中國新文藝大系（1976～1982）·詩集》，中國文聯出版公司 1985 年版。

127. 中國作家協會新疆分會編：《當代新疆詩選》，新疆人民出版社 1985 年版。

128. 周紅興編著：《現代詩歌名篇選讀》，作家出版社 1986 年版。

129. 俞元桂主編、汪文頂等選編：《中國現代散文詩選》，四川文藝出版社 1986 年版。

130. 藍棣之編：《現代派詩選》，人民文學出版社 1986 年版。

131. 方銘：《中國現代文學作品教學必讀》（上下），天津人民出版社 1986 年版。

132. 孫玉石編《象徵派詩選》，人民文學出版社 1986 年版。

133. 嚮明選析：《抒情短詩》，花城出版社 1985 年版。

134. 嚮明選析：《小敘事詩》，花城出版社 1986 年版。

135. 關立勳等選注：《古今中外愛情詩選》，中國婦女出版社 1987 年版。

136. 羅紹書選編：《中國百家諷刺詩選》（1919～1986），貴州人民出版社 1988 年版。

137. 王宇鴻、周耀根：《散文詩導讀》，福建教育出版社 1988 年版。

138. 黃邦君、鄒建軍編：《中國新詩大辭典》，時代文藝出版社 1988 年版。

139. 章亞昕、耿建華：《中國現代朦朧詩賞析》，花城出版社 1988 年版。

140. 韋曉吟等著：《散文詩十家精選》，工人出版社 1988 年版。

141. 張作斌、嚮明編選：《中華現代詩詞千首》，新華出版社 1988 年版。

142. 宮璽選編：《中國現代散文詩 100 篇》，上海文藝出版社 1988 年版。

143. 徐敬亞等編：《中國現代主義詩群大觀（1986～1988）》，同濟大學出版社 1988 年版。

144. 謝冕、楊匡漢主編：《中國新詩萃》（20 世紀初葉～40 年代），人民文學出版社 1988 年版。

145. 吳奔星編：《中國新詩鑒賞大辭典》，江蘇文藝出版社 1988 年版。

146. 任孚先、任衛青：《現代詩歌百首賞析》，山東教育出版社 1988 年版。

147. 周良沛編：《中國新詩庫》第一輯，長江文藝出版社 1988 年版，分卷收錄：朱湘、聞一多、陳夢家、馮乃超、穆木天、林徽因、郭沫若、徐志摩、劉大白。

148. 楊牧、鄭樹森編：《現代中國詩選》（上、下），洪範書店有限公司 1989 年版。

149. 吳歡章主編：《中國現代十大流派詩選》，上海文藝出版社 1989 年版。

150. 張默、白靈、向陽編：《中華現代文學大系·詩卷》，九歌出版社 1989 年版。

151. 臧克家主編：《中國抗日戰爭時期大後方文學書系·詩歌》，重慶出版社 1989 年版。

152. 李發模，陳春瓊選編：《中國百家愛情詩選》，貴陽：貴州人民出版社 1989 年版。

153. 陳超編：《中國探索詩鑒賞辭典》，河北人民出版社 1989 年版。

154. 陳敬容編：《中外現代抒情名詩鑒賞辭典》，學苑出版社 1989 年版。

155. 尹在勤主編：《中國百家現代詩選》，貴州人民出版社 1989 年版。

156. 藍棣之編選：《新月派詩選》，人民文學出版社 1989 年版。

157. 馬尚瑞主編：《中外名作藝術鑒賞叢書·中國現當代詩歌卷》，文化藝術出版社 1989 年版。

158. 錢谷融：《中國現代文學作品選》（上、下卷），華東師範大學出版社 1989 年版。

159. 錢光培選編評說：《中國十四行詩選》，中國文聯出版公司 1990 年版。

160. 臧克家主編：《中國新文學大系（1937～1949）‧詩卷》，上海文藝出版社 1990 年版。

161. 唐祈主編：《中國新詩名篇鑒賞辭典》，四川辭書出版社 1990 年版。

162. 鄒荻帆、楊金亭選編：《古今中外文學名篇拔萃‧中國詩卷》，青島出版社 1990 年版。

163. 苗得雨編：《中國百家鄉土詩選》，貴州人民出版社 1990 年版。

164. 周良沛編：《中國新詩庫》第二輯，長江文藝出版社 1990 年版，分卷收錄：馮至、殷夫、徐遲、金克木、俞平伯、胡也頻、孫大雨、劉半農、戴望舒、臧克家。

165. 陸以霖：《戀曲 99》，業強出版社 1990 年版。

166. 姜葆夫：《古今中外愛情詩歌薈萃》，廣西教育出版社 1990 年版。

167. 耿林莽編選：《中國當代優秀散文詩精選》，北方文藝出版社 1990 年版。

168. 「中外精品詩叢」（10 冊），浙江文藝出版社 1989～1990 年版。

169. 王光明：《中外散文詩精品賞析》，花城出版社 1990 年版。

170. 李玉昆、李濱選評：《中國新詩百首賞析》，北京語言學院出版社 1991 年版。

171. 王振民編：《中國百家抒情詩選》，貴州人民出版社 1991 年版。

172. 王澤龍‧沈光明主編：《中國現代文學名作選講》，華中理工大學出版社 1991 年版。

173. 黎煥頤、姜金城編：《中國百家哲理詩選》，貴州人民出版社 1991 年版。

174. 郭風編：《中國百家散文詩選》，貴州人民出版社 1991 年版。

175. 新加坡文藝協會編：《新加坡當代華文文學大系‧詩歌集》，中國華僑出版社 1991 年版。

176. 王彬主編：《二十世紀中國新詩鑒賞辭典》，中國文聯出版公司 1991 年版。

177. 公木編：《新詩鑒賞辭典》，上海辭書出版社 1991 年版。

178. 周良沛編：《中國新詩庫》第三輯，長江文藝出版社 1991 年版，分卷收錄：胡適、艾青、馮雪峰、田間、汪靜之、卞之琳、李廣田、何其芳、饒孟侃、周作人。

179. 傅天虹編：《大陸新詩名著名作名句》，香港金陵書社 1991 年版。

180. 傅天虹編：《大中華新詩名作鑒賞》，香港金陵書社 1991 年版。

181. 伊人編：《現代著名詩人情詩精編》，浙江文藝出版社 1992 年版。

182. 藍棣之編：《九葉派詩選》，人民文學出版社 1992 年版。

183. 阮章競主編：《中國解放區文學書系・詩歌編》，重慶出版社 1992 年版。

184. 張永健、張芳彥編：《中國現代新詩三百首》，長江文藝出版社 1992 年版。

185. 敏歧主編：《中外散文詩鑒賞大觀・中國現當代卷》，灕江出版社 1992 年版。

186. 唐曉渡編：《燈心絨幸福的舞蹈——後朦朧詩選萃》，北京師範大學出版社 1992 年版。

187. 藍棣之選編：《我常常享受一種孤獨——獲獎詩人詩歌選萃》，北京師範大學出版社 1992 年版。

188. 馮藝主編：《中國散文詩大系》，廣西民族出版社 1992 年版。

189. 聞一多：《現代詩抄》，《聞一多全集》（第 1 冊），湖北人民出版社 1993 年版。

190. 艾青、蔡其矯、流沙河、邵燕祥、陳明遠、傅天琳、舒婷：《七家詩選》，中國友誼出版公司 1993 年版。

191. 胡明揚編：《中外名詩賞析大典》，四川辭書出版社 1993 年版。

192. 羅洛編：《新詩選》，上海書店出版社 1993 年版。

193. 萬夏、瀟瀟主編：《中國現代詩編年史・後朦朧詩全集》（上、下卷），四川教育出版社 1993 年版。

194. 張品興等編：《名家散文詩學生讀本》，華夏出版社 1994 年版。

195. 古繼堂主編：《臺港澳暨海外華文新詩大辭典》，瀋陽出版社 1994 年版。

196. 林誌浩、王慶生主編：《中國現當代文學作品選讀》（上、下冊），高等教育出版社 1994 年版。

197. 張俊山主編：《古今中外散文詩鑒賞辭典》，中州古籍出版社 1994 年版。

198. 呂進，毛翰主編：《中國詩歌年鑒》（1993 卷），西南師範大學出版社 1994 年版。

199. 閻月君、周宏坤編：《後朦朧詩選》，春風文藝出版社 1994 年版。

200. 吳思敬編著：《衝撞中的精靈——中國現代新詩卷》，陝西人民出版社 1994 年版。

201. 齊東野、白鹿選編：《中國現代愛情詩 100 首》，上海文藝出版社 1994 年版。

202. 張同道、戴定南編：《二十世紀中國文學大師文庫・詩歌卷》，海南出版社

1994 年版。

203. 王聖思編:《九葉之樹常青──「九葉詩人」作品選》,華東師範大學出版社 1994 年版。

204. 曹文軒、李朝全主編:《現代詩歌名篇導讀》,山西教育出版社 1994 年版。

205. 陸耀東《中國現代愛國詩歌精品》,武漢大學出版社 1994 年版。

206. 江水選編:《臺灣抒情短詩 100 首》,上海文藝出版社 1995 年版。

207. 張默、蕭蕭編著:《新詩三百首(1917～1995)》(上、下),九歌出版社有限公司 1995 年版。

208.《中國詩壇》編輯部編:《全國詩歌報刊十年作品精選》,百花文藝出版社 1995 年版。

209. 呂進主編:《新詩三百首》,河北人民出版社 1996 年版。

210. 江水選編:《中國當代抒情短詩 100 首》,上海文藝出版社 1996 年版。

211. 鬱金選編:《中外著名情詩選》,新華出版社 1996 年版。

212. 許霆、魯德俊編選:《中國十四行體詩選》,人民文學出版社 1996 年版。

213. 張品興等編:《名家新詩學生讀本》,中國國際廣播出版社 1996 年版。

214. 丁國成主編、《詩刊》社編選:《中國新時期爭鳴詩精選》,時代文藝出版社 1996 年版。

215. 白樺主編:《20 世紀中國名家詩歌精品》(上、中、下冊),廣州出版社 1996 年版。

216. 李葆琰等編:《中國現代經典詩庫》(10 冊),北嶽文藝出版社 1996 年版。

217. 張朗編:《小詩瑰寶》,絲路出版社 1996 年版。

218. 謝冕、孟繁華編:《中國百年文學經典文庫·詩歌卷》,海天出版社 1996 年版。

219. 公木主編:《中國新文藝大系·詩集(1937～1949)》,中國文聯出版公司 1996 年版。

220. 孫光萱編著:《中國現代名詩 100 首》,湖北教育出版社 1996 年版。

221. 謝冕、錢理群主編:《百年中國文學經典》,北京大學出版社 1996 年版。

222. 盛仰紅編:《百年詩歌精品》,上海社會科學院出版社 1996 年版。

223. 張俊山主編:《河南新文學大系(1917～1990)·詩歌卷》,河南大學出版社 1996 年。

224. 辛笛主編:《20 世紀新詩辭典》,漢語大詞典出版社 1997 年版。

225. 孫鑫亭《古今中外哲理詩鑒賞辭典》，中州古籍出版社 1997 年版。

226. 杜運燮、張同道編選：《西南聯大現代詩鈔》，中國文學出版社 1997 年版。

227. 鄒荻帆、謝冕主編：《中國新文學大系（1949～1976）‧詩卷》，上海文藝出版社 1997 年版。

228. 謝冕主編：《中國百年詩歌選》，山東文藝出版社 1997 年版。

229. 唐金海、陳子善、張曉雲主編：《新文學里程碑：詩歌卷》，文匯出版社 1997 年版。

230. 蔡世華、孫宜君編：《大學生背誦詩文精選》，中國礦業大學出版社 1997 年版。

231. 張勁、朱吉成：《貴州新文學大系‧詩歌卷》，貴州人民出版社 1997 年版。

232. 程光煒編選：《歲月的遺照》，社會科學文獻出版社 1998 年版。

233. 江水選編：《中國新詩經典》，上海文藝出版社 1998 年版。

234. 毛翰主編：《20 世紀中國新詩分類鑒賞大系》，廣東教育出版社 1998 年版。

235. 艾曉林主編：《中國新詩一百首賞析》，重慶出版社 1998 年版。

236. 王彬、顧志成編：《二十世紀中國新詩選》，大眾文藝出版社 1998 年版。

237. 吳曉東選編：《中國淪陷區文學大系‧詩歌卷》，廣西教育出版社 1998 年版。

238. 陶里、林中英、鄭煒明編：《澳門文學作品選》，中國友誼出版公司 1998 年版。

239. 張文槐、傅之悅主編：《現當代詩歌名篇賞析‧中國》，重慶出版社 1999 年版。

240. 譚五昌編：《中國新詩 300 首》，北京出版社 1999 年版。

241. 王天紅選、注：《中外抒情詩選》，吉林人民出版社 1999 年版。

242. 王賀成主編：《中國詩典》，哈爾濱出版社 1999 年版。

243. 《臺港文學選刊》刊出《20 世紀臺港及海外華文經典作家詩選》，1999 年 12 月。

244. 姜耕玉主編：《20 世紀漢語詩選》（5 卷），上海教育出版社 1999 年版。

245. 陳超：《20 世紀中國探索詩鑒賞》，河北人民出版社 1999 年版。

246. 謝克強、趙國泰主編：《湖北新時期文學大系》，長江文藝出版社 1999 年

247. 鹿國治編選：《山東新文學大系‧現代部分‧詩歌卷》，山東文藝出版社

1999 年。

248. 謝明洲編選：《山東新文學大系‧當代部分‧詩歌卷》，山東文藝出版社 1999 年。

249. 文鵬、姜凌主編：《中國現代名詩三百首》，北京出版社 2000 年版。

250. 江水選編：《二十世紀九十年代詩選》，上海文藝出版社 2000 年版。

251. 李霆鳴選編：《中學生閱讀與欣賞：中國現當代詩歌卷》，四川人民出版社 2000 年版。

252. 岑獻青選編：《中國現當代文學名篇佳作選‧詩歌卷》，中國少年兒童出版社 2000 年版。

253. 沈慶利：《寫在心靈邊上：中外抒情詩歌欣賞》，中國紡織出版社 2001 年版。

254. 曹文軒主編：《20 世紀末中國文學作品選‧詩歌卷》，北京大學出版社 2001 年版。

255. 謝冕、楊匡漢主編：《中國新詩萃》（臺港澳卷），人民文學出版社 2001 年版。

256. 彭燕郊主編：《中外著名詩歌誦讀經典‧中國現當代抒情詩》，湖南少年兒童出版社 2001 年版。

257. 張新穎編選：《中國新詩：1916～2000》，復旦大學出版社 2001 年版（2011 年推出修訂版）。

258. 陳其強：《中國現當代文學名著導讀》，上海文藝出版社 2001 年版。

259. 苗雨時、張雪杉編：《精短新詩 200 首》，百花文藝出版社 2001 年版。

260. 譚五昌、譙達摩主編：《詞語的盛宴：中國 20 世紀六七十年代出生詩人作品精選》，經濟日報出版社 2001 年版。

261. 馬悅然、奚密、向陽主編：《二十世紀臺灣詩選》，麥田出版、城邦文化事業股份有限公司 2001 年版。

262. 傅天虹主編：《大中華新詩千家選萃》，香港國際炎黃文化出版社 2001 年版。

263. 錢理群主編：《中國現當代文學名著導讀》，北京大學出版社 2002 年版。

264. 楊景龍編著：《短章小詩百首》，河南文藝出版社 2002 年版。

265. 陳村主編：《網絡詩三百——中國網絡原創詩歌精選》，大象出版社 2002 年版。

266. 馬鈴薯兄弟編選：《中國網絡詩典》，江蘇文藝出版社 2002 年版。

267. 《詩刊》編輯部編：《中華詩歌百年精華》，人民文學出版社 2002 年版。

268. 祁國、張小雲主編：《中國新詩選》，青海人民出版社 2002 年版。

269. 朱棟霖、龍泉明編：《中國現代文學作品選（1917～2000）》，高等教育出版社 2002 年版。

270. 劉福春主編：《二十世紀中國文藝圖文志·新詩卷》，瀋陽出版社 2002 年版。

271. 夏傳才：《中國現代文學名篇選讀》，南開大學出版社 2002 年版。

272. 常立、盧壽榮編著：《中國新詩》，上海人民美術出版社 2002 年版。

273. 洛夫主編：《百年華語詩壇十二家》，臺海出版社 2003 年版。

274. 高永年版主編：《二十世紀中國文學作品選·詩歌卷》，江蘇教育出版社 2003 年版（2011 年 3 月修訂為《中國現當代文學作品精選·詩歌卷》）。

275. 奚密編選：《二十世紀臺灣詩選》，中國社會科學出版社 2003 年版。

276. 張仁健主編：《中華百年經典散文詩》，北嶽文藝出版社 2003 年版。

277. 張默編：《現代百家詩選》（新編），爾雅出版社有限公司 2003 年版。

278. 丁國成等編：《袖珍新詩鑒賞辭典》，上海辭書出版社 2003 年版。

279. 魏建編：《現代中國文學讀本》（上、下），齊魯書社，2003 年版。

280. 楊曉民編：《百年百首經典詩歌》（1901～2000），長江文藝出版社 2003 年版。

281. 姜飛主編：《感性的歸途：閱讀 20 世紀中國文學經典》，四川人民出版社 2003 年版。

282. 白靈、向陽、唐捐編：《中華現代文學大系（貳）·詩卷》，九歌出版社 2003 年版。

283. 李少君主編：《陽光地帶·詩歌卷》，海南出版社 2003 年版。

284. 龍泉明主編：《中國新詩名作導讀》，長江文藝出版社 2003 年版。

285. 張賢明：《現代短詩一百首賞析》，文化藝術出版社 2004 年版。

286. 裴休昌編選：《中外詩歌精選》，江蘇文藝出版社 2004 年版。

287. 伊沙選編：《現代詩經》，灕江出版社 2004 年版。

288. 李方選析：《現代詩選》，太白文藝出版社 2004 年版。

289. 馬陽、翁光宇、熊國華主編：《海外華文文學大系·詩歌卷》，山東文藝出版社 2004 年版。

290. 方群、孟樊、須文蔚主編:《現代新詩讀本》,揚智文化事業股份有限公司 2004 年版。

291. 錢理群主編:《中國現當代文學名著導讀》,北京大學出版社 2004 年版。

292. 王光明、孫玉石編:《二十世紀中國經典散文詩》,長江文藝出版社 2005 年版。

293. 趙陽主編:《難忘的 100 篇散文詩》,人民日報出版社 2005 年版。

294. 伊沙編:《被遺忘的經典詩歌》(上、下卷),太白文藝出版社 2005 年版。

295. 西渡編:《名家讀新詩》,中國計劃出版社 2005 年版。

296. 沈慶利編:《中國新詩選讀——高中語文選修課程資源系列》(詩歌與散文),人民文學出版社 2005 年版。

297. 沈慶利編:《二十世紀中國詩歌精選》(增訂版),人民文學出版社 2005 年版。

298. 劉樹元主編:《中國現當代詩歌賞析》,浙江大學出版社 2005 年版。

299. 柯岩、詩人胡笳主編《與史同在:當代中國新詩選》,作家出版社 2005 年版。

300. 王家新編:《中外現代詩歌欣賞》,語文出版社 2005 年版。

301. 郝英編:《中國名家詩歌》,光明日報出版社 2005 年版。

302. 彬彬主編:《一生必讀的名家詩歌》,內蒙古文化出版社 2005 年版。

303. 申維辰主編:《山西文學大系》(第六、七、八卷),山西人民出版社 2005 年版。

304. 《誦讀中國》(5 卷 10 本),人民文學出版社、中華書局 2006 年版。

305. 沈奇編選:《現代小詩 300 首》,山東文藝出版社 2006 年版。

306. 袁桂娥、秦方奇:《沉思與對話:20 世紀中國文學經典解讀》,崇文書局 2006 年版。

307. 黃智鵬編著:《你一生應誦讀的 50 首詩歌經典》,北京圖書館出版社 2006 年版。

308. 吳秀明等主編:《20 世紀中國文學經典文本》,浙江大學出版社 2006 年版。

309. 劉建勳、方蘊華主編:《中外文學名著導讀》,西北大學出版社 2006 年版。

310. 尹文涓主編:《網絡新詩年選.2001～2005 卷》,首都師範大學出版社 2006 年。

311. 香港散文詩學會主編：《中外華文散文詩作家大辭典》，香港日月星製作公司 2007 年版（2010 年修訂本出版）。

312. 蔡天新主編：《現代漢詩 100 首》，三聯書店 2007 年版。

313. 張新穎：《新詩一百句》，復旦大學出版社 2007 年版。

314. 秦宇慧、王立編：《現當代詩歌精選集》，當代世界出版社 2007 年版。

315. 張德明：《中國新詩 90 年 90 家》，《詩歌月刊·下半月》2007 年 9、10 月合刊。

316. 本書編寫組編：《中國現當代詩歌選讀讀本》，山東人民出版社 2007 年版。

317. 孫玉石：《中國現代詩導讀（1937～1949）》，北京大學出版社 2007 年版。

318. 孫玉石：《中國現代詩導讀（1917～1937）》，北京大學出版社 2008 年版。

319. 李莉編著：《青少年版最喜歡的現代詩歌經典》，延邊人民出版社 2008 年版。

320. 楊四平、嚴力、〔美〕梅丹理等：《中國當代詩歌》（大學語文漢英讀本），上海文藝出版社 2008 年版。

321. 孫方傑、王夫剛選編：《到詩篇中朗誦——100 位中國詩人的 100 首漢語佳作》，中國文史出版社 2008 年版。

322. 林賢治、肖建國主編：《曠野——中國作家的精神還鄉史：詩歌卷》，花城出版社 2008 年版。

323. 傅天虹主編：《漢語新詩 90 年名作選析》（1917～2007），香港銀河出版社 2008 年版。

324. 傅天虹主編：《漢語新詩名篇鑒賞辭典》（臺灣卷），香港銀河出版社 2008 年版。

325. 鄭觀竹編著：《現代詩三百首箋注》，花城出版社 2008 年版。

326. 《詩向夢邊生——二十世紀中國漢詩經典》，中國國際廣播出版社 2008 年版。

327. 上海辭書出版社文學鑒賞辭典編纂中心編：《新詩三百首鑒賞辭典》，上海辭書出版社 2008 年版。

328. 孫基林編選：《20 世紀中國詩歌精選》，山東文藝出版社 2008 年版。

329. 江歌選編：《中國新詩精選》，上海人民美術出版社 2008 年版。

330. 張清華主編：《1978～2008 中國優秀詩歌》，現代出版社 2009 年版。

331. 王富仁主編：《二十世紀中國詩歌經典》，北京師範大學出版社 2009 年版。

332. 謝冕主編：《中國新文學大系 1976～2000》（第二十二集‧詩卷），上海文藝出版社 2009 年版。

333. 王兆勝編著：《精美散文詩讀本》，山東友誼出版社 2009 年版。

334. 陸澄編：《中國朗誦詩經典》，上海百家出版社 2009 年版。

335. 王澤龍編選：《詩韻華魂‧現當代詩歌精選》，陝西師範大學出版社 2009 年版。

336. 余小曲編：《現代詩人詩選》，中國戲劇出版社 2009 年版。

337. 鄧蔭柯：《1916～2008 經典新詩解讀》，中國青年出版社 2009 年版。

338. 阿爾丁夫‧翼人、曲近主編：《中國西部詩選》，作家出版社 2009 年版。

339. 韓作榮主編：《新中國六十年文學大系‧詩歌精選》，長江文藝出版社 2009 年版。

340. 王宗仁、鄒岳漢主編：《新中國六十年文學大系‧散文詩精選》，長江文藝出版社 2009 年版。

341. 人民文學雜誌社編：《人民文學獎歷年獲獎作品精選：散文詩歌卷》，重慶大學出版社 2009 年版。

342. 賀建華選編：《最美的詩》，新世界出版社 2009 年版。

343. 劉永升主編：《最美的詩》，大眾文藝出版社 2010 年版。

344. 西葉、蘇若分編：《界限：中國網絡詩歌運動十年精選》，重慶大學出版社 2010 年版。

345. 重慶《讀點經典》編委會編：《中外朗誦經典詩文選》，重慶出版社 2010 年版。

346. 陳仲義：《百年新詩百種解讀》，安徽文藝出版社 2010 年版。

347. 楊克主編：《中國新詩年鑒十年精選》，中國青年出版社 2010 年版。

348. 呂秋豔編：《中外詩歌精選》，吉林出版集團有限責任公司 2010 年版。

349. 龐秉均編：《中國現代詩選》（英漢對照），中國對外翻譯出版公司 2010 年版。

350. 崔士宏、馬立榮主編：《中國最美的詩歌‧世界最美的詩歌大全集》，華文出版社 2010 年版。

351. 海嘯編：《百年中國長詩經典》，中國畫報出版社 2010 年版。

352. 張同吾編：《中國現代詩選 60 首：獻給俄羅斯漢語年》，現代出版社 2010 年版。

353. 左東嶺主編：《漢語言文學專業本科生必背詩文名篇》，北京大學出版社 2010 年版。

354. 謝冕主編：《中國新詩總系》（10 卷本），人民文學出版社 2010 年版。

355. 周成華主編：《現代文學觀止》，吉林大學出版社 2010 年版。

356. 於海娣主編：《最美的詩歌》，中國華僑出版社 2010 年版。

357. 羅振亞主編：《龍江當代文學大系·詩歌卷》，北方文藝出版社 2010 年版。

358. 姜耕玉，趙思運主編：《新詩 200 首導讀》，東南大學出版社 2011 年版。

359. 李犁、吉狄馬加主編：《新世紀中國詩典》，群眾出版社 2011 年版。

360.《清華百年詩集編委會》編：《清華百年詩集：1911～2011·新詩卷》，中國社會出版社 2011 年版。

361. 馬超、雪瀟主編：《百年新詩百篇導讀》，吉林大學出版社 2011 年版。

362. 朱丹楓等編：《中國紅：中國新詩 90 年紅色經典》，四川文藝出版社 2011 年版。

363. 黃川模編：《漢語新詩 240 首》（1918～2008），內蒙古人民出版社 2011 年版。

364. 王明韻編著：《最美的詩歌》，合肥工業大學出版社 2011 年版。

365. 高岩等編著：《中國文學名著導讀》，清華大學出版社 2012 年版。

366. 傅天虹主編：《漢語新詩名篇鑒賞辭典》（臺灣卷），中國文史出版社 2012 年版。

367. 彭國梁編：《讓詩意充盈我們的心靈：世界文學史上最美的詩歌》，湖南文藝出版社 2012 年版。

368. 謝冕主編：「百年新詩」叢書（分社會卷、女性卷、鄉情卷、人生卷、情愛卷等），百花文藝出版社 2012～2013 年版。

369. 程光煒主編：《中國現代文學經典閱讀》，北京大學出版社 2012 年版。

370. 趙紅麗主編：《最受讀者喜愛的詩歌大全集》，外文出版社 2012 年版。

371. 明月生主編：《最美的詩歌大全集》，中國華僑出版社 2012 年版。

372. 蕭蕭，白靈主編：《新詩讀本》（增訂版），二魚文化事業有限公司 2002 年版。

373. 王家新：《中外現代詩歌導讀》，中國人民大學出版社 2012 年版。

374.《讀點經典》編委會編：《讀點經典·第 3 輯：最美的詩》，鳳凰出版社 2012 年版。

375. 張珍編:《世界最美的詩歌》,立信會計出版社 2012 年版。

376.《名作欣賞》精華讀本編委會編、謝晃、孫紹振等著:《中國現當代詩歌名作欣賞》,北京大學出版社 2012 年版。

377. 唐曉渡、張清華編選:《當代先鋒詩 30 年:譜系與典藏》,江蘇文藝出版社 2012 年版。

378. 毛羽、馬文靜編:《最美的散文‧最美的詩歌》,遼海出版社 2012 年版。

379. 趙志峰編:《中國現代詩歌經典選讀》,中國民主法制出版社 2012 年版。

380. 俞超編《中國當代詩歌經典選讀》,中國民主法制出版社 2012 年版。

381. 伊沙:《新世紀詩典》(第 1 季),浙江文藝出版社 2012 年版(第 2 季,九州出版社 2014 年版;第 3 季,浙江文藝出版社 2015 年版;第 4 季,浙江人民出版社 2016 年版;第 5 季,浙江人民出版社 2016 年版;第 6 季,浙江人民出版社 2018 年版)。

382. 徐志摩等著:《中國最美的詩歌世界最美的詩歌》,中國華僑出版社 2012 年版。

383. 譚五昌主編:《21 世紀江西詩歌精選》,百花洲文藝出版社 2012 年版。

384. 範川鳳選編:《河北新文學大系‧詩歌卷》,河北教育出版社 2013 年版。

385. 李小雨、曾凡華編選:《中國新時期朗誦詩選》,線裝書局,2013 年版。

386. 黎娜主編:《一本書讀完最美的詩歌》,中國華僑出版社 2013 年版。

387. 張賢明編:《中國現代名詩 100 首賞讀》,現代出版社 2013 年版。

388.《精緻閱讀》編委會編:《最美的詩》,光明日報出版社 2013 年版。

389. 洪子誠、程光煒主編:《中國新詩百年大典》(30 卷),長江文藝出版社 2013 年版。

390. 子川主編:《新詩十九首——中國新詩沙溪論壇推介作品賞析》,江蘇文藝出版社 2013 年版。

391. 徐志摩等著:《那光陰是一朵迷人的花:最美的民國,最美的詩》,湖南文藝出版社 2013 年版。

392. 孫光萱、張新、戴達編:《新詩鑒賞辭典》(重編本),上海辭書出版社 2013 年版。

393. 何雲春等編:《中華紅詩精選》,線裝書局 2013 年版。

394. 李怡選編:《今文觀止‧詩歌賞析》,巴蜀書社 2013 年版。

395. 薛靜選編:《今文觀止‧散文詩賞析》,巴蜀書社 2013 年版。

396. 何雲春等編:《中華紅詩精選》,線裝書局 2013 年版。

397. 崔旌暉主編:《最美的詩歌:典藏版》,中國華僑出版社 2013 年版。

398. 張智編:《中國新詩 300 首》(1917～2012),加拿大 Poetry Pacific Press(太平洋詩歌出版社)2013 年版。

399. 蘇易主編:《中國最美的詩歌》,團結出版社 2014 年版。

400. 2014 年 1 月,《大崑崙》開設「崑崙典藏──中國百年版新詩經典賞析」專欄,吳投文主持。

401. 劉琅、桂苓編著:《百年百人漢詩經典》,中國友誼出版公司 2014 年版。

402. 上海辭書出版社文學鑒賞辭典編纂中心編著:《新詩三百首鑒賞辭典》(重編本),上海辭書出版社 2014 年版。

403. 北島選:《給孩子的詩》,中信出版社 2014 年版。

404. 普冬主編:《新世紀詩選》,黃河出版社 2014 年版。

405. 疏影編著:《中國最美的詩歌世界最美的詩歌》,北方婦女兒童出版社 2014 年版。

406. 何言宏主編:《二十一世紀中國文學大系:2001～2010.詩歌卷》,南京師範大學出版社 2014 年版。

407. 詩刊社編:《「青春詩會」三十年詩選》,作家出版社 2014 年版。

408. 陳智德主編:《香港文學大系一九一九～一九四九.詩卷》,商務印書館(香港)有限公司 2014 年版。

409. 錢理群編著:《現代文學經典讀本》,北京大學出版社 2015 年版。

410. 孫郁編著:《當代文學經典讀本》,北京大學出版社 2015 年版。

411. 筱禾編:《中外詩歌精選》,團結出版社 2015 年版。

412. 周鵬程:《中國實力詩人作品選讀》(1940～2015),中國文聯出版社 2015 年版。

413. 張德明編:《百年新詩經典導讀》,暨南大學出版社 2015 年版。

414. 李豔霞編:《世上最美詩歌》,江蘇美術出版社 2015 年版。

415. 伊沙編:《當代詩經》,青海人民出版社 2015 年版。

416. 李麟、王萌主編:《最美散文詩中學生讀本》,北嶽文藝出版社 2015 年版。

417. 馮慧娟編:《最美的詩》,吉林出版集團有限責任公司 2015 年版。

418. 董穎編:《經典的魅力:中國現當代文學經典文本解讀》,新華出版社 2015 年版。

419. 駱英主編:《中國新詩·中國詩歌排行榜獲獎詩人代表作卷》,線裝書局 2015 年版。

420. 劉潤為主編:《延安文藝大系·詩歌卷》,湖南文藝出版社 2015 年版。

421. 王澤龍、王海燕編:《延安文藝檔案·延安文學·延安文學作品·詩歌》,太白文藝出版社 2015 年版。

422. 張伯存主編:《中國現代文學作品選》,東北師範大學出版社 2016 年版。

423. 李少君、張德明主編:《中國好詩歌:你不能錯過的白話詩》,現代出版社 2016 年版。

424. 果麥編:《給孩子讀詩》,浙江文藝出版社 2016 年版。

425. 李朝全主編:《詩歌百年經典》(1917~2015),中央編譯出版社 2016 年版。

426. 陳希、向衛國編:《中國新詩讀本》,中山大學出版社 2016 年版。

427. 李天靖、嚴志明、山剛主編:《有意味的形式:中外現代詩歌精選》,上海文藝出版社 2016 年版。

428. 劉永麗主編:《中國現當代新詩文本細讀》,中國社會科學出版社 2016 年版。

429. 王明韻主編:《中國新詩百年大系·安徽卷》,合肥工業大學出版社 2016 年版。

430. 老刀編選:《中國新詩百年百首》,羊城晚報出版社 2016 年版。

431. 邱華棟主編、周瑟瑟編選:《那些年我們讀過的詩》,人民日報出版社 2016 年版。

432. 周瑟瑟、陳亞平主編:《新世紀中國詩選》,白山出版社 2016 年版。

433. 張智、朱立坤主編:《百年詩經·中國新詩 300 首》(1917~2016),加拿大 Poetry Pacific Press(太平洋詩歌出版社)2016 年版。

434. 駱英主編:《中國新詩·我們與你在一起卷》,線裝書局 2016 年版。

435. 《閩派詩歌百年百人作品選》編委會選編:《閩派詩歌百年百人作品選》,海峽文藝出版社 2016 年版。

436. 韋泱:《百年新詩點將錄》,文匯出版社 2017 年版。

437. 張默、蕭蕭主編:《新詩三百首百年新編》(1917~2017),九歌出版社 2017 年版。

438. 張賢明主編:《百年新詩代表作》(現代卷),現代出版社 2017 年版。

439. 譚五昌編：《新詩百年詩抄》，浙江人民出版社 2017 年版。

440. 中國作家協會，詩刊社編：《中國新詩百年志》，中國工人出版社 2017 年版。

441. 唐詩主編：《雙年詩經：中國當代詩歌導讀暨中國當代詩歌獎獲得者作品集》（2015～2016），四川人民出版社 2017 年版。

442. 周良沛主編：《中國百年新詩選》，崇文書局 2017 年版。

443. 祁國：《當代傳世詩歌三百首》，時代文藝出版社 2017 年版。

444. 上海辭書出版社文學鑒賞辭典編纂中心編：《新詩鑒賞辭典》（新 1 版），上海辭書出版社 2017 年版。

445. 楊克：《給孩子的 100 首新詩》，接力出版社 2017 年版。

446. 劉福春、高秀芹主編：《北大新詩日曆》，北京大學出版社 2017 年版。

447. 羅國雄、龔靜染主編：《樂山百年新詩選 1917～2017》，四川文藝出版社 2017 年版。

448. 江蘇省作家協會編：《江蘇百年新詩選》（上、下卷），江蘇鳳凰文藝出版社 2017 年版。

449. 靈焚選編：《閩派詩歌‧散文詩卷》，海峽文藝出版社 2017 年版。

450. 阿古拉泰主編：《內蒙古七十年詩選》（上、下），內蒙古教育出版社 2017 年版。

451. 郭志傑選編：《閩派詩歌‧詩歌卷》，海峽文藝出版社 2018 年版。

452. 張賢明主編：《百年新詩代表作》（1949～2017），現代出版社 2018 年版。

453. 臧棣、西渡主編：《北大百年新詩》，四川人民出版社 2018 年版。

454. 湖北省作家協會編：《湖北新詩百年詩選》，長江文藝出版社 2018 年版。

455. 孔德明、李少君主編：《致敬海南：建省辦經濟特區三十週年詩歌選》，中國青年出版社 2018 年版。

456. 劉鐵群、黃偉林主編：《廣西多民族文學經典：1958～2018‧詩歌卷》，廣西師範大學出版社 2018 年版。

457. 黃偉林，劉鐵群主編：《百年廣西多民族文學大系：1919～2019‧詩歌卷》，廣西師範大學出版社 2019 年版。

458. 徐正華主編：《中國新詩百年精選》，百花洲文藝出版社 2019 年版。

459. 李少君主編：《我親愛的祖國：慶祝新中國 70 週年朗誦詩選》，中國言實出版社 2019 年版。

460. 唐詩主編：《雙年詩經：中國當代詩歌導讀暨中國當代詩歌獎獲得者作品集》（2017～2018），四川人民出版社 2019 年版。

461. 桂興華主編：《新中國紅色詩歌大典：1949～2019》，上海社會科學院出版社 2019 年版。

462. 吳投文：《百年新詩經典解讀》，吉林大學出版社 2019 年版。

463. 李少君主編：《新中國 70 年優秀文學作品文庫·詩歌卷》，中國言實出版社 2019 年版。

464. 李少君、張德明主編：《中華人民共和國成立 70 週年優秀文學作品精選·詩歌卷》，北京十月文藝出版社 2019 年版。

465. 孟繁華主編：《新中國 70 年文學叢書·詩歌卷》，作家出版社 2019 年版。

466. 四川省作家協會編：《四川百年新詩選》（上、中、下卷），四川人民出版社 2019 年版。

467. 王澤群主編：《中國散文詩一百年大系》（八冊），青島出版社 2019 年版。

468. 張清華主編：《百年中國新詩編年》（十卷本），山東文藝出版社 2022 年版。

469. 周良沛主編：《中國百年新詩選》（三卷），崇文書局 2023 年版。

（一）新詩年選

1. 國社科院文學研究所編：《1980 年新詩年編》，江蘇人民出版社 1981 年版。

2. 中國社科院文學研究所編：《新詩選——中國文學作品年編（1981）》，中國社會科學出版社 1984 年版。

3. 中國社科院文學研究所編：《1983·新詩年編》，花城出版社 1985 年版。

4. 中國社科院文學研究所編：《1985·新詩年編》，花城出版社 1986 年版。

5. 《青年詩選》，中國青年出版社 1981 年版。

6. 《青年詩選》（1981～1982）、（1983～1984）、（1985～1986），中國青年出版社 1983 年、1985 年、1988 年版。

7. 《詩刊》社編：《1979～1980 詩選》，四川人民出版社 1982 年版。

8. 《詩刊》社編：一九八一年詩選～一九八九年詩選，人民文學出版社 1983～1991 年版。

9. 人民文學出版社編輯部編：《1990～1992 三年詩選》，人民文學出版社 1994 年版。

10. 呂進、毛翰主編：《中國詩歌年鑒》，1993 卷～1997 卷，西南師大出版社、

中國新詩研究所 1994～1998 年版。

11. 本社編：《全國詩歌報刊集萃》，1985～1992 年，安徽文藝出版社 1986～
1993 年版。

（二）中國年度文學作品精選叢書‧詩歌

1. 中國作協創研部編：《中國詩歌精選》，1997 年度～2022 年度，長江文藝
出版社 1999～2023 年版。

2. 王劍冰主編：《中國散文詩精選》，2002 年度～2018 年度，長江文藝出版
社 2003～2019 年版。

（三）《中國新詩年鑒》

1. 楊克主編：《1998 中國新詩年鑒》，花城出版社 1999 年版。

2. 楊克主編：《1999 中國新詩年鑒》，廣州出版社 2000 年版。

3. 楊克主編：《2000 中國新詩年鑒》，廣州出版社 2001 年版。

4. 楊克主編：《2001 中國新詩年鑒》，海風出版社 2002 年版。

5. 楊克主編：《2002～2003 中國新詩年鑒》，天津社會科學院出版社 2004 年
版。

6. 楊克主編：《2004～2005 中國新詩年鑒》，海風出版社 2006 年版。

7. 楊克主編：《2006 中國新詩年鑒》，花城出版社 2007 年版。

8. 楊克主編：《2007 中國新詩年鑒》，花城出版社 2008 年版。

9. 楊克主編：《2008 中國新詩年鑒》，花城出版社 2009 年版。

10. 楊克主編：《2009～2010 中國新詩年鑒》，重慶大學出版社 2011 年版。

11. 楊克主編：《2011～2012 中國新詩年鑒》，江蘇文藝出版社 2013 年版。

12. 楊克主編：《2013～2014 中國新詩年鑒》，江蘇文藝出版社 2015 年版。

13. 楊克主編：《2015～2016 中國新詩年鑒》，金城出版社 2017 年版。

14. 楊克主編：《2017 中國新詩年鑒》，長江文藝出版社 2018 年版。

15. 楊克主編：《2018～2019 中國新詩年鑒》，四川民族出版社 2020 年版。

（四）太陽鳥詩歌年選

1. 臧棣、陳樹才、宗仁發等選編：《中國最佳詩歌》，1998 年度～2019 年度，
遼寧人民出版社 1999～2020 年版。

2. 宗仁發主編：《2020 中國詩歌精選》，遼寧人民出版社 2021 年版。

3. 宗仁發主編：《2021 中國詩歌精選》，遼寧人民出版社 2022 年版。

（五）灕江詩歌年選

1. 《詩刊》社選編：《中國年度最佳詩歌》，1999 年度～2003 年度，灕江出版社 2000～2004 年版。

2. 《詩刊》社選編：《中國年度詩歌》，2004 年度～2008 年度，灕江出版社 2005～2009 年版。

3. 《詩探索》編輯委員會選編、林莽主編：《中國年度詩歌》，2009 年度～2022 年度，灕江出版社 2010～2023 年版。

4. 鄒岳漢、王劍冰編選：《中國年度（最佳）散文詩》，2000 年度～2022 年度，灕江出版社 2001～2023 年版。

（六）21 世紀中國文學大系·詩歌卷

1. 張清華主編：《2001 年中國最佳詩歌》，春風文藝出版社 2002 年版。

2. 張清華主編：《2002 年詩歌》～《2010 年詩歌》，春風文藝出版社 2003～2011 年版。

（七）中國好文學叢書·詩歌卷

1. 張清華編：《中國詩歌年選》，江蘇文藝出版社 2012 年版。

2. 張清華編：《2012 最佳詩歌》《2013 最佳詩歌》，江蘇文藝出版社 2013 年、2014 年版。

3. 張清華編：《沉默的大多數@2014》，江蘇鳳凰文藝出版社 2015 年版。

4. 張清華編：《這裡是人間的哪裏》，江蘇鳳凰文藝出版社 2016 年版。

5. 張清華、王士強編：《2018 詩歌年選》，江蘇鳳凰文藝出版社 2019 年版。

（八）花城詩歌年選

1. 王光明編選：《2002～2003 中國詩歌年選》，花城出版社 2004 年版。

2. 王光明編選：《2004 中國詩歌年選》～《2011 中國詩歌年選》，花城出版社 2005～2012 年版。

3. 李小雨編選：《2012 中國詩歌年選》～《2014 中國詩歌年選》，花城出版社 2013～2015 年版。

4. 大衛、周所同編選：《2015 中國詩歌年選》，花城出版社 2016 年版。

5. 周所同、呂達編選：《2016 中國詩歌年選》，花城出版社 2017 年版。

6. 徐敬亞、韓慶成編選：《2017 中國詩歌年選》～《2021 中國詩歌年選》，花城出版社 2018～2022 年版。

7. 王幅明、陳惠瓊編選：《2010 中國散文詩年選》～《2020 中國散文詩年選》，花城出版社 2011～2021 年版。

（九）文學觀察書系，人民文學雜誌社編選

1. 韓作榮主編：《2002 年文學精品・詩歌卷》～《2004 年文學精品・詩歌卷》，敦煌文藝出版社 2003～2005 年版。

（十）羅暉主編

1. 《2002 中國詩歌選》～《2018 中國詩歌選》，青海人民出版社等 2003～2019 年版。

2. 《2017 中國年度優秀詩歌選》～《2021 中國年度優秀詩歌選》，吉林文史出版社等 2018～2022 年版。

（十一）梁平、韓珩主編，《星星》詩刊社、四川師範大學文理學院選編

1. 《中國 2007 年度詩歌精選》～《中國 2021 年度詩歌精選》，四川民族出版社、四川人民出版社等 2008～2022 年版。

（十二）年度排行榜書系・詩歌

1. 譚五昌主編：《2011 年中國詩歌排行榜》～《2012 年中國詩歌排行榜》，百花洲文藝出版社 2012～2013 年版。

2. 邱華棟等主編：《2013 年中國詩歌排行榜》～《2018 年中國詩歌排行榜》，百花洲文藝出版社 2014～2019 年版。

（十三）新華出版社

1. 楊志學、唐詩主編：《中國年度優秀詩歌（2011 卷）》～《中國年度優秀詩歌（2022 卷）》，新華出版社 2012～2023 年版。

2. 楊志學、亞楠等主編：《中國年度優秀散文詩（2012 卷）》～《中國年度優秀散文詩（2021 卷）》，新華出版社 2013～2022 年版。

（十四）《中國詩選》雙語本

1. 北塔等主編：《中國詩選 2012》～《中國詩選 2020》，青桐國際出版公司、上海文藝出版社等 2012～2021 年版。

（十五）北嶽詩歌年選

1. 張光昕、王辰龍等主編：《2013 年詩歌選粹》～《2021 年詩歌選粹》，北

嶽文藝出版社 2014～2022 年版。

2. 愛斐兒、陳克海等主編:《2015 年散文詩選粹》～《2019 年散文詩選粹》,
北嶽文藝出版社 2016～2020 年版。

(十六) 中國新詩排行榜,譚五昌主編

1.《2013 年中國新詩排行榜》～《2021 年中國新詩排行榜》,北京師範大學
出版社等 2014 年～2022 年版。

(十七)「現代」詩歌年選

1. 中國當代文學研究會詩歌委員會選編、林莽主編:《2015 中國年度作品·
詩歌》～《2021 中國年度作品·詩歌》,現代出版社 2016～2022 年版。

2. 中國當代文學研究會詩歌委員會選編、鄒岳漢主編:《2015 中國年度作
品·散文詩》～《2020 中國年度作品·散文詩》,現代出版社 2016～2021
年版。

(十八) 年度詩人選

1. 朱零編選:《2015 年度詩人選》～《2017 年度詩人選》,作家出版社 2016
～2018 年版。

(十九) 其他

1. 符馬活編:《詩江湖·2001 網絡詩歌年選》,青海人民出版社 2002 年版。

2. 敬文東主編:《2003 年詩歌》,山東畫報出版社 2004 年版。

3. 沈浩波、符馬活主編:《2008～2009 中國詩歌雙年巡禮》,浙江文藝出版
社 2009 年版。

4. 閻誌主編:《中國詩歌 2010 年網絡詩選》～《中國詩歌 2021 年網絡詩
選》,人民文學出版社等 2010～2022 年版。

5. 閻誌主編:《中國詩歌 2010 年民刊詩選》～《中國詩歌 2019 年民刊詩
選》,人民文學出版社 2010～2019 年版。

6. 閻誌主編:《中國詩歌 2018 年度詩人作品選》～《中國詩歌 2020 年度詩
人作品選》,人民文學出版社 2018～2021 年版。

7. 小魚兒等主編:《中國網絡詩歌年鑒》2007～2019 卷,一行出版社(美國)
2010～2019 年版。

8. 張德明主編:《中國年度好詩三百首》,2012 年度、2016 年度,長江文藝
出版社 2013 年版、暨南大學出版社 2017 年版。

9. 晁一民主編:《中國詩人年度詩歌選集2017》~《中國詩人年度詩歌選集2019》,四川民族出版社2018~2020年版。

10. 李少君主編:《2018年中國新詩年選讀本》,華東師範大學出版社2020年版。

11. 《詩刊》社編、李少君主編:《青春回眸詩歌大系.2010~2011》《青春回眸詩歌大系.2012~2013》《青春回眸詩歌大系.2014~2015》《青春回眸詩歌大系.2016~2017》《青春回眸詩歌大系.2018~2019》,西南師範大學出版2021年版。

12. 陝西省青年文學協會編選:《2020 中國詩歌作品榜》,太白文藝出版社2022年版。